Arena-Taschenbuch

Band 51033

Sir Arthur Conan Doyle

Die vergessene Welt

Aus dem Englischen
von Werner Engel

Arena

Trotz intensiven Nachforschens des Verlages konnte die Anschrift des Übersetzers nicht ermittelt werden. Wir bitten ihn oder seine Rechtenachfolger sich mit uns in Verbindung zu setzen.

FSC
www.fsc.org
MIX
Papier aus verantwortungsvollen Quellen
FSC® C110508

1. Auflage als Arena-Taschenbuch 2017

Titel der Originalausgabe:
»The Professor Challenger Stories – The lost World«
Aus dem Englischen von Werner Engel

Einbandillustration: Sanna Wandtke
Umschlagtypografie: KCS GmbH · Verlagsservice & Medienproduktion, Stelle/Hamburg
Gesamtherstellung: Westermann Druck Zwickau GmbH
ISSN 0518-4002
ISBN 978-3-401-51033-0

Besuche uns unter:
www.arena-verlag.de
www.twitter.com/arenaverlag
www.facebook.com/arenaverlagfans

1. Kapitel

Mr Hungerton, ihr Vater, war wirklich der taktloseste Mensch auf Erden – ein fusseliger, flaumiger Kakadu von Mann, ungepflegt, gutartig und ausschließlich auf sein eigenes einfältiges Ich bedacht. Wenn überhaupt etwas mich von Gladys hätte abbringen können, dann wäre es der Gedanke an einen solchen Schwiegervater gewesen. Ich bin überzeugt, dass er wirklich ehrlich glaubte, ich käme seiner sympathischen Gesellschaft wegen dreimal in jeder Woche nach Chestnuts; und vor allem, um mir seine Ausführungen über Goldlegierungen anzuhören – ein Gebiet, auf dem er eine Art Kapazität war.

An jenem Abend lauschte ich wieder eine Stunde oder noch länger seinem eintönigen Gezwitscher über die Verdrängung guten Geldes durch schlechtes, über den symbolischen Wert des Silbers, die Abwertung der Rupie und die wahren Wechselkurse.

»Stellen Sie sich vor«, rief er mit schwachbrüstiger Heftigkeit, »dass alle Schulden der Welt gleichzeitig gekündigt würden und unverzüglich bezahlt werden müssten. Was würde dann wohl unter den augenblicklichen Verhältnissen passieren?«

Ich gab die naheliegende Antwort, dass ich ruiniert wäre, worauf er auf seinem Stuhl hochsprang, mich tadelte wegen meiner leichtfertigen Art, die es ihm unmöglich machte, in meiner Gegenwart über irgendein vernünftiges Thema zu sprechen.

Dann schoss er zur Tür hinaus, um sich für eine Versammlung seiner Loge umzukleiden.

Endlich war ich mit Gladys allein und der entscheidende Augenblick war gekommen! Während des ganzen Abends hatte ich mich wie ein Soldat gefühlt, der das Signal zu einem verzweifelten Unternehmen erwartet, schwankend zwischen Siegeshoffnung und Furcht vor der Niederlage.

Ihr stolzes, zartes Profil hob sich klar von dem roten Vorhang ab. Wie schön sie war! Und wie unnahbar! Wir verstanden uns gut, sehr gut sogar, aber ich hatte es nie hinausgebracht über die Art von Kameradschaft, die ich auch bei einem meiner Reporter-Kollegen von der »Gazette« hätte finden können – ein vollkommen freies, sehr freundliches und völlig neutrales Verhältnis. Ich mag es nicht, wenn eine Frau mir gegenüber zu offen und unbefangen bleibt. Es ist kein Kompliment für einen Mann. Das wahre Gefühl, so glaubte ich wenigstens, wird von Schüchternheit und Zurückhaltung begleitet.

Gladys besaß alle weiblichen Vorzüge. Einige nannten sie kalt und hart; aber die leicht bräunliche Haut, in ihrer Färbung fast orientalisch, das rabenschwarze Haar, die großen feuchten Augen, diese vollen und doch zarten Lippen – alles sprach für größte Leidenschaftlichkeit. Doch ich musste betrübt feststellen, dass ich das Geheimnis, dieses Gefühl zu erwecken, bisher noch nicht entdeckt hatte. Heute Abend – komme, was wolle – würde ich mit der Ungewissheit Schluss machen und klare Verhältnisse schaffen. Schließlich konnte sie mir nur einen Korb geben und ein abgewiesener Verehrer ist besser als ein geduldeter Bruder.

So weit war ich in meinen Gedanken gekommen, als zwei dunkle Augen mich prüfend betrachteten und Gladys lächelnd ihr Haupt schüttelte.

»Ich habe das Gefühl, dass Sie mir einen Heiratsantrag machen wollen, Ned. Tun Sie's lieber nicht; denn so ist alles viel schöner.« Ich zog meinen Stuhl näher heran.

»Wie konnten Sie denn nur wissen, dass ich Ihnen einen Antrag machen wollte?«, fragte ich erstaunt.

»Glauben Sie, es gäbe eine Frau auf Erden, die auf solche Erklärung nicht vorbereitet wäre? Ach, ach – Ned, unsere Freundschaft war so gut und angenehm.«

»Wissen Sie, Gladys, frei und ungezwungen kann ich auch reden mit – dem Stationsvorsteher.« Weiß der Himmel, woher mir dieser würdige Beamte in den Sinn kam; aber da war er nun und brachte uns beide zum Lachen.

»Damit bin ich aber nicht zufrieden. Ich möchte Sie in den Armen halten, Ihren Kopf an meine Brust drücken und . . . Ach, Gladys, ich möchte . . .« Sie war aufgesprungen, da ich Anstalten machte, einige meiner Wünsche zu verwirklichen.

»Jetzt haben Sie alles verdorben, Ned«, sagte sie. »Es ist so lange schön und natürlich, bis dann diese Geschichte kommt. Zu schade! Warum können Sie sich denn nicht beherrschen?«

»Ich hab das ja nicht erfunden«, verteidigte ich mich. »Liebe ist doch nichts Unnatürliches!«

»Mag ja anders sein, wenn es beide trifft. Ich hab es aber noch nie gefühlt.«

»Aber Sie müssen doch – Sie mit all Ihrer Schönheit, Ihrer Seele! Oh, Gladys, Sie sind für die Liebe geschaffen! Sie müssen lieben!«

»Man muss darauf warten können.«

»Aber warum wollen Sie mich denn nicht lieben, Gladys? Stört Sie mein Äußeres? Oder was sonst?«

Sie streckte ihre Hand aus und beugte sich etwas vor – es war eine graziöse, herablassende Haltung – und fasste mich unters Kinn. Dann blickte sie mir mit einem undurchsichtigen Lächeln ins Gesicht.

»Nein, das nicht«, sagte sie endlich. »Sie sind kein eingebildeter Junge und darum will ich es Ihnen sagen: Das ist es nicht. Es sitzt tiefer.«

»Mein Charakter?«

Sie nickte streng.

»Was kann ich tun, um mich zu bessern? Aber setzen Sie sich doch wieder und erklären Sie es mir! Nein, es kommt nicht wieder vor; bitte, setzen Sie sich wieder!«

Sie sah mich misstrauisch an und das bedeutete mir viel mehr als ihr früheres rückhaltloses Vertrauen. Sie setzte sich jedenfalls.

»Und nun erzählen Sie mir, was für Fehler ich habe.«

»Ich liebe einen anderen Mann«, sagte sie.

Diesmal war *ich* mit dem Aufspringen an der Reihe.

»Es ist kein bestimmter Mann«, erklärte sie und musste über mein Gesicht lachen, »nur ein Ideal. Bisher bin ich ihm noch nie begegnet.«

»Erzählen Sie mir von ihm. Wie sieht er aus?«

»Oh, er könnte Ihnen sehr ähnlich sein.«

»Wie nett, dass Sie das sagen! Aber weiter: Was macht er besser als ich? Sie brauchen mir nur ein Stichwort zu geben, Gladys – Abstinenzler, Flieger, Theosoph, Übermensch –, und ich will gern alles versuchen.«

Sie musste über meinen offenbar recht wandlungsfähigen Charakter lachen. »Also, zunächst glaube ich bestimmt nicht, dass mein Ideal solche Reden führen würde«, sagte sie. »Er wäre ein harter, strenger Mann, der sich nicht jeder Laune eines dummen

Mädchens fügt. Vor allem aber müsste er ein Mann der Tat sein, müsste etwas vorstellen und dem Tod ohne Furcht ins Auge blicken können – ein Mann, der große Leistungen und einzigartige Erlebnisse vorzuweisen hat. Denken Sie an Richard Burton. Ich habe seine Biografie gelesen, die seine Frau geschrieben hat, und da konnte ich ihre Liebe verstehen. Und Lady Stanley! Haben Sie das wunderbare letzte Kapitel des Buches über ihren Mann gelesen? Männer dieser Art könnte eine Frau von ganzem Herzen verehren, ohne sich dabei zu erniedrigen. Sie würde vielmehr selbst von aller Welt als diejenige verehrt, die ihren Mann zu seinen edlen und großen Taten begeistert hat.«

In ihrer eigenen Begeisterung sah sie so bezaubernd aus, dass ich fast vom höchsten Gipfel unseres Gesprächs gestürzt wäre. Ich nahm mich gerade noch rechtzeitig zusammen.

»Wir können nicht alle Stanleys und Burtons sein«, sagte ich. »Außerdem gibt es dazu keine Gelegenheit – ich jedenfalls hatte noch keine. Sonst würde ich versuchen, sie zu nutzen.«

»Aber es gibt überall Gelegenheiten. Der Mann, den ich meine, verschafft sich selbst seine Chancen. Er lässt sich einfach nicht zurückhalten. Ich bin ihm noch nicht in Wirklichkeit begegnet und doch kenne ich ihn ganz genau. Rund um uns warten Heldentaten darauf, vollbracht zu werden. Erinnern Sie sich an diesen jungen Franzosen, der letzte Woche mit dem Ballon aufstieg? Ein Sturm kam auf. Aber der junge Mann bestand auf seinem Start, weil er ihn angekündigt hatte. Der Wind trug ihn fünfzehnhundert Meilen weit, in vierundzwanzig Stunden. Und er ist mitten in Russland abgestürzt. Das war ein Mann von der Art, die ich meine. Stellen Sie sich die Frau vor, die er liebte! Bedenken Sie, wie andere Frauen sie beneiden müssen! Und das wünsche ich mir – ich will um meinen Mann beneidet werden.«

»Um Ihnen zu gefallen, hätte ich das auch gemacht.«

»Aber Sie sollen es ja nicht nur tun, um mir zu gefallen! Sie müssten so handeln, weil Sie gar nicht anders könnten, weil es für Sie das einzig Natürliche wäre – weil der Mann in Ihnen nach heldenhafter Bewährung verlangt.

Zum Beispiel haben Sie doch im vergangenen Monat in der ›Daily Gazette‹ über die Grubenexplosion bei Wigan berichtet – hätten Sie denn da nicht trotz aller giftiger Gase selbst hinuntersteigen und den Leuten helfen können?«

»Habe ich ja auch gemacht.«

»Davon haben Sie aber nichts erzählt.«

»Es war ja auch nichts Besonderes.«

»Ich weiß nicht.« Sie betrachtete mich mit erheblich größerem Interesse. »Das war tapfer von Ihnen.«

»Ich musste ja. Wenn man seine Artikel gut verkaufen will, muss man selbst an die Dinge herangehen.«

»Was für ein prosaisches Motiv! Damit zerstören Sie die ganze Romantik. Aber immerhin, was für einen Grund Sie auch hatten, ich freue mich, dass Sie in diesem Stollen waren.« Sie gab mir ihre Hand. Ich beugte mich darüber und küsste sie.

»Ich weiß genau, dass ich nur ein dummes Mädchen mit kindlicher Phantasie bin. Und doch ist das für mich so wirklich, gehört so unmittelbar dazu, dass ich auch danach handeln muss. Wenn ich einmal heirate, dann will ich nur einen berühmten Mann nehmen.«

»Warum sollten Sie auch nicht?«, rief ich. »Frauen wie Sie lassen Männer über sich hinauswachsen. Geben Sie mir eine Chance und warten Sie ab, ob ich sie nützen werde! Wie Sie sagen, Männer sollten sich ihre Gelegenheiten selbst schaffen und nicht warten, bis sie sich bieten. Clive zum Beispiel war ein einfacher

Buchhalter und er hat Indien erobert. Bei Gott! Ich werde noch etwas in der Welt zustande bringen!«

Sie lachte über meinen plötzlichen Ausbruch. »Warum auch nicht?«, sagte sie. »Sie besitzen alles, was ein Mann braucht – Jugend, Kraft, gute Erziehung, Energie. Zuerst tat es mir leid, dass Sie sich erklärt haben. Und nun bin ich froh darüber – so froh, weil es diese Gedanken in Ihnen erwecken konnte.«

»Und wenn ich's schaffe . . .«

Ihre Hand legte sich wie warmer Samt über meine Lippen. »Kein Wort weiter, mein Herr. Sie müssten schon seit einer halben Stunde beim Spätdienst in Ihrem Büro sitzen; ich mochte Sie nur nicht daran erinnern. Vielleicht werden wir eines Tages wieder darüber sprechen.«

So kam es, dass mein Herz glühte, während ich an diesem nebligen Novemberabend hinter der Straßenbahn herlief, fest entschlossen, dass nicht ein Tag mehr verstreichen durfte, ohne dass ich eine Heldentat vollbrachte.

Aber wer hätte damals wohl voraussagen können, was für eine unglaubliche Form diese Tat annehmen sollte oder auf welch sonderbare Art ich an sie herangeführt würde?

2. Kapitel

McArdle, der stellvertretende Nachrichtenredakteur, nickte mir zu, als ich eintrat, und schob die Brille hoch auf seine kahle Stirn.

»Na, Mr Malone, soviel ich höre, machen Sie sich ganz gut«, sagte er in seiner gemütlichen schottischen Mundart. Ich bedankte mich.

»Die Grubenexplosion war hervorragend, ebenso das Feuer in Southwark. Sie haben die richtige Art, so etwas anzupacken. Mir kommt da ein Gedanke. Wie wäre es denn, wenn Sie einen Betrüger – einen modernen Münchhausen – entlarven und lächerlich machten? Sie könnten ihn als den Lügner, der er ist, hinstellen! Junge, das wäre etwas. Wie gefällt Ihnen das?«

»Mir ist alles recht.«

McArdle saß für ein paar Minuten in tiefem Brüten da. »Ich überlege, ob Sie wohl im Guten mit dem Burschen auskommen oder wenigstens mit ihm sprechen könnten«, sagte er schließlich. »Sie haben anscheinend eine Begabung, mit den Menschen Kontakt zu bekommen – Sympathie, denke ich, oder magnetische Kräfte oder jugendliche Vitalität. Ich bemerke das selbst.«

»Sie sind zu gütig, Sir.«

»Warum sollten Sie also nicht einmal Ihr Glück bei Professor Challenger in Enmore Park versuchen?«

Ich muss zugeben, dass ich leicht zusammenfuhr.

»Challenger!«, rief ich. »Professor Challenger, der berühmte Zoologe! Ist das nicht der Mann, der Blondell vom ›Telegraph‹ eines über den Schädel geschlagen hat?«

Der Nachrichtenredakteur lächelte grimmig.

»Schreckt Sie das ab? Sagten Sie nicht, dass Sie Abenteuer suchen?«

»Das gehört alles mit zum Geschäft, Sir«, antwortete ich.

»So ist es. Ich nehme nicht an, dass er immer so gewalttätig ist. Blondell ist ihm zur unrechten Zeit in die Quere gekommen. Vielleicht haben Sie mehr Glück oder können ihn mit mehr Takt behandeln. Ich bin jedenfalls sicher, dass das auf Ihrem Gebiet liegt, und die ›Gazette‹ sollte sich dieser Sache annehmen.«

»Eigentlich weiß ich gar nichts über ihn«, sagte ich. »Ich habe seinen Namen zum ersten Mal in Verbindung mit der Gerichtsverhandlung wegen der Sache mit Blondell gehört.«

»Ich kann Ihnen ein paar Notizen zu Ihrer Information geben, Mr Malone. Ich habe den Professor schon seit einiger Zeit im Auge behalten.« Er kramte ein Blatt aus seiner Schublade. »Hier ist sein Lebenslauf in groben Umrissen:

Challenger, George Edward.

Geboren: Langs, N. B., 1863

Ausbildung: Gymnasium Langs, Universität Edinburgh. 1892 Assistent am Britischen Museum, dort 1893 stellvertretender Leiter der Abteilung für vergleichende Anthropologie. Im gleichen Jahr nach schwerer Auseinandersetzung zurückgetreten. Gewinner der Craystonmedaille für Zoologische Forschung. Auswärtiges Mitglied von – na, hier folgt eine ganze Menge in Nonpareille-Schrift – Société Belge, American Academy of Sciences, Plata etc. etc. Expräsident der Paläontologischen Gesellschaft, Sektion H. Britische Gesellschaft und so weiter!

Veröffentlichungen: ›Beobachtungen an einer Reihe von Kalmückenschädeln‹; ›Grundzüge der Entwicklung der Vertebraten‹ sowie Aufsätze, darunter ›Der grundlegende Irrtum des Weismannismus‹, hierdurch hitzige Diskussionen auf dem Zoologenkongress in Wien ausgelöst.
Freizeitbeschäftigung: Spaziergänge, Bergsteigen.
Adresse: Enmore Park, Kensington, W.
Hier, nehmen Sie das mit. Das wäre alles für heute Abend.«
Ich steckte das Blatt ein.
»Noch etwas, Sir«, sagte ich, als ich vor mir eine rosige Glatze anstelle des roten Gesichts erblickte. »Mir ist noch nicht ganz klar, warum ich diesen Herrn interviewen soll. Was hat er denn angestellt?«
Das Gesicht kam wieder zum Vorschein.
»Machte sich vor zwei Jahren allein zu einer Expedition nach Südamerika auf. Kam im vergangenen Jahr zurück. War inzwischen zweifellos in Südamerika, wollte aber keine genaue Ortsangabe riskieren. Fing an, seine Erlebnisse andeutungsweise zu berichten. Aber irgendjemand begann, näher zu sondieren, und er verschloss sich wie eine Auster. Entweder ist etwas ganz Wunderbares passiert oder der Mann ist ein Erzlügner, was mir wahrscheinlicher vorkommt. Zeigte mir ein paar beschädigte Fotografien, die gefälscht sein sollen. Ist so empfindlich geworden, dass er auf jeden losging, der Fragen stellt, und Reporter die Treppe hinunterschmeißt. Nach meiner Meinung ist er weiter nichts als ein gemeingefährlicher Größenwahnsinniger mit enormer wissenschaftlicher Begabung. Das ist Ihr Mann, Mr Malone. Und jetzt – jetzt wünsche ich Ihnen viel Spaß mit ihm. Sie sind groß genug, um selbst auf sich aufzupassen. Und außerdem sind Sie für jeden Fall versichert, Sie wissen ja – die gesetz-

liche Haftung des Arbeitgebers . . .« Wieder verwandelte sich sein grinsendes rotes Gesicht in ein von rötlichem Flaum umrahmtes Oval; die Audienz war beendet.
Ich ging hinüber zum Savage-Club, betrat ihn jedoch nicht gleich, sondern lehnte mich an das Geländer der Adelphi-Terrasse und sah in Gedanken eine geraume Zeit auf den braunen, trägen Fluss hinaus. In frischer Luft kann ich am klarsten und vernünftigsten nachdenken. Ich zog die Liste von Professor Challengers wissenschaftlichen Werken aus der Tasche und las sie im Schein der Bogenlaterne noch einmal durch. Und dann kam mir eine Eingebung. Nach allem, was ich gehört hatte, stand fest, dass ich als Journalist niemals hoffen durfte, von diesem streitbaren Professor vorgelassen zu werden. Aber die Auseinandersetzungen, die in seiner kurz gefassten Vita zweimal erwähnt wurden, zeigten, dass er in seiner Wissenschaft ein Fanatiker sein musste. War das nicht die schwache Stelle, an der man ihn packen konnte? Ich wollte es versuchen.
Ich trat in den Klub ein. Es war kurz nach elf und der Salon war schon ziemlich voll, obwohl der Hauptbetrieb noch nicht eingesetzt hatte. Ein großer, hagerer, knochiger Mann saß im Sessel vor dem Kamin und drehte sich zu mir um, als ich einen Stuhl neben ihn schob. Das war genau der Mann, den ich jetzt brauchte – Tarp Henry, Mitarbeiter der »Nature«, ein trockener, dürrer Bursche, aber stets gefällig und hilfsbereit. Ich fiel gleich mit der Tür ins Haus.
»Was wissen Sie von Professor Challenger?«
»Challenger?« Er zog die Stirn missbilligend in Falten. »Challenger ist doch der Mann, der mit einem Lügenmärchen aus Südamerika zurückkam.«
»Mit was für einem Märchen?«

»Ach, lauter blanker Unsinn über seltsame Tiere, die er entdeckt haben wollte. Ich glaube, er hat alles wieder zurückgenommen. Jedenfalls folgten keine weiteren Angaben mehr. Nachdem er Reuter ein Interview gewährt hatte, gab es ein solches Geschrei, dass er einsehen musste, er würde damit nicht durchkommen. Ein oder zwei Leute waren wohl bereit, ihn ernst zu nehmen. Aber die hat er sehr schnell zum Schweigen gebracht.«

»Wie denn?«

»Na, mit seiner unglaublichen Rohheit und seinem unmöglichen Betragen. Der arme alte Wadley vom Zoologischen Institut schickte ihm beispielsweise ein Schreiben: ›Der Präsident des Zoologischen Instituts entbietet Professor Challenger hochachtungsvolle Grüße und würde es als persönlichen Gefallen betrachten, wenn dieser ihm die Ehre seiner Anwesenheit auf der kommenden Versammlung erweisen wollte.‹ Die Antwort konnte man nicht abdrucken.«

»Was Sie nicht sagen!«

»Ja, die zensierte Fassung davon lautet: ›Professor Challenger entbietet dem Präsidenten des Zoologischen Instituts hochachtungsvolle Grüße und würde es als großen persönlichen Gefallen betrachten, wenn dieser sich zum Teufel scheren wollte.«

»Was wissen Sie sonst noch über Challenger?«

»Nun, ich bin Bakteriologe. Ich lebe zu isoliert, um mich um Skandalgeschichten zu kümmern. Trotzdem habe ich auf wissenschaftlichen Tagungen einiges über Challenger gehört; denn er ist ein Mann, den man einfach nicht übersehen kann. Er ist außerordentlich klug – bis oben hin geladen mit Energie und Vitalität, aber ein zänkischer, übellauniger Monomane und obendrein gewissenlos. Er ist nicht einmal davor zurückgeschreckt, in dieser südamerikanischen Geschichte Fotografien zu fälschen.«

»Sie nennen ihn einen Monomanen. Was hat er denn für eine fixe Idee?«

»Davon hat er an die tausend; aber die letzte hat etwas mit Weismann und der Entwicklungslehre zu tun. Ich glaube, er hatte deshalb in Wien einen fürchterlichen Auftritt.«

»Können Sie mir nicht erzählen, worum es dabei ging?«

»Im Augenblick nicht; aber es existiert eine Übersetzung des Protokolls. Wir haben sie in unserem Büro abgeheftet. Wenn Sie mit hinüberkommen wollen?«

»Und ob ich will. Ich soll den Kerl interviewen und dafür muss ich irgendwie an ihn herankommen. Es ist sehr nett, dass Sie mir dabei helfen wollen. Wenn es Ihnen nicht zu spät ist, gehe ich gern mit.«

Eine halbe Stunde später hockte ich im Archiv der Zeitschrift vor einem riesigen Wälzer und studierte den Artikel »Weismann kontra Darwin« mit der Inhaltsangabe »Lebhafter Protest in Wien. Heftige Diskussionen«. Bei meiner leider etwas vernachlässigten wissenschaftlichen Ausbildung konnte ich den Ausführungen nicht im Einzelnen folgen; aber es war klar ersichtlich, dass der englische Professor seinen Standpunkt äußerst aggressiv vorgetragen und seine Kollegen vom Kontinent erheblich verärgert hatte. »Einspruch«, »Tumult« und »Allgemeiner Protest« waren die ersten Kommentare, die mir sofort ins Auge fielen. Im Übrigen jedoch hätte das Ganze auch ebenso gut auf Chinesisch geschrieben sein können nach allem, was ich damit anfangen konnte.

»Ich wollte, Sie könnten mir das ins Englische übersetzen«, sagte ich verzweifelt zu meinem Helfer.

»Das ist eine englische Übersetzung.«

»Dann will ich's lieber mal mit dem Original versuchen.«

»Na ja, für einen Laien mag das etwas zu hoch sein.«
»Wenn ich nur einen einzigen verständlichen Satz entdecken könnte, der irgendeinen klaren menschlichen Gedanken ausdrückte, dann wäre mir schon geholfen. Doch halt! Der hier dürfte genügen. Ich glaube ihn sogar ganz verschwommen begreifen zu können. Ich will ihn mir abschreiben. Er soll meine Brücke zu diesem fürchterlichen Professor sein.«
»Kann ich Ihnen sonst noch unter die Arme greifen?«
»Ja; ich will ihm schreiben. Wenn ich den Brief hier abfasse und Ihre Adresse angeben dürfte, bekäme er die richtige Atmosphäre.«
»Und wir haben den Kerl am nächsten Tag hier und er schlägt unser ganzes Inventar kurz und klein.«
»Nein, nein. Ich zeige Ihnen den Brief natürlich – nichts Anstößiges, das verspreche ich Ihnen.«
»Gut, hier ist mein Schreibtisch. Papier finden Sie dort. Ich möchte den Brief aber noch sehen, bevor er hinausgeht.«
Es war gar nicht so einfach; aber als ich ihn fertig hatte, konnte ich mir zu einem guten Stück Arbeit gratulieren. Stolz las ich den Brief dem kritischen Bakteriologen vor.

»Sehr geehrter Herr Professor«, schrieb ich, »als bescheidener Student der Naturwissenschaften habe ich Ihre Betrachtungen über den Unterschied zwischen Darwin und Weismann stets mit größtem Interesse verfolgt. Kürzlich hatte ich Gelegenheit, mein Gedächtnis bei der neuerlichen Lektüre Ihres meisterhaften Vortrages in Wien aufzufrischen . . .«
»Elender Lügner!«, murmelte Tarp Henry.
». . . aufzufrischen. Mit dieser erleuchteten und bewunderns-

werten Darlegung dürfte in dieser Angelegenheit das letzte Wort gesprochen sein. Darin ist allerdings ein Satz enthalten, den ich mir hier zu zitieren erlaube. Nämlich: ›Ich protestiere scharf gegen die unerträgliche und völlig dogmatische Behauptung, dass jedes einzelne *Id* ein Mikrokosmos sei, begabt mit eigener historischer Struktur, die sich allmählich in der Generationsfolge entwickelt habe.‹ Möchten Sie nicht vielleicht doch im Hinblick auf die zukünftige Forschung diese Aussage etwas abschwächen? Glauben Sie nicht auch, dass sie ein wenig überspitzt formuliert ist? Wenn Sie gestatten, möchte ich Sie um das Vergnügen einer Unterredung bitten, da dieser Punkt mich sehr beschäftigt und ich hierzu gewisse Vorschläge machen könnte, die ich nur im persönlichen Gespräch näher definieren kann. Mit Ihrer Erlaubnis hoffe ich die Ehre zu haben, übermorgen (Mittwoch) um elf Uhr vormittags bei Ihnen vorzusprechen.
Mit dem Ausdruck meiner vorzüglichen Hochachtung bin ich Ihr sehr ergebener

Edward D. Malone«

»Na, wie finden Sie das?«, fragte ich triumphierend.
»Wenn Sie das mit Ihrem Gewissen vereinbaren können«, sagte Tarp Henry.
»Das hat mir bisher noch keine Schwierigkeiten bereitet.«
»Aber was haben Sie überhaupt vor?«
»An ihn heranzukommen. Wenn ich erst einmal dort bin, wird mir schon etwas einfallen. Ich könnte ihm sogar ein offenes Geständnis ablegen. Wenn er Sportsgeist hat, wird es ihn belustigen.«

3. Kapitel

Die Befürchtungen – oder Hoffnungen – meines Freundes sollten sich nicht bestätigen. Als ich am Mittwoch bei ihm eintraf, lag dort ein in Kensington-West abgestempelter Brief, der meine Adresse in einer Handschrift trug, die wie ein Stacheldrahtverhau aussah. Der Inhalt lautete:

Enmore Park, W.
Werter Herr, Ihr Schreiben habe ich erhalten. Sie bekennen sich darin zu meinem Standpunkt, obwohl meine Ansichten einer Unterstützung weder durch Sie noch sonst jemand bedürfen. Im Zusammenhang mit meiner Feststellung haben Sie das Wort »Betrachtungen« benutzt und ich muss Sie darauf aufmerksam machen, dass dieses Wort in solcher Verbindung etwas Beleidigendes hat. Der übrige Inhalt lässt mich jedoch annehmen, dass Sie nicht aus Bosheit, sondern eher infolge Ignoranz fehlgingen und so will ich darüber hinwegsehen. Sie haben einen isolierten Satz aus meiner Vorlesung angeführt und scheinen einige Schwierigkeiten zu haben, ihn zu begreifen. Man sollte meinen, dass jedes halbwegs menschliche Gehirn die Pointe verstehen kann. Wenn aber wirklich noch weitere Erklärungen nötig sind, will ich Sie zu der angegebenen Stunde empfangen, obwohl Besuche und Besucher jeder Art mir äußerst zuwider sind. Was Ih-

ren Vorschlag betrifft, ich könnte meine Formulierung abschwächen, so möchte ich Ihnen gleich mitteilen, dass ich so etwas nicht zu tun pflege, nachdem ich einmal meine ausgereiften Erkenntnisse klar ausgedrückt habe. Wenn Sie kommen, wollen Sie diesen Umschlag meinem Diener Austin zeigen, da er Anweisung hat, mich mit allen Mitteln vor jenen zudringlichen Strolchen zu bewahren, die sich »Journalisten« nennen.

Hochachtungsvoll
George Edward Challenger

Diesen Brief las ich Tarp Henry vor, der extra früh gekommen war, um das Ergebnis meines Versuches zu erfahren. Er sagte nur: »Es gibt jetzt so ein neues Zeug, Cuticura oder ähnlich, das soll noch besser helfen als Arnika.« Manche Menschen haben doch eine eigenartige Auffassung von Humor!
Als ich die Nachricht erhielt, war es fast halb elf. Aber ein Taxi brachte mich noch rechtzeitig an meinen Bestimmungsort. Wir hielten vor einem imposanten Haus mit Säulengang. Die schweren Vorhänge an den Fenstern ließen vermuten, dass dieser furchtbare Professor erheblichen Reichtum besaß.
Ein merkwürdiger, ausgetrockneter dunkelhäutiger Mensch von unbestimmbarem Alter, in dunkler Lederjacke und braunen Gamaschenstiefeln, öffnete die Tür. Später erfuhr ich, dass es der Chauffeur war, der für den Butler einspringen musste, weil sie einer nach dem anderen davonliefen. Er musterte mich von Kopf bis Fuß mit kritischen blauen Augen.
»Angemeldet?«, fragte er.
»Eine Verabredung.«
»Wo ist Ihr Brief?« Ich zog den Umschlag aus der Tasche.
»In Ordnung.« Er war anscheinend kein Freund von vielen Wor-

ten. Als ich ihm den Korridor entlang folgte, wurde ich plötzlich von einer zierlichen Frau aufgehalten, die aus der Esszimmertür trat. Sie war eine liebenswürdige, lebhafte dunkeläugige Dame von eher französischem als englischem Typ.

»Einen Augenblick bitte«, sagte sie. »Austin, Sie können warten. Treten Sie bitte ein, Sir! Darf ich fragen, ob Sie meinen Mann schon kennen?«

»Nein, Madam, ich hatte noch nicht die Ehre.«

»Dann bitte ich im Voraus für ihn um Entschuldigung. Ich muss Sie darauf vorbereiten, dass er ein ganz unmöglicher Mensch ist – absolut unmöglich. Wenn Sie darüber Bescheid wissen, wird es Ihnen leichter fallen, Zugeständnisse zu machen.«

»Das ist sehr liebenswürdig von Ihnen, Madam.«

»Wenn er gewalttätig werden will, verlassen Sie sofort sein Zimmer. Lassen Sie sich auf keinen Streit mit ihm ein! Mehrere Leute sind schon durch ihn zu Schaden gekommen. Hinterher gibt es dann immer einen Skandal, der auf mich und uns alle zurückfällt. Ich will doch nicht hoffen, dass Sie mit ihm über Südamerika sprechen wollen?«

Einer Dame gegenüber konnte ich nicht lügen.

»Du lieber Himmel! Das ist sein gefährlichstes Thema. Sie werden ihm kein Wort glauben – das weiß ich jetzt schon. Aber das dürfen Sie ihn ja nicht merken lassen; sonst wird er sehr jähzornig. Wenn Sie tun, als ob Sie ihm glaubten, werden Sie heil wieder herauskommen. Vergessen Sie nicht, dass er es selbst alles glaubt. Davon dürfen Sie überzeugt sein. Es hat nie einen ehrlicheren Menschen als ihn gegeben. So, jetzt darf ich Sie aber nicht länger aufhalten, sonst schöpft er Verdacht. Falls Sie merken, dass er gefährlich wird – dann läuten Sie und versuchen, ihn aufzuhalten, bis ich komme. Bisher habe ich ihn

auch bei den schlimmsten Ausbrüchen noch immer besänftigen können.«
Mit diesen ermutigenden Worten übergab die Dame mich wieder dem schweigsamen Austin, der während unserer ganzen Unterredung wie ein Bronzestandbild der Diskretion neben uns gestanden hatte, und er führte mich zum Ende des Korridors. Er klopfte an die Tür, von innen erscholl ein Stiergebrüll und ich stand dem Professor gegenüber.
Er saß in einem Drehstuhl hinter einem breiten Tisch, der mit Büchern, Landkarten und Diagrammen voll gepackt war. Als ich eintrat, wirbelte er mit seinem Sitz herum, um mich anzusehen. Seine Erscheinung nahm mir den Atem. Ich war ja auf einiges gefasst gewesen, aber nicht auf eine derart überwältigende Persönlichkeit. Sein Körperbau, seine Wucht und Furcht einflößende Erscheinung waren einmalig. Er hatte einen enormen Kopf, den größten, den ich je bei einem Menschen sah. Ich bin gewiss: Falls ich gewagt hätte, seinen Zylinderhut aufzuprobieren, so wäre der mir bis auf die Schultern gesunken. Er hatte ein Gesicht und einen Bart, die mich an einen assyrischen Bullen erinnerten; das Erstere gerötet, der Letztere so schwarz, dass er fast blau wirkte, spatenförmig und wellig bis zur Brust reichend. Sein Haar trug er eigenartig, vorn in einer langen, gebogenen Locke über seine massive Stirn geklebt. Die Augen, blaugrau, unter großen und schwarzen Büscheln, blickten sehr klar, sehr kritisch und sehr gebieterisch. Sonst sah man oberhalb des Tisches nur noch seine weit ausladenden Schultern und einen Brustkorb wie ein Fass sowie zwei riesige, mit langen schwarzen Haaren bedeckte Hände. Dies alles und eine gewaltige Donnerstimme waren mein erster Eindruck von dem berüchtigten Professor Challenger.

»Na«, sagte er und starrte mich herausfordernd an. »Was gibt's?«
»Sie waren so freundlich mich herzubestellen, Sir«, sagte ich und hielt ihm seinen Umschlag hin. Er nahm meinen Brief und breitete ihn vor sich aus.
»Dann sind Sie also dieser junge Mensch, der kein Englisch versteht? Wie ich sehe, haben Sie aber die Güte, meine allgemeinen Schlussfolgerungen zu billigen?«
»Vollkommen, Sir – vollkommen!«, sagte ich mit größtem Nachdruck.
»Großartig! Das bestärkt mich in meiner Position außerordentlich, nicht wahr? Ihr Alter und Ihre würdige Erscheinung machen Ihre Unterstützung doppelt wertvoll. Na, immerhin sind Sie noch besser als dieser Sauhaufen in Wien, dessen vereintes Geschrei mich nicht mehr beeindruckt als das Gegrunze eines einzelnen britischen Schweins.« Dabei starrte er mich – als den gerade anwesenden Vertreter dieser Gattung – an.
»Die müssen sich abscheulich betragen haben«, sagte ich.
»Sie dürfen versichert sein, dass ich meine Auseinandersetzungen ganz allein erledigen kann, mein Lieber, und dass ich für Ihre Sympathie überhaupt keine Verwendung habe. G. E. C. kämpft allein, mit dem Rücken zur Wand, am besten.
So, und nun wollen wir tun, was in unseren Kräften steht, um diesen Besuch abzukürzen; denn er kann Ihnen kaum angenehm sein, für mich aber ist er unsagbar langweilig. Wie Sie mir einreden wollten, haben Sie einige Kommentare zu meiner These zu machen.«
Er war von einer so brutalen Direktheit, dass es sehr schwierig war, ihm auszuweichen. Ich musste zunächst meine Rolle weiterspielen und eine günstige Eröffnung abwarten. Von Weitem hatte es so einfach ausgesehen! Ach, wo war mein irischer Mut-

terwitz jetzt geblieben, als ich ihn so nötig brauchte? Der Professor spießte mich förmlich auf. »Na, wird's bald?«, donnerte er.

»Ich bin natürlich nur ein Student«, sagte ich mit blödem Lächeln, »kaum mehr als ein ernsthaft Suchender. Immerhin hatte ich den Eindruck, dass Sie in dieser Angelegenheit mit Weismann etwas zu scharf ins Gericht gegangen sind. Haben denn nicht die allgemeinen Forschungen inzwischen eine gewisse Tendenz gezeigt, um – seine Position glaubwürdiger zu machen?«

»Welche Forschungen?« Er sprach mit bedrohlicher Ruhe.

»Natürlich bin ich mir voll bewusst, dass es keine gibt, die man als definitiv beweisend bezeichnen kann. Ich wollte nur auf die Richtung der modernen Geisteswelt und den allgemeinen wissenschaftlichen Blickpunkt anspielen, wenn ich es einmal so ausdrücken darf.«

Er beugte sich mit ernstem Gesicht vor.

»Ich nehme an, Sie sind sich darüber klar«, sagte er, »dass der kraniale Index ein konstanter Faktor ist?«

»Natürlich«, sagte ich.

»Und dass die Telegonie noch *sub judice* steht?«

»Selbstverständlich.«

»Und dass das Keimplasma sich wesentlich vom parthenogenetischen Ei unterscheidet?«

»Aber ganz gewiss!«, rief ich und berauschte mich an meiner eigenen Kühnheit.

»Und was beweist das?«, fragte er mit sanfter, drängender Stimme.

»Ja, was wohl?«, murmelte ich. »Was beweist es denn?«

»Soll ich's Ihnen sagen?«, gurrte er.

»Ja, bitte.«

»Es beweist«, brüllte er in einem plötzlichen Zornesausbruch, »dass Sie der unverschämteste Betrüger in London sind, ein schändlicher Journalist, der von Wissenschaft genauso wenig Ahnung hat wie von Anstand!«

Er war aufgesprungen und aus seinen Augen funkelte blinde Wut. Selbst in diesem höchst fatalen Augenblick fand ich noch Zeit für mein Erstaunen darüber, dass er nur von kleiner Statur war. Sein Kopf reichte mir nicht über die Schulter – ein missgestalteter Herkules, dessen überwältigende Kraft sich allein auf Breite, Tiefe und Hirn ausgewirkt hatte.

»Blödsinn!«, schrie er vornübergebeugt, die Hände auf den Tisch gestützt. »Wissenschaftlichen Blödsinn habe ich Ihnen erzählt! Haben Sie wohl geglaubt, Sie könnten Ihren Verstand mit meinem messen – Sie mit Ihrem Walnuss-Gehirn? Ihr infernalischen Schmierfinken glaubt wohl, ihr seid allmächtig, was? Dass euer Lob einen Mann fördern und euer Tadel ihn vernichten kann? Diesem Manne wird ein wenig nachgeholfen und jener wird bloßgestellt! Ihr kriechendes Ungeziefer, ich durchschaue euch! Ihr kennt keine Grenzen mehr. Es ist höchste Zeit, dass man euch die Flügel stutzt! Ihr habt keinen Sinn für Maß und Ziel mehr, ihr aufgeblähten Luftballons! Ich werde euch in eure Schranken weisen. Mit G. E. C. sollt ihr nicht so leichtfertig werden. Es gibt noch einen Mann, der euch über ist. Ich habe euch gewarnt, und wenn ihr dennoch herkommt, so tut ihr das auf eure Gefahr. Genugtuung, mein lieber Mr Malone, ich verlange Genugtuung! Sie haben sich auf ein sehr gefährliches Spiel eingelassen und ich fürchte, Sie haben es verloren!«

»Hören Sie, Sir«, sagte ich und zog mich zur Tür zurück, die ich öffnete, »Sie können mich von mir aus beschimpfen, so viel Sie wollen. Aber es gibt eine klare Grenze. Rühren Sie mich bitte nicht an!«

»Darf ich das nicht?« Er war langsam und bedrohlich auf mich zugekommen. Aber nun blieb er stehen und steckte seine riesigen Hände in die Seitentaschen seiner kurzen, jugendlich geschnittenen Jacke. »Ein paar von euch habe ich schon hinausgeworfen. Sie sind der vierte oder fünfte. Für jeden drei Pfund fünfzehn Schilling – das war der Durchschnitt. Teuer, aber sehr notwendig. Und warum sollten Sie nicht Ihren Kollegen folgen? Ich fürchte, Sie müssen!« Er kam wieder langsam näher, mit kurzen, tänzelnden Schritten.

Ich hätte ausreißen und zur Haustür rennen können; aber das erschien mir würdelos. Außerdem begann jetzt in mir ein gerechter Zorn aufzusteigen. Bis hier war ich hoffnungslos im Unrecht gewesen; aber die Drohungen und Verleumdungen dieses Mannes setzten mich ins Recht.

»Ich fordere Sie auf, die Finger von mir zu lassen, Sir. Ich werde es nicht dulden.«

»Gütiger Himmel!« Der schwarze Schnurrbart sträubte sich und ein weißer Eckzahn funkelte in verächtlichem Grinsen. »Sie würden es nicht dulden, wie?«

»Seien Sie kein Narr, Professor«, rief ich. »Es ist aussichtslos für Sie! Ich wiege zweihundert Pfund, dabei kein Gramm Fett, und spiele seit drei Jahren jeden Sonnabend als Mittelstürmer für die Londoner Iren. Ich bin nicht der Mann . . .«

In diesem Moment stürzte er sich auf mich. Es war gut, dass ich die Tür aufgemacht hatte, sonst wären wir hindurchgeflogen. Als unentwirrbares Knäuel rollten wir den Flur entlang. Irgendwo nahmen wir unterwegs einen Stuhl mit und schossen mit ihm gemeinsam weiter zur Straße hinaus. Ich hatte seinen Bart im Mund, unsere Arme waren verklammert und unsere Körper miteinander verschlungen und der verdammte Stuhl stellte uns überall seine Beine in den Weg. Der aufmerksame Austin hatte die Haustür aufgerissen und wir nahmen die Eingangsstufen mit einem Rückwärtssalto. Der Stuhl zerbrach auf dem Pflaster zu Kleinholz und wir rollten einzeln in den Rinnstein. Challenger stand sofort wieder auf den Beinen, schwang die Fäuste und keuchte dabei wie ein Asthmatiker.

»Haben Sie genug?«, schnaufte er.

»Sie abscheulicher Grobian!«, schrie ich und richtete mich mühsam auf.

Wir hätten an Ort und Stelle bis zum bitteren Ende weitergekämpft, aber glücklicherweise wurde ich aus dieser scheußlichen Situation erlöst. Ein Polizist stand neben uns, das Notizbuch aufgeklappt in der Hand.

»Was ist hier los? Sie sollten sich schämen«, sagte er und das war das erste vernünftige Wort, das ich in Enmore Park gehört hatte. »Also«, wandte er sich an mich, »was gibt es?«

»Dieser Mann hat mich angegriffen«, sagte ich.

»Stimmt das?«, fragte der Polizist.

Der Professor atmete schwer und gab keine Antwort.

»Dies ist auch nicht das erste Mal«, sagte der Polizist streng und schüttelte den Kopf. »Erst im letzten Monat sind Sie wegen der gleichen Sache bestraft worden. Sie haben diesem jungen Mann ein Auge blau geschlagen. Wollen Sie ihn anzeigen, Sir?«

Ich hatte mich inzwischen etwas beruhigt.

»Nein«, sagte ich, »das will ich nicht.«

»Was soll das heißen?«, sagte der Polizist.

»Ich war selbst nicht unschuldig daran. Ich bin bei ihm eingedrungen, obwohl er mich gewarnt hatte.«

Der Polizist klappte sein Notizbuch zu.

»Dass so etwas nicht wieder vorkommt«, sagte er. »Los, los, weitergehen!« Letzteres zu einem Fleischerjungen, einem Dienstmädchen und ein oder zwei Müßiggängern, die sich angesammelt hatten. Er stampfte die Straße hinunter und trieb seine kleine Herde vor sich her. Der Professor blickte mich an und tief in seinen Augen glomm ein Fünkchen Humor.

»Kommen Sie mit!«, sagte er. »Mit Ihnen bin ich noch nicht fertig.«

So unheimlich es klang, folgte ich ihm nichtsdestoweniger ins Haus. Der Diener Austin schloss mit steinerner Miene die Tür hinter uns.

Wir betraten denselben Raum, den wir zehn Minuten zuvor so stürmisch verlassen hatten. Der Professor schloss umständlich die Tür hinter uns, deutete auf einen Sessel und hielt mir eine Zigarrenkiste unter die Nase.

»Echte San Juan Colorado«, sagte er. »Leicht erregbare Leute wie Sie brauchen Narkotika. Himmel, nicht abbeißen! Abschneiden – und das mit gebührender Andacht! Und nun lehnen Sie sich zurück und hören aufmerksam alles an, was ich Ihnen zu erzählen habe. Sollten Sie irgendetwas zu bemerken haben, so heben Sie sich das gefälligst für einen geeigneten Zeitpunkt auf.

Zunächst, was Ihre Rückkehr in mein Haus nach Ihrem äußerst gerechtfertigten Hinauswurf betrifft« – er reckte angriffslustig seinen Bart vor und starrte mich herausfordernd an, als ob er Widerspruch erwartete – »wie gesagt nach Ihrem wohlverdienten Hinauswurf. Der Grund lag in der Antwort, die Sie diesem zudringlichen Polizisten gaben und in der ich meinte, einen kleinen Funken von Anstand bei Ihnen zu erkennen – mehr jedenfalls, als ich bei Leuten Ihres Berufs gewohnt bin. Als Sie zu-

gaben, dass Sie an dem Zwischenfall schuld waren, ließen Sie gewisse Anzeichen für Objektivität und Sachlichkeit erkennen, die mir angenehm auffielen. Die Unterabteilung der menschlichen Rasse, zu der Sie leider gehören, lag bisher stets unter meinem geistigen Horizont. Durch Ihre Worte aber stiegen Sie in den Bereich meiner persönlichen Wahrnehmung auf. Aus diesem Grund habe ich Sie wieder hierhergebeten, da ich geneigt war Ihre nähere Bekanntschaft zu machen. Ihre Asche wollen Sie gefälligst in die kleine japanische Schale tun!«
All dies dröhnte er heraus wie ein Lehrer vor seiner Klasse. Er hatte sich in seinem Drehstuhl mir zugewandt und saß aufgebläht da wie ein riesiger Ochsenfrosch, den Kopf zurückgelegt, die Augen von hochmütigen Lidern halb verdeckt. Jetzt drehte er sich plötzlich zur Seite und ich sah nur noch zerzauste Haare und ein rotes Ohr, das daraus hervorlugte. Er wühlte in dem Durcheinander von Papieren auf seinem Schreibtisch. Alsbald wandte er sich wieder mir zu, in der Hand etwas, das aussah wie ein zerfetztes Zeichenheft.
»Ich erzähle Ihnen jetzt von Südamerika«, sagte er. »Keine Kommentare bitte. Zuallererst möchte ich Ihnen zu verstehen geben, dass nichts von dem, was ich Ihnen jetzt mitteile, veröffentlicht werden darf, es sei denn mit meiner ausdrücklichen Erlaubnis. Diese Erlaubnis wird jedoch nach aller menschlichen Voraussicht niemals erteilt werden. Ist das klar?«
»Das ist aber sehr hart«, sagte ich. »Sicherlich könnte ein gut überlegter Bericht . . .«
»Dann sind wir fertig«, sagte er. »Ich wünsche Ihnen einen schönen guten Morgen.«
»Nein, nein!«, rief ich. »Ich nehme alle Bedingungen an. Soweit ich sehe, bleibt mir keine andere Wahl.«

»Gar keine«, sagte er.
»Also gut, ich verspreche es.«
»Ehrenwort?«
»Ehrenwort.«
Er starrte mich ungeniert und voller Zweifel an. »Aber was weiß ich schon von Ihrer Ehre?«, sagte er.
»Auf mein Wort, Sir«, rief ich ärgerlich. »Sie erlauben sich eine ganze Menge! Ich bin in meinem Leben noch nicht so beleidigt worden.«
Er reagierte eher interessiert als verärgert auf meinen Ausbruch.
»Rundschädelig«, murmelte er. *»Brachycephalisch,* grauäugig, schwarzhaarig und angedeutet negroid. Keltisch, stimmt's?«
»Ich bin ein Ire, Sir.«
»Ein Ire?«
»Ja, Sir.«
»Das erklärt natürlich alles. Also warten Sie ab; Sie haben mir Ihr Versprechen gegeben, dass mein Vertrauen respektiert wird. Wie ich allerdings gleich sagen möchte, wird dieses Vertrauen bei Weitem nicht vollständig sein. Ich bin jedoch bereit, Ihnen ein paar Hinweise zu geben, die Sie interessieren werden. Zunächst einmal dürfte Ihnen ja bekannt sein, dass ich vor zwei Jahren eine Reise nach Südamerika angetreten habe – eine Reise, die in der Geschichte des Kosmos einmal klassisch genannt werden wird. Der ursprüngliche Zweck meiner Reise war, einige Schlussfolgerungen von Wallace und Bates zu überprüfen. Dies konnte nur durch die Beobachtung ihrer Feststellungen an Ort und Stelle und unter den gleichen Bedingungen geschehen. Auch wenn meine Expedition keine sonstigen Ergebnisse erbracht hätte, wäre sie sehr beachtenswert gewesen. Aber als ich

dort war, begegnete mir ein merkwürdiger Vorfall, der mir eine ganz andere Forschungsrichtung eröffnete.
Es ist Ihnen bekannt – oder es ist Ihnen wahrscheinlich in unserem halb gebildeten Zeitalter nicht bekannt –, dass das Gebiet des Amazonas bisher nur teilweise erforscht ist und dass eine große Anzahl von Nebenflüssen in den Strom mündet. Von ihnen sind etliche noch auf keiner Karte verzeichnet. Meine Aufgabe war, in dieses wenig bekannte Urwaldgebiet zu reisen, um seine Tierwelt zu untersuchen, wodurch ich Material für mehrere Kapitel des großen, umfassenden Zoologiebuches gewann, das einmal die Krönung meines Lebenswerkes sein soll.
Ich befand mich auf der Rückreise und meine Arbeit war abgeschlossen, als ich Gelegenheit hatte, in einem kleinen Indianerdorf zu übernachten. Das geschah an einer Stelle, wo ein gewisser Nebenfluss – dessen Namen und Lage ich verschweige – in den Amazonas mündet. Die Eingeborenen waren Cuama-Indianer, eine freundliche, aber etwas degenerierte Rasse. Auf meinem Weg stromaufwärts hatte ich bei ihnen einige Krankheiten geheilt und sie beträchtlich beeindruckt, sodass ich nicht verwundert war, als sie mich bei meiner Rückkehr schon dringend erwarteten. Ihren Zeichen konnte ich entnehmen, dass jemand notwendig meinen medizinischen Beistand brauchte, und so folgte ich dem Häuptling zu einer seiner Hütten.
Als ich eintrat, sah ich, dass der Kranke, zu dem man mich gerufen hatte, soeben gestorben war. Zu meiner Überraschung war es kein Indianer, sondern ein weißer Mann, sogar ein ungewöhnlich weißer Mann: Denn neben flachsblonden Haaren bot er auch noch sonstige Merkmale eines Albinos. Er war in Lumpen gekleidet, stark abgemagert und von langen Entbehrungen gezeichnet. Soweit ich den Bericht der Eingeborenen verstehen

konnte, kannten sie ihn nicht. Er war allein aus dem Urwald in ihr Dorf gekommen, im Endstadium völliger Erschöpfung.
Der Tornister des Mannes lag neben seinem Lager und ich untersuchte seinen Inhalt. Sein Name stand auf einem Schild an der Innenseite – ›Maple White, Lake Avenue, Detroit, Michigan‹. Vor diesem Namen werde ich stets meinen Hut ziehen.
Aus dem Inhalt des Tornisters war zu ersehen, dass dieser Mann, ein Künstler und Dichter, auf der Suche nach Motiven gewesen war. Es fanden sich Fragmente von Gedichten. Ich muss bekennen, dass ich in diesen Dingen kein Sachverständiger bin; sie erschienen mir jedoch äußerst dürftig. Da waren ferner ein paar ganz alltägliche Bilder von Flusslandschaften, ein Farbkasten, eine Schachtel mit Farbstiften, einige Pinsel, jener Knochen, der dort in meiner Schreibtischschale liegt, ein Buch von Baxter, ›Falter und Schmetterlinge‹, ein billiger Revolver und ein paar Patronen. Sonstige persönliche Besitztümer hatte er entweder nicht besessen oder unterwegs verloren. Das war also die ganze Ausrüstung dieses merkwürdigen amerikanischen Zigeuners.
Ich wollte mich gerade von ihm abwenden, als ich etwas aus seiner zerlumpten Jacke hervorragen sah. Es war sein Skizzenblock, der schon damals genauso beschädigt war, wie Sie ihn hier vor sich sehen. Sie dürfen mir ruhig glauben, dass kein Erstdruck von Shakespeare mit größerer Ehrfurcht behandelt werden könnte als diese Reliquie, seit sie in meinen Besitz gelangte. Ich fordere Sie auf, den Inhalt Seite für Seite zu überprüfen!«
Er nahm sich auch eine Zigarre, lehnte sich zurück und verfolgte mit kritischen Augen den Eindruck, den dieses Dokument auf mich machen sollte.
Ich hatte das Buch in der Erwartung aufgeschlagen, darin eine

Offenbarung zu finden, obwohl ich keine Vorstellung hatte, welcher Art sie sein könnte. Die erste Seite jedoch war eine Enttäuschung. Sie enthielt nur das Bild eines sehr fetten Mannes in einer gelbgrünen Jacke und darunter die Erklärung »Jimmy Colver auf dem Postdampfer«. Es folgten mehrere Seiten voller Skizzen von Indianern. Danach kam ein Bild eines vergnügten und korpulenten Geistlichen mit Schlapphut, der einem sehr dünnen Europäer gegenübersaß. Darunter die Beschriftung: »Lunch mit Fra Cristofero in Rosario«. Studien von Frauen und kleinen Kindern füllten mehrere Seiten und darauf folgte eine ununterbrochene Reihe von Tierzeichnungen mit Erklärungen wie »Seekuh auf Sandbank«, »Schildkröten und ihre Eier«, »Schwarzes Ajouti unter Miriti-Palme«; und schließlich kam eine Doppelseite mit Studien von sehr unangenehm aussehenden Reptilien mit langen Schnauzen. Ich wusste nicht, wo ich sie einordnen sollte, und das sagte ich auch dem Professor.

»Das sollen doch sicher Krokodile sein?«

»Alligatoren! Alligatoren! In ganz Südamerika gibt es kaum so etwas wie ein echtes Krokodil. Der Unterschied zwischen ihnen . . .«

»Ich meine, dass ich nichts Außergewöhnliches sehen kann – nichts, was Ihre Andeutungen rechtfertigt.«

Er lächelte mild.

»Versuchen Sie es mit der nächsten Seite«, sagte er.

Ich konnte seine Begeisterung immer noch nicht teilen. Es war eine ganzseitige Skizze, die mit angedeuteten Farben eine Landschaft darstellte – die Art Malerei, die ein Freiluft-Maler als Entwurf für ein späteres Gemälde macht. Da war ein blassgrüner Vordergrund mit gefiederter Vegetation. Er stieg steil an und reichte bis zu einer Reihe von Klippen in dunkelroter Farbtönung. Diese waren sonderbar gerippt, wie ich es von einigen Basaltformationen in Erinnerung hatte. Sie erstreckten sich in einer ununterbrochenen Mauer über den ganzen Hintergrund. An einer Stelle stand ein isolierter pyramidenförmiger Felsen mit einem großen Baum auf der Spitze. Er schien durch einen Spalt von der übrigen Felswand getrennt. Eine dünne grüne Linie von Pflanzenwuchs säumte die Oberkante der braunroten Klippen. Auf der nächsten Seite fand sich noch ein weiteres Aquarell von der gleichen Landschaft, aber diesmal viel näher, sodass man Einzelheiten klar erkennen konnte.

»Na?«, fragte er.

»Das ist zweifellos eine sonderbare Landschaft«, sagte ich, »aber ich bin geologisch nicht gebildet genug, um sie wundervoll zu finden.«

»Wundervoll!«, wiederholte er. »Einmalig ist sie. Sie ist unglaublich. Kein Mensch auf Erden hat je von solcher Möglichkeit geträumt. Jetzt die nächste Seite!«

Ich blätterte um und schrie überrascht auf. Ich sah ein ganzseitiges Bild des tollsten Geschöpfes, das ich jemals erblickt hatte. Es war der phantastische Traum eines Opiumrauchers, eine Vision aus dem Delirium. Der Kopf glich dem eines Vogels, der Körper einer aufgeblähten Eidechse; der lang nachschleppende Schwanz trug aufwärtsgerichtete Stacheln und der gewölbte Rücken war mit einem hohen gezackten Kamm besetzt, der aussah, als ob die Kehllappen von einem Dutzend Hähnen hintereinandergesetzt wären. Vor dieser Kreatur stand ein lächerliches Männchen, ein Zwerg in Menschengestalt, der sie anstarrte.

»Na, wie finden Sie das?«, rief der Professor und rieb sich triumphierend die Hände.

»Das ist ungeheuerlich – grotesk.«
»Aber was hat ihn veranlasst solch ein Tier zu malen?«
»Billiger Gin, nach meiner Meinung.«
»Ach, eine bessere Erklärung fällt Ihnen wohl nicht ein, wie?«
»Was haben Sie denn für eine, Sir?«
»Die naheliegendste, dass dieses Wesen wirklich existiert, dass er es nach der Natur gezeichnet hat.«
Am liebsten hätte ich laut gelacht; aber ich dachte noch rechtzeitig an einen neuen Salto mortale durch die Haustür.
»Ohne Zweifel«, sagte ich, wie man einen Verrückten besänftigt, »ohne Zweifel. Ich muss jedoch gestehen, dass diese winzige Menschengestalt mich verwirrt. Wenn es ein Indianer wäre, so könnten wir ihn als Beweis für eine amerikanische Pygmäenrasse ansehen; aber es scheint ein Europäer mit einem Sombrero zu sein.«
Der Professor schnaufte wie ein gereizter Stier. »Das ist wirklich die Höhe«, sagte er. »Sie sind einfach unmöglich. Cerebrale Parese! Gehirnträgheit! Wunderbar!«
Er kam mir jetzt zu komisch vor, um mich noch zu ärgern. Es war wirklich Energieverschwendung. Ich begnügte mich mit einem müden Lächeln. »Mir fiel auf, dass der Mann klein ist«, sagte ich.
»Sehen Sie doch her!«, schrie er, beugte sich vor und tippte mit einem großen behaarten Wurstfinger auf das Bild. »Sehen Sie sich doch mal die Pflanze hinter dem Tier an; ich nehme an, die haben Sie für eine Butterblume oder ein Farnkraut gehalten, was? Das ist eine Elfenbein-Palme und die werden immerhin fünfzig bis sechzig Fuß hoch. Begreifen Sie denn nicht, dass der Mann in einer bestimmten Absicht eingezeichnet ist? Wenn er in Wirklichkeit vor dieser Bestie gestanden hätte, könnte er bestimmt nichts mehr aufgezeichnet haben. Er hat sich dazuge-

malt, um einen Größenmaßstab zu geben. Wir wollen einmal annehmen, er war gut fünf Fuß hoch. Der Baum ist etwa zehnmal so groß; das entspricht genau den zu erwartenden Verhältnissen.«

»Gütiger Himmel!«, rief ich. »Dann glauben Sie, dieses Vieh wäre – Donnerwetter, Charing Cross Station wäre als Käfig für so ein Untier noch nicht groß genug!«

»Ohne jede Übertreibung, er ist ganz bestimmt ein gut gewachsenes Exemplar«, sagte der Professor wohlgefällig.

»Aber«, rief ich, »alle Erfahrungen der Menschheit können doch nicht wegen einer einzigen Skizze beiseitegeschoben werden, wegen einer Skizze eines fahrenden Künstlers aus Amerika, der sie im Haschischrausch oder im Fieberdelirium gemalt haben mag oder einfach als Erzeugnis einer blühenden Phantasie.«

Ich hatte inzwischen weitergeblättert und mich vergewissert, dass sonst nichts mehr in dem Buch war. »Sie, als ein Mann der Wissenschaft, können doch einen solchen Standpunkt nicht verteidigen.«

Statt zu antworten, nahm der Professor ein Buch aus einem Regal. »Dieses ist eine ausgezeichnete Monografie von meinem gelehrten Freund Ray Lankester!«, sagte er. »Es enthält eine Illustration, die Sie interessieren dürfte. Ja, hier ist sie! Die Unterschrift dazu heißt: ›Wahrscheinliches Lebensbild des Dinosauriers *Stegosaurus*, Jurazeitalter.‹ Allein das Hinterbein ist doppelt so hoch wie ein erwachsener Mann. Na, was sagen Sie dazu?«

Er reichte mir das aufgeschlagene Buch. Ich fuhr zusammen, als ich das Bild sah. Dieses rekonstruierte Tier einer ausgestorbenen Epoche besaß sicherlich eine sehr große Ähnlichkeit mit der Skizze des unbekannten Künstlers.

»Das ist bemerkenswert«, sagte ich.

»Aber Sie wollen noch nicht zugeben, dass es ein Beweis ist?«

»Es könnte ohne weiteres reiner Zufall sein oder dieser Amerikaner könnte ein solches Bild gesehen und im Gedächtnis behalten haben. Ein solches Bild würde einem im Delirium mit großer Wahrscheinlichkeit wieder erscheinen.«

»Sehr schön«, sagte der Professor einlenkend, »wir wollen es einstweilen dabei belassen. Ich möchte Sie nun bitten, einen Blick auf diesen Knochen zu werfen.« Er reichte mir den Knochen, den er bereits als einen Teil der Besitztümer des Toten beschrieben hatte. Er war ungefähr sechs Zoll lang, dicker als mein Daumen und ließ an einem Ende Spuren von getrocknetem Knorpel erkennen.

»Zu welchem bekannten Lebewesen gehört dieser Knochen?«, fragte der Professor.

Ich untersuchte ihn sorgfältig und versuchte, mir alte, vergessene Kenntnisse ins Gedächtnis zurückzurufen.

»Es könnte ein sehr dickes menschliches Schlüsselbein sein«, sagte ich.

Mein Gesprächspartner winkte verächtlich ab.

»Das menschliche Schlüsselbein ist gebogen. Dieser Knochen ist gerade. Auf der Oberfläche trägt er eine Rinne, die anzeigt, dass eine Sehne darübergelaufen ist. Das dürfte auf eine Klavikel nicht zutreffen.«

»Ich muss gestehen, dass ich keine Ahnung habe, was es ist.«

»Sie brauchen sich auch gar nicht zu schämen, wenn Sie Ihre Ignoranz zugeben; denn ich glaube kaum, dass der ganze Lehrkörper in South Kensington diesem Knochen einen Namen geben könnte.« Er nahm aus einer Pappschachtel einen kleinen, erbsengroßen Knochen. »Soweit ich es beurteilen kann, entspricht dieser menschliche Knochen dem, was Sie in der Hand halten. Das dürfte Ihnen eine Vorstellung von der Größe des Tieres geben. An den Knorpelresten können Sie sehen, dass dies kein fossiles, sondern noch ein ganz frisches Exemplar ist. Was sagen Sie nun?«

»Vielleicht von einem Elefanten . . .«

Er zuckte schmerzlich zusammen.

»Nein! Wie können Sie von Elefanten in Südamerika reden! Sogar bei unserem gegenwärtigen Schulsystem . . .«

»Also«, unterbrach ich ihn, »dann eben irgendein großes südamerikanisches Tier – ein Tapir zum Beispiel.«

»Sie dürfen voraussetzen, junger Mann, dass ich mich in den Grundlagen meines Berufes auskenne. Dies ist kein klassifizierbarer Knochen, weder von einem Tapir noch von irgendeinem sonstigen der Zoologie bekannten Lebewesen. Er gehört einem sehr großen, sehr starken und mit größter Wahrscheinlichkeit sehr wilden Tier, das auf dieser Erde lebt, von der Wissenschaft jedoch bisher noch nicht entdeckt ist. Sind Sie immer noch nicht überzeugt?«

»Ich bin zumindest stark beeindruckt.«

»Dann ist Ihr Fall nicht hoffnungslos. Ich fühle, dass sich irgendwo in Ihnen Vernunft verbirgt. Wir wollen uns also geduldig an sie herantasten. Ich will nun einmal den toten Amerikaner verlassen und mit meinem Bericht fortfahren. Sie können sich denken, dass ich unmöglich vom Amazonas fortkonnte, ohne dieser Sache auf den Grund zu gehen. Es gab Anzeichen für die Richtung, aus der der verstorbene Wanderer gekommen war. Schon allein die indianischen Legenden hätten mich leiten können; denn ich fand heraus, dass es bei allen am Strom lebenden Stämmen gleich lautende Gerüchte über ein unheimliches Land gab. Sie haben doch bestimmt von ›Curupuri‹ gehört?«

»Noch nie.«

»Curupuri ist der Geist des Urwaldes, etwas Furchtbares, etwas Böses, etwas, dem man aus dem Weg geht. Niemand kann über sein Aussehen etwas sagen oder es sonst näher beschreiben; aber am ganzen Amazonas löst dieser Name Furcht und Schrecken aus. Nun stimmen alle Stämme in Bezug auf die Richtung überein, in der Curupuri lebt. Es war dieselbe Richtung, aus der der Amerikaner gekommen war. Irgendetwas Fürchterliches musste dort zu finden sein. Es war meine Sache, herauszufinden, was es war.«

»Was taten Sie dann?« Meine ganze frühere Arroganz war dahin. Dieser massige Mann zwang einen einfach zu Aufmerksamkeit und Respekt.

»Ich überwand die extreme Scheu der Eingeborenen – eine Scheu, die sich sogar auf das bloße Gespräch über dieses Thema erstreckt. Durch Überredung, Geschenke und – wie ich zugeben will – auch mit etwas Gewaltandrohung brachte ich zwei von ihnen dazu, mich hinzuführen. Nach vielen Abenteuern, die ich nicht zu beschreiben brauche, und nach Überwindung einer Entfernung, die ich nicht angebe, in eine Richtung, die ich verschweige, kamen wir endlich in einen Landstrich, den außer meinem unglücklichen Vorgänger noch kein Mensch beschrieben, geschweige denn bereist hatte. Wollen Sie gefälligst einen Blick hierauf werfen?«

Er reichte mir eine Fotografie – von der Größe einer halben Platte.

»Ihr bedauerlicher Zustand kommt daher«, sagte er, »dass auf der Rückreise stromabwärts unser Boot umschlug und die Kiste mit den belichteten Platten zerschellte, mit verheerendem Resultat. Fast alle Negative waren unbrauchbar – ein unersetzlicher Verlust. Das ist eines der wenigen, die teilweise gerettet werden konnten. Sie wollen diese Erklärung der Defekte oder

Unzulänglichkeiten gütigst akzeptieren. Man hat auch von Fälschungen gesprochen. Ich bin nicht dazu aufgelegt, über einen solchen Punkt zu streiten.«

Die Fotografie hatte sich auch verfärbt, sodass ein unfreundlicher Kritiker aus der getrübten Oberfläche leicht falsche Schlüsse ziehen konnte. Es war eine düstergraue Landschaft, und als ich allmählich die Einzelheiten entzifferte, erkannte ich darauf eine lange und außerordentlich hohe Linie von Klippen, die von Weitem wie ein ungeheurer Wasserfall aussahen. Im Vordergrund lag eine ansteigende baumbewachsene Ebene.

»Ich glaube, das ist dieselbe Stelle wie auf dem Aquarell«, sagte ich.

»Das ist dieselbe Stelle«, antwortete der Professor. »Ich habe Spuren vom Lagerplatz unseres Freundes gefunden. Und nun sehen Sie sich das hier an.«

Es war ein näherer Anblick der gleichen Szenerie auf einer hochgradig beschädigten Fotografie. Ich konnte einwandfrei die isolierte, baumgekrönte Felszinne erkennen, die abseits der Kette stand.

»Jetzt gibt es für mich keinen Zweifel mehr«, sagte ich.

»Na, das ist schon ein Gewinn«, meinte er. »Wir machen Fortschritte, was? Wollen Sie jetzt bitte einmal die Spitze dieses Felsturmes näher betrachten? Fällt Ihnen daran etwas auf?«

»Ein großer Baum.«

»Aber auf dem Baum?«

»Ein großer Vogel«, sagte ich.

Er gab mir eine Lupe.

»Ja«, sagte ich, nachdem ich hindurchgeschaut hatte, »auf dem Baum sitzt ein großer Vogel. Er scheint einen stattlichen Schnabel zu haben. Ich würde sagen, es ist ein Pelikan.«

»Über Ihre Sehschärfe kann man Ihnen kein Kompliment machen«, sagte der Professor. »Das ist weder ein Pelikan noch überhaupt ein Vogel. Es interessiert Sie vielleicht zu hören, dass ich dieses Exemplar abschießen konnte. Das war für meine Erlebnisse der einzige unwiderlegbare Beweis, den ich mit zurückbringen konnte.«

»Dann haben Sie ihn hier?« Nun gab es endlich eine greifbare Bestätigung.

»Ich hatte ihn. Unglücklicherweise ging er zusammen mit vielen anderen Dingen bei demselben Bootsunfall verloren, der mir auch meine Fotografien zerstört hat. Als dieses Tier gerade im Strudel der Stromschnellen verschwand, packte ich es und behielt einen Teil seines Flügels in der Hand. Ich war zwar bewusstlos, als ich an Land gespült wurde; aber das kümmerliche Überbleibsel meines einmaligen Exemplars hatte ich noch. Ich lege es Ihnen nun vor.«

Er zog aus einer Schublade etwas, das in meinen Augen der obere Teil eines großen Fledermausflügels war: wenigstens zwei Fuß lang, ein langer gebogener Knochen mit einer pergamentenen Haut darunter.

»Eine Riesenfledermaus!«, rief ich.

»Nichts Derartiges«, sagte der Professor streng. »Wenn man wie ich in einer wissenschaftlichen Atmosphäre lebt, möchte man nicht für möglich halten, dass die einfachsten Grundbegriffe der Zoologie so wenig bekannt sind. Ist es denn zu glauben, dass die elementare Tatsache aus der vergleichenden Anatomie Ihnen nicht bekannt sein sollte, nämlich dass der Flügel eines Vogels in Wirklichkeit der Unterarm ist, während der Flügel einer Fledermaus aus drei verlängerten Fingern mit Häuten dazwischen besteht? In diesem Falle nun ist der Knochen sicherlich der Unterarm und Sie können selbst sehen, dass die Haut an einem einzigen Knochen hängt, und darum kann es sich nicht um eine Fledermaus handeln. Wenn es nun aber weder Vogel noch Fledermaus ist, was ist es dann?«

Mein karger Wissensvorrat war erschöpft.

»Ich weiß es wirklich nicht«, sagte ich.

Er öffnete dasselbe Standardwerk, auf das er mich schon einmal verwiesen hatte.

»Hier«, sagte er und zeigte auf das Bild eines ungewöhnlichen fliegenden Scheusals, »ist eine ausgezeichnete Reproduktion des *Dimorphodon* oder *Pterodactylos,* eines fliegenden Reptils aus der Jurazeit. Auf der nächsten Seite finden Sie eine Darstellung des Mechanismus seiner Flügel. Haben Sie die Güte und vergleichen Sie sie mit dem Teil in Ihrer Hand!«

Eine Woge der Verwunderung durchströmte mich, als ich es tat. Ich war überzeugt. Man konnte diesen Tatsachen nicht länger ausweichen. Die Skizze, die Fotografien, der Bericht und nun sogar dieses echte Beweisstück – die Indizien waren vollständig. Ich sagte das – ich sagte es mit Wärme; denn ich empfand, dass man dem Professor übel mitgespielt hatte. Er lehnte sich in seinem Stuhl mit gesenkten Lidern und einem nachsichtigen Lächeln zurück und wärmte sich in diesem plötzlichen Sonnenstrahl.

»Das ist die großartigste Sache, die mir je zu Ohren gekommen ist!«, sagte ich, obwohl natürlich meine Begeisterung eher journalistischer als wissenschaftlicher Natur war. »Das ist kolossal. Sie sind ein wissenschaftlicher Kolumbus und haben eine versunkene Welt entdeckt. Ich bitte vielmals um Entschuldigung für meine anfänglichen Zweifel: Es war ja alles so unglaublich. Wenn ich aber Beweise sehe, dann weiß ich sie auch zu würdigen, und diese hier sollten jedem genügen.«

Der Professor schnurrte vor Zufriedenheit.

»Und dann, Sir, was taten Sie danach?«

»Die nasse Jahreszeit war gekommen, Mr Malone, und meine Vorräte gingen zu Ende. Ich erforschte noch einen Teil dieser gewaltigen Klippen, fand jedoch keine Möglichkeit, sie zu ersteigen. Der pyramidenförmige Felsen, auf dem ich den *Pterodactylos* gesehen und geschossen hatte, erwies sich etwas zugänglicher. Da ich ein guter Bergsteiger bin, konnte ich bis zur halben Höhe hinaufklettern. Von dort oben gewann ich eine bessere Vorstellung von dem Plateau, das dieses Bergmassiv krönt. Es schien riesengroß zu sein; weder im Osten noch im Westen konnte ich ein Ende des grün bewachsenen Felsdaches erblicken. Unten gab es nur Sumpf und Dschungel voller Schlangen, Insekten und Fieber.«

»Haben Sie noch irgendwelche anderen Spuren von Lebewesen bemerkt?«

»Nein, das habe ich nicht. Aber während der Woche, die wir am Fuße der Klippen zubrachten, konnten wir von oben einige seltsame Geräusche hören.«

»Und dieses Vieh, das der Amerikaner gezeichnet hat? Wie erklären Sie sich das?«

»Wir können nur vermuten, dass er irgendwie hinaufgelangt ist und es dort gesehen hat. Dadurch wissen wir auch, dass es einen Weg nach oben gibt. Andererseits wissen wir, dass dieser Weg sehr schwierig sein muss; sonst wären die Tiere längst heruntergekommen und hätten die Umgebung verwüstet. Das ist doch wohl klar?«

»Aber wie sind sie denn früher dort hinaufgekommen?«

»Ich glaube kaum, dass das ein schwieriges Problem ist«, sagte der Professor. »Es gibt dafür nur eine einzige Erklärung. Wie Sie vielleicht gehört haben, besteht der südamerikanische Kontinent größtenteils aus Granit. Irgendwann in grauer Vorzeit hat es an dieser Stelle im Inneren einen plötzlichen, großen, vulkanischen Ausbruch gegeben. Die Klippen sind aus Basalt, wie ich ergänzen muss, und daher plutonischen Ursprungs. Ein Gebiet, ungefähr so groß wie Sussex, wurde so *en bloc* mitsamt all seinem lebenden Inhalt hochgehoben und vom übrigen Kontinent abgeschnitten. Seine senkrechten Abgänge sind nun so hart, dass sie jeglicher Erosion trotzen. Was ist das Resultat? Nun, die allgemeinen Naturgesetze sind aufgehoben. All die verschiedenen Widerstände, die den Daseinskampf in der übrigen Welt beeinflussen, werden unwirksam oder abgeändert. Arten, die sonst längst ausgestorben wären, überleben. Sie haben gesehen, dass sowohl der *Pterodactylos* als auch der *Stegosaurus* Tiere des Jura und somit entwicklungsgeschichtlich ungeheuer alt sind. Durch diese seltsamen, zufällig entstandenen Verhältnisse sind sie erhalten geblieben.«

»Ihre Beweise sind bestimmt eindeutig. Sie brauchen sie doch nur den zuständigen Gremien vorzulegen.«

»Das hatte ich in meiner Einfalt auch geglaubt«, sagte der Professor voller Bitterkeit. »Ich kann Ihnen aber nur versichern, dass es ganz anders verlief, dass ich an jeder Ecke auf Unglauben stieß, der zur Hälfte aus Dummheit, zur anderen aus Neid entsprang. Es ist mir nicht gegeben, andere Menschen anzubetteln oder eine Tatsache zu beweisen, wenn man mein Wort bezweifelt. Nach dem ersten Versuch war ich mir zu schade dazu, alle beweiskräftigen Unterlagen, die ich besitze, zu zeigen. Als dann noch Leute wie Sie, die die törichte Neugier der Öffentlichkeit verkörpern, bei mir eindrangen und mein Privatleben störten, war ich einfach unfähig, ihnen mit würdiger Zurückhaltung zu begegnen. Ich gebe zu, dass ich etwas hitzig veranlagt bin und zu Gewalttätigkeiten neige, wenn man mich reizt. Ich fürchte, dass Sie das bestätigen können.«

Ich streichelte meine Beule über dem Auge und schwieg.

»Meine Frau hat mir deshalb schon häufig Vorhaltungen gemacht und doch glaube ich, dass jeder Mann von Ehre genauso reagieren würde. Heute Abend habe ich jedoch vor, ein überzeugendes Beispiel für die Herrschaft des Willens über die Gefühle zu geben. Ich lade Sie ein, bei dieser Vorstellung zugegen zu sein.« Er gab mir eine Karte von seinem Schreibtisch. »Wie Sie sehen, will Mr Percival Waldron, ein Naturgeschichtlicher, der für ziemlich populär gehalten wird, um acht Uhr dreißig im Hörsaal des Zoologischen Instituts eine Vorlesung über ›Die Zeitalter der Erde‹ halten. Man hat mich persönlich eingeladen, auf dem Podium zu sitzen und anschließend eine Dankadresse an den Vortragenden zu richten. Während ich das tue, werde ich es mir angelegen sein lassen, mit unendlichem Takt und mit Delikatesse ein paar Bemerkungen fallen zu lassen, die das Interesse der Zuhörer erregen und in einigen von ihnen den Wunsch erwecken mögen, mehr von der Sache zu erfahren. Selbstverständlich keine Einzelheiten, sondern lediglich eine Andeutung, dass es noch wissenschaftliches Neuland gibt. Ich werde mich gewaltig im Zaum halten und versuchen, ob ich mit dieser Selbstbeherrschung ein günstigeres Ergebnis erzielen kann.«

»Und ich darf hinkommen?«, fragte ich eifrig.

»Aber ganz sicher«, sagte er herzlich. Seine Freundlichkeit war fast ebenso überwältigend wie sein Jähzorn. Sein gütiges Lächeln, wobei die Wangen sich plötzlich zwischen seinen halb geschlossenen Augen und dem dicken schwarzen Bart zu zwei roten Äpfeln zusammenzogen, wirkte wie ein Wunder. »Auf jeden Fall müssen Sie kommen. Es wird für mich tröstlich sein, wenigstens einen Verbündeten im Saal zu wissen, mag er auch noch so unmaßgeblich sein und von der Sache keine Ahnung haben. Ich glaube, es wird recht voll werden; denn Waldron, der zwar ein Scharlatan ist, hat in der Öffentlichkeit viele Anhänger. So, Mr Malone, nun habe ich Ihnen mehr von meiner Zeit geopfert, als ich vorhatte. Das Individuum darf nicht für sich beanspruchen, was der ganzen Welt gehört. Ich werde mich freuen, wenn ich Sie heute Abend bei dem Vortrag sehe. Für die Zwischenzeit wollen Sie nicht vergessen, dass das Material, das ich Ihnen geliefert habe, nicht für die Öffentlichkeit bestimmt ist.«

»Aber Mr McArdle, mein Nachrichtenredakteur, wird mich fragen, was ich getan habe.«

»Erzählen Sie ihm, was Sie wollen. Unter anderem können Sie ihm sagen, wenn er noch einmal jemanden schickt, werde ich ihm einen Besuch mit der Reitpeitsche abstatten. Aber ich mache Sie dafür verantwortlich, wenn irgendetwas von diesen Dingen gedruckt werden sollte. Dann also bis heute Abend acht Uhr dreißig im Hörsaal des Zoologischen Instituts.« Ich bekam einen letzten Eindruck von roten Backen, blau gelocktem Bart und unduldsamen Augen mit auf den Weg, als er mich energisch aus seinem Zimmer hinauskomplimentierte.

4. Kapitel

Infolge der physischen Erschütterungen, die ich bei meinem ersten Interview mit Professor Challenger davongetragen hatte, und der geistigen Erschütterungen bei unserer zweiten Unterredung war ich etwas zermürbt, als ich mich in Enmore Park wiederfand. Ein einziger Gedanke klopfte in meinem schmerzenden Schädel: dass mir der Professor die Wahrheit erzählt hatte, dass diese von weltbewegender Bedeutung war und dass ich für die »Gazette« eine unvorstellbare Auflagensteigerung erzielen könnte, wenn ich nur die Erlaubnis erlangte, davon Gebrauch zu machen. Am Ende der Straße wartete eine Droschke. Ich sprang hinein und fuhr zum Büro. McArdle war wie üblich auf seinem Posten.

»Na«, rief er erwartungsvoll, »was haben Sie erreicht? Ich glaube, junger Mann, Sie kommen vom Schlachtfeld. Wollen Sie mir etwa erzählen, dass er Sie angegriffen hat?«

»Wir hatten zuerst eine kleine Meinungsverschiedenheit.«

»Das sieht ihm ähnlich! Und was haben Sie gemacht?«

»Nun, er wurde vernünftiger und wir haben uns unterhalten. Ich bekam aber nichts aus ihm heraus – das heißt nichts, was wir veröffentlichen können.«

»Da bin ich gar nicht so sicher. Sie haben ein blaues Auge und das ist schon etwas für die Zeitung. Wir müssen dieses Schreckensregime nicht dulden, Mr Malone. Wir müssen den Mann in seine Schranken weisen. Ich bringe morgen einen Leitartikel über ihn, der Blasen zieht. Sie brauchen mir nur das Material zu liefern und ich werde den Kerl für immer brandmarken. ›Professor Münchhausen‹ – wie macht sich das als ergänzende Überschrift? ›Sir John Maneville *redivivus*‹ – ›Cagliostro‹ – all diese Lügner und Großmäuler der Geschichte. Ich will ihn als den Betrüger hinstellen, der er ist.«

»Das würde ich nicht tun, Sir.«

»Und warum nicht?«

»Weil er alles andere als ein Betrüger ist.«

»Was?«, brüllte McArdle. »Sie wollen mir doch nicht etwa erzählen, dass Sie wirklich seinen ganzen Quatsch über Mammuts und Mastodons und große Seeschlangen glauben?«

»Also davon ist mir nichts bekannt. Ich glaube auch nicht, dass er so etwas behauptet. Aber ich denke, dass er etwas Neues entdeckt hat.«

»Dann schreiben Sie es um Himmels willen auf, Mann!«

»Ich wollte, ich könnte es. Aber er hat mir alles, was ich weiß, nur im Vertrauen und unter der Bedingung erzählt, dass ich nichts darüber schreibe.« Ich fasste den Bericht des Professors in ein paar Sätzen zusammen. »So stehen die Dinge.« McArdle machte ein recht ungläubiges Gesicht.

»Gut, Mr Malone«, sagte er endlich; »aber diese wissenschaftliche Veranstaltung heute Abend – darüber wenigstens kann es keine Geheimhaltung geben. Ich nehme kaum an, dass irgendeine Zeitung darüber berichten will; denn über Waldron gibt es schon ein Dutzend Berichte, und dass Challenger dort reden will, weiß keiner. Wenn wir Glück haben, kann es ein Mordsgeschäft werden. Sie sind ja sowieso dort, also schreiben Sie für uns einen schönen runden Bericht. Ich halte Ihnen bis Mitternacht ein paar Spalten frei.«

Ich hatte einen arbeitsreichen Tag und aß gemeinsam mit Tarp Henry vorzeitig im Savage-Club zu Abend. Dabei erzählte ich ihm einiges über meine Abenteuer. Er hörte zu, ein skeptisches Lächeln in seinem langen Gesicht, und schüttelte sich vor Lachen, als er hörte, dass der Professor mich überzeugt hatte.

»Mein lieber Junge, im wirklichen Leben passieren solche Dinge nicht. Man stolpert nicht über epochale Entdeckungen und verliert dann anschließend sein Beweismaterial. Überlassen Sie das den Schriftstellern! Dieser Bursche steckt voller Tricks wie das Affenhaus im Zoo. Das ist doch alles nur Geschwätz!«

»Aber der amerikanische Maler?«

»Hat nie gelebt.«

»Ich habe sein Skizzenbuch gesehen.«

»Challengers Skizzenbuch.«

»Sie glauben, er hätte das Tier gezeichnet?«

»Natürlich hat er. Wer sonst?«

»Gut, aber die Fotografien?«

»Was war denn darauf zu sehen? Wie Sie selbst zugeben, haben Sie auch einen Vogel gesehen.«

»Einen *Pterodactylos*.«

»Das sagt er. Den *Pterodactylos* hat er Ihnen in den Kopf gesetzt.«

»Aber die Knochen?«

»Der eine stammt aus einem Irish Stew. Der andere ist nach Maß zurechtgebastelt. Wer klug ist und etwas davon versteht, kann ebenso gut einen Knochen fälschen wie eine Fotografie.«

Allmählich wurde mir etwas unbehaglich zumute. Vielleicht war ich wirklich mit meiner Bekehrung voreilig gewesen. Da hatte ich plötzlich einen guten Gedanken.

»Kommen Sie mit zum Vortrag?«, fragte ich.

Tarp Henry sah nachdenklich vor sich hin.

»Er ist nicht sehr beliebt, der geniale Challenger«, sagte er. »Eine ganze Menge Leute hat noch Rechnungen mit ihm zu begleichen. Man darf wohl sagen, er sei der bestgehasste Mann von London. Falls die Medizinstudenten etwas mit ihm vorhaben, werden die Fetzen fliegen. Und ich habe keine Lust, in einen Bärenzwinger zu gehen.«

»Sie könnten ihm aber eine Chance geben und sich anhören, was er zu sagen hat.«

»Ja, das stimmt allerdings, es wäre auch nur fair. In Ordnung. Verfügen Sie heute Abend über mich.«

Als wir zum Hörsaal kamen, gerieten wir in ein viel größeres Gedränge, als ich erwartet hatte. Kutschen in langer Kette luden ihre Frachten weißbärtiger Professoren aus und der dunkle Strom bescheidener Fußgänger, der sich durch den gewölbten Torbogen presste, ließ darauf schließen, dass die Zuhörerschaft ebenso aus Laien wie aus Gelehrten bestand. Sobald wir uns gesetzt hatten, bemerkten wir sogar, dass auf der Galerie und in den hinteren Bankreihen ein ausgesprochener Übermut herrschte. Als ich mich umdrehte, erblickte ich vier junge Leute, die ich für Medizinstudenten halten durfte. Anscheinend hatte jedes der großen Krankenhäuser sein Kontingent entsandt. Die Stimmung war fröhlich und ausgelassen. Man hörte Bruchstücke von Schlagern, mit Begeisterung im Chor gesungen. Eine seltsame Einleitung zu einem wissenschaftlichen Vortrag!

Als der alte Dr. Meldrum mit seinem stadtbekannten verbeulten Zylinder auf dem Podium erschien, erhob sich ein unüberhörbares Rufen »Wo haben Sie bloß den Deckel her?«, sodass er seine Kopfbedeckung schleunigst abnahm und unauffällig unter seinem Stuhl versteckte. Und als der alte Professor Wadley mit seinem Podagra zu seinem Platz humpelte, hörte er von überall liebevolle Erkundigungen nach dem Befinden seiner armen großen Zehe. Die größte Demonstration gab es jedoch beim Eintritt meines neuen Bekannten, Professor Challenger, der jetzt den Gang entlangschritt, um seinen Platz am äußersten Ende der dritten Reihe auf dem Podium einzunehmen. Kaum war sein Bart hinter der Ecke sichtbar geworden, als auch schon ein derartiges Begrüßungsgeschrei einsetzte, dass ich zu fürchten begann, Tarp Henry würde mit seiner Prophezeiung recht behalten. Offenbar waren diese Menschenmassen nicht allein des Vortrags wegen gekommen, sondern weil sich die Nachricht verbreitet hatte, dass der berüchtigte Professor an der Veranstaltung teilnehmen würde.

Unter den gut gekleideten Zuhörern in den ersten Reihen gab es bei seinem Erscheinen ebenfalls Gelächter, als ob die Demonstration der Studenten ihnen nicht ungelegen käme. Diese Begrüßung war in der Tat ein fürchterlicher Lärmausbruch. Es lag vielleicht auch ein aggressiver Unterton darin. Im Ganzen klang es jedoch wie ein bloßes Freudengeheul, eher wie der lärmende Empfang für jemand, der sie belustigte oder interessierte, als für einen, den sie nicht mochten oder gar verabscheuten.

Challenger lächelte müde und voll nachsichtiger Verachtung, so wie ein gütiger Mann auf das Gekläff einer Meute junger Hunde reagierte. Er setzte sich langsam hin, wölbte den Brustkorb vor, fuhr mit der Hand liebkosend über seinen Bart und betrachtete mit hochmütigen Blicken unter gesenkten Lidern den überfüllten Saal vor sich. Der Lärm über seinen Auftritt hielt noch immer an, als Professor Ronald Murray, der Vorsitzende, und Mr Waldron, der Referent, sich nach vorn durchschlängelten und die Veranstaltung begann.

Professor Murray wird mir hoffentlich nicht böse sein, wenn ich sage, dass er den weit verbreiteten, typisch englischen Fehler der »Unhörbarkeit« hat. Es ist ein Rätsel des modernen Lebens, weshalb gerade solche Leute, die etwas Wissenswertes zu sagen haben, sich nicht verständlich machen können. Ihre Methoden erscheinen damit um nichts vernünftiger, als wenn sie versuchten eine kostbare Flüssigkeit durch ein verschlossenes Rohr zu leiten. Professor Murray richtete einige tiefsinnige Worte an seinen weißen Schlips und die Wasserkaraffe auf dem Pult und machte eine scherzhafte Bemerkung zu dem silbernen Kerzenleuchter zu seiner Rechten. Dann setzte er sich und Mr Waldron, der berühmte Populärwissenschaftler, erhob sich unter allgemeinem Beifallsgemurmel. Er war ein strenger, hagerer Mann mit schriller Stimme und arrogantem Benehmen. Aber er besaß die Gabe, sich die Ideen anderer Leute anzueignen und sie in verständlicher und sogar interessanter Form an das Laienpublikum weiterzugeben. Außerdem neigte er dazu, die ungeeignetsten Dinge humoristisch zu behandeln. Sogar die Abweichung der Äquinoktien oder die Entwicklungsgeschichte der Säugetiere nahmen sich komisch aus, wenn er darüber sprach. Jetzt eröffnete Mr Waldron uns in seiner klaren und zuweilen bildhaften Rede eine Vogelperspektive der Schöpfungsgeschichte, wie die Wissenschaft sie heute sieht. Er erzählte uns, wie die Erdkugel zunächst als ungeheure Masse glühender Gase im Weltenraum flackerte. Dann malte er die Abkühlung aus, die Verfestigung, die Schrumpfung, wobei die Berge entstanden, den Dampf, der zu Wasser wurde, die langsame Vorbereitung der Bühne, auf der sich das unerklärliche Drama des Lebens abspielen sollte. Über den Ursprung des Lebens selbst drückte er sich unbestimmt und zurückhaltend aus. Dass seine ersten Keime die vorausgegangene Höllenglut überstanden hatten, erklärte er, wäre ziemlich sicher auszuschließen. Deshalb müssten sie später entstanden sein. Hatte das Leben sich aus den abkühlenden anorganischen Bestandteilen der Erdkruste entwickelt? Sehr wahrscheinlich. Oder waren die ersten Lebenskeime von außen mit einem Meteor auf die Erde gelangt? Kaum vorstellbar. Mit einem Wort, hier sei es am klügsten, sich gar nicht festzulegen. Wir können nicht – oder doch jedenfalls bis heute noch nicht – organisches Leben aus anorganischen Elementen in unseren Laboratorien schaffen. Der Abgrund zwischen toter Materie und dem Lebendigen wäre für unsere Chemie bisher noch unüberbrückbar. Aber es gebe eine höhere und feinere Chemie in der Natur, die mit großen Kräften über unvorstellbare Zeiträume hin am Werk sei und sehr wohl Erfolge zeitigen könnte, die für uns Menschen immer unerreichbar bleiben müssten. Hierbei sollten wir es zunächst bewenden lassen.

Damit kam der Vortragende zu der großen Leiter des tierischen Lebens, beginnend tief unten bei Mollusken und winzigen Seetieren, dann Sprosse für Sprosse aufwärts über Reptilien und Fische, bis wir endlich bei einer Kängururatte anlangten, dem ersten Geschöpf, das seine Jungen lebendig zur Welt brachte, und damit dem direkten Vorfahren aller Säugetiere und vermutlich auch aller im Saale Anwesenden.

»Nein, nein!«, protestierte ein vorlauter Student in der letzten Reihe. Darauf meinte Mr Waldron, wenn der junge Herr mit dem roten Schlips, der »Nein, nein« gerufen habe und also für seinen Teil vermutlich beanspruche, aus einem Ei gekrochen zu sein, sich nach der Vorlesung bei ihm melden wolle, wäre er sehr erfreut ein solches Kuriosum kennenzulernen. (Gelächter.) Es wäre ein seltsamer Gedanke, dass die Entwicklungsprozesse während aller Erdzeitalter nur das eine Endziel der Entstehung dieses

Herrn mit dem roten Schlips gehabt haben sollten. War denn dieser Prozess schon abgeschlossen? Er hoffte dem Herrn mit dem roten Schlips nicht zu nahe zu treten, wenn er – trotz aller Tugenden, die dieser Herr im Privatleben haben mochte – behauptete, dass die ungeheuren Entwicklungsvorgänge des Universums nicht völlig gerechtfertigt wären, wenn sie mit seiner Erzeugung enden sollten. Die Kräfte der Evolution wären noch nicht erschöpft, sodass man noch größere Ergebnisse erwarten dürfe.

Nachdem der Redner unter allgemeinem Gekicher weidlich mit seinem Zwischenrufer gespielt hatte, kam er zu seiner Darstellung der Vergangenheit zurück, zur Austrocknung der Meere, dem Auftauchen von Sandbänken, dem kriechenden, schleimigen Gewimmel an ihren Rändern, den gedrängt vollen Lagunen, der Tendenz der Seetiere, Zuflucht auf den Schlammbänken zu suchen, dem Überfluss an Nahrung, der sie dort erwartete und ihr enormes Wachstum begünstigte. »Und so, meine Damen und Herren«, fügte er hinzu, »entstand jene Furcht erregende Gattung der Saurier, die uns noch heute Schrecken einjagen, wenn wir sie im Wealdener oder Solnhofener Schiefer sehen, die jedoch glücklicherweise lange vor dem ersten Erscheinen der Menschheit auf diesem Planeten ausgestorben sind.«

»Irrtum!«, dröhnte eine Stimme vom Podium.

Nun war Mr Waldron ein gestrenger Zuchtmeister und verfügte über beißenden Humor, wie er an dem Herrn mit dem roten Schlips demonstriert hatte; es war also gefährlich, ihn zu unterbrechen. Dieser Zwischenruf aber erschien ihm so ungeheuerlich, dass er außerstande war, darauf zu reagieren. Er schnappte für eine Weile nach Luft und wiederholte dann mit erhobener Stimme langsam die Worte: »Die lange vor dem Erscheinen des Menschen ausgestorben sind.«

»Irrtum!«, dröhnte die Stimme nochmals.
Waldron blickte voller Verwunderung an der Reihe der Professoren auf dem Podium entlang, bis sein Blick auf Challenger fiel, der mit geschlossenen Augen und heiterem Gesicht in seinem Stuhl lehnte, als ob er im Schlaf lächelte.
»Ach so!«, sagte Waldron achselzuckend. »Das war mein Freund Challenger.« Dann nahm er unter allgemeinem Gelächter seinen Vortrag wieder auf, als ob eine weitere Erklärung überflüssig und jedes weitere Wort verschwendet wäre.
Der Zwischenfall war aber noch lange nicht zu Ende. Welchen Weg der Redner auch durch die Wildnis der Vergangenheit nehmen mochte, so kam er doch über kurz oder lang immer wieder zu irgendeiner Erwähnung von ausgestorbenen oder prähistorischen Arten und unfehlbar erscholl das gleiche Stiergebrüll des Professors. Die Zuhörer begannen darauf zu warten und schrien vor Vergnügen, wenn es kam. Obwohl Waldron ein hartgesottener Redner war, geriet er völlig durcheinander. Er machte Pausen, stotterte, verhedderte sich in einem langen Satz und ging schließlich wütend auf seinen Quälgeist los.
»Das ist ja einfach nicht mehr auszuhalten!«, schrie er und starrte über das Podium. »Ich muss Sie bitten, Professor Challenger, Ihre Zwischenrufe zu unterlassen.«
Im Saal wurde es mäuschenstill. Die Studenten saßen starr vor Entzücken, einen Zank zwischen den hohen Göttern des Olymp mitzuerleben. Challenger stemmte langsam seinen gewichtigen Körper aus seinem Stuhl hoch.
»Und ich muss Sie meinerseits bitten, Mr Waldron«, sagte er, »Behauptungen zu unterlassen, die nicht den wissenschaftlichen Tatsachen entsprechen.«

Diese Worte entfesselten einen Sturm. »Unerhört! Unerhört!«, »Lasst ihn ausreden!«, »Schmeißt ihn raus!«, »Stoßt ihn vom Podium!«, »Fair Play!« konnte man aus dem allgemeinen, aus Gelächter und Flüchen gemischten Lärm heraushören.

Der Vorsitzende stand auf, wedelte mit beiden Armen und blökte aufgeregt. »Professor Challenger – persönliche – Meinung – später«, lauteten die vernehmbaren Gipfel inmitten von unhörbarem Gemurmel. Der Zwischenrufer verbeugte sich, lächelte, strich sich den Bart und ließ sich wieder in seinen Stuhl sinken. Waldron fuhr in seinen Ausführungen fort, allerdings recht hitzig und kriegerisch. Ab und zu, wenn er eine Feststellung traf, schoss er einen giftigen Blick auf seinen Widersacher ab, der mit dem gleichen zufriedenen Lächeln tief zu schlummern schien. Endlich erreichte der Vortrag seinen Abschluss und ich habe den Verdacht, dass dieser etwas vorzeitig kam; denn der letzte Teil der Rede war hastig und zusammenhanglos. Die ungeduldigen Zuhörer hatten den Gedankenfaden brutal zerrissen. Waldron setzte sich. Nach einem Zwitschern des Vorsitzenden erhob sich Professor Challenger und trat an den Rand des Podiums. Im Interesse meiner Zeitung hielt ich seine Rede wörtlich fest.

»Meine Damen und Herren«, begann er trotz fortgesetzten Lärms von den hinteren Reihen. »Verzeihung – meine Damen und Herren, liebe Kinder – ich muss um Entschuldigung bitten, dass ich unachtsamerweise einen beträchtlichen Teil der Zuhörerschaft nicht angesprochen habe.« (Tumult, währenddessen der Professor mit erhobener Hand dastand und freundlich mit seinem gewaltigen Kopf nickte, als ob er der Menge einen päpstlichen Segen erteilte.) »Man hat mich ausersehen, eine Dankadresse zu verlesen für Mr Waldron, dessen erhebender und phantasievoller Rede wir gerade lauschen durften. Der Vortrag enthält Punkte, in denen ich anderer Meinung bin, und es war meine Pflicht, dies jeweils anzuzeigen. Mr Waldron hat aber nichtsdestoweniger seine Aufgabe gut gelöst, vorausgesetzt, dass diese Aufgabe darin bestand, einen einfachen und interessanten Bericht von dem zu geben, was *er* für die Geschichte unseres Planeten hält. Man kann volkstümlichen Vorlesungen sehr leicht zuhören. Aber Mr Waldron« (hierbei blinzelte er diesen strahlend an) »wird mir sicher verzeihen, wenn ich behaupte, dass sie nicht notwendigerweise oberflächlich und irreführend sein müssen, wenn sie der beschränkten Auffassungsgabe eines ungebildeten Publikums angepasst sein sollen.« (Ironischer Beifall.)

»Populärwissenschaftler sind naturgemäß Parasiten.« (Ärgerlicher Protest bei Waldron.) »Für persönlichen Ruhm oder für Geld nutzen sie die Arbeit ihrer unvermögenden und unbekannten Brüder aus. Jede noch so kleine, im Laboratorium gewonnene Erkenntnis, jeder winzige Baustein am Tempel der Wissenschaft ist weitaus mehr wert als irgendein Vortrag aus zweiter Hand, der allenfalls eine müßige Stunde vertreiben kann, dessen praktisches Ergebnis jedoch gleich null ist.

Diese einleuchtenden Überlegungen stelle ich nicht eigens deshalb an, um Mr Waldron persönlich herabzusetzen, sondern um Ihnen die richtigen Maßstäbe wiederzugeben, damit Sie nicht den Vikar mit dem Erzpriester verwechseln.« (An dieser Stelle flüsterte Mr Waldron mit dem Vorsitzenden, der sich erhob und in strengem Ton etwas zu seiner Wasserkaraffe sagte.)

»Aber genug davon!« (Lauter und anhaltender Beifall.) »Wir wollen zu einem interessanteren Thema übergehen. In einem besonderen Punkt habe ich als Forscher die Genauigkeit unseres Redners infrage stellen müssen. Es handelt sich dabei um den

Fortbestand gewisser Arten tierischen Lebens auf der Erde. Ich spreche in dieser Sache nicht als Amateur oder, wie ich hinzufügen möchte, als Populärwissenschaftler, sondern ich spreche als jemand, der von seinem wissenschaftlichen Gewissen getrieben wird, sich genau an die Tatsachen zu halten. Und ich behaupte, dass Mr Waldron im Irrtum ist, wenn er meint, es könne keine sogenannten prähistorischen Tiere mehr geben, nur weil ihm persönlich noch keines begegnet ist. Sie sind in der Tat unsere Vorfahren, wie er sagte; aber sie sind, wenn ich einmal den Ausdruck gebrauchen darf, unsere zeitgenössischen Vorfahren, die auch heute noch in all ihrer Scheußlichkeit und Gefährlichkeit zu finden sind, wenn man nur die Energie und Ausdauer aufbringt, ihre Schlupfwinkel aufzusuchen. Lebewesen, die man seit dem Jura ausgestorben wähnte, Ungeheuer, die auf unsere größten und wildesten Säugetiere Jagd machen und sie fressen würden, existieren immer noch.« (Zwischenrufe wie »Quatsch!«, »Das müssen Sie erst beweisen!«, »Woher wissen Sie denn das?«, »Irrtum!«.)

›Woher ich das weiß, fragen Sie mich? Ich weiß es, weil ich ihre versteckten Schlupfwinkel aufgesucht habe; ich weiß es, weil ich einige von ihnen gesehen habe.« (Applaus, Geschrei und eine einzelne Stimme: »Lügner!«) »Habe ich recht gehört, dass jemand mich einen Lügner genannt hat? Will der Betreffende, der mich einen Lügner genannt hat, gütigst aufstehen, damit ich ihn sehen kann?« (Eine Stimme: »Hier ist er, Sir!«, und inmitten einer Gruppe von Studenten wurde ein harmloses kleines Kerlchen mit Brille, das sich heftig wehrte, hochgehoben.) »Haben Sie gewagt mich einen Lügner zu nennen?« (»Nein, nein!«, brüllte der Beschuldigte und verschwand wie in einer Versenkung.) »Wenn irgendjemand in diesem Saal es wagt, meine Glaubwürdigkeit anzuzweifeln, werde ich mich nach der Veranstaltung mit ihm darüber unterhalten.« (»Lügner!«) »Wer hat das gesagt!« (Wieder wurde der Kleine, der verzweifelt strampelte, emporgehoben.) »Ich komme gleich zu euch rauf . . .« (Allgemeiner Chor: »Komm, Liebling, komm!« Der Vortrag wurde für einige Zeit vollständig unterbrochen, während der Vorsitzende, der aufgestanden war und beide Arme schwang, aussah, als ob er ein Orchester dirigierte. Der Professor war jetzt in Berserkerwut geraten, mit rotem Kopf, geblähten Nüstern und gesträubtem Bart stand er da.) »Jeder große Entdecker ist auf die gleiche Ungläubigkeit gestoßen – das sichere Merkmal einer Generation von Narren. Wenn euch große Erkenntnisse mitgeteilt werden, fehlen euch Intuition und Phantasie, um sie zu begreifen! Ihr könnt nur die Männer, die ihr Leben für die Erschließung neuer wissenschaftlicher Betätigungsfelder einsetzen, mit Dreck bewerfen. Ihr verfolgt die Propheten! Galilei, Darwin und ich . . .« (Anhaltender Beifall und völliges Durcheinander.)

Das Vorausgegangene stammt aus meinen mitgekritzelten eiligen Notizen, die nur einen sehr unvollkommenen Eindruck von dem Chaos geben können, in das sich die Versammlung zu diesem Zeitpunkt verwandelt hatte. So schrecklich war der Aufruhr, dass mehrere Damen bereits überstürzt die Flucht ergriffen hatten. Die Erregung schien auf gesetzte und würdige ältere Herren ebenso überzugreifen wie auf die Studenten. Ich sah weißbärtige Männer aufspringen und dem hartnäckigen Professor mit den Fäusten drohen. Der ganze große Hörsaal wogte und brodelte wie ein Topf mit kochendem Wasser. Der Professor trat einen Schritt vorwärts und erhob beide Hände. Der Mann hatte etwas so Großartiges und Fesselndes an sich, dass das Geschrei unter seiner gebieterischen Geste und seinen herrischen Augen allmählich erstarb. Er schien eine entscheidende Botschaft zu haben. Die Leute wurden still, um sie ganz deutlich zu vernehmen.

»Ich will Sie nicht weiter aufhalten«, sagte er. »Es lohnt sich nicht. Was wahr ist, bleibt wahr und auch das Geschrei einer Menge dummer junger Leute – und ich fürchte hinzufügen zu müssen gleichermaßen dummer Erwachsener – vermag daran nichts zu ändern. Ich behaupte, der Wissenschaft ein neues Forschungsgebiet erschlossen zu haben. Sie bestreiten es. Dann bin ich bereit, den Beweis anzutreten. Wollen Sie aus Ihrer Mitte einen oder mehrere Vertreter ernennen, die eine Expedition unternehmen, um meine Behauptungen in Ihrem Auftrag zu überprüfen?«

Mr Summerlee, der ehrwürdige Professor für Vergleichende Anatomie, ein großer, dünner Mann mit dem vertrockneten Äußeren eines Theologen, erhob sich von den Zuhörerbänken. Er wünschte, sagte er, Professor Challenger zu fragen, ob die Forschungsergebnisse, auf die er in seinen Ausführungen anspielte, von einer Reise zum Ursprung des Amazonas stammten, die er vor zwei Jahren unternommen hätte.

Professor Challenger sagte, dies träfe zu.

Mr Summerlee wünschte zu wissen, wie es käme, dass Professor Challenger beanspruche, Entdeckungen gemacht zu haben, die von Wallace, Bates und anderen früheren Forschern mit anerkanntem wissenschaftlichem Ruf übersehen worden sein müssten.

Professor Challenger erwiderte, dass Mr Summerlee den Amazonas mit der Themse zu verwechseln scheine; dass jener in Wirklichkeit aber ein etwas größerer Fluss sei. Es werde Mr Summerlee vielleicht interessieren zu erfahren, dass er zusammen mit dem Orinoko, mit dem er in Verbindung stehe, ein Einflussgebiet von etwa fünfzigtausend Meilen umfasse und dass es in einem so ungeheuren Gebiet nicht ganz ausgeschlossen sei, dass ein Mann etwas fände, das einem anderen entgangen wäre.

Mr Summerlee erklärte mit einem sauren Lächeln, dass er sich durchaus des Unterschiedes zwischen der Themse und dem Amazonas bewusst sei, der darin liege, dass im ersteren Falle jegliche Behauptung leicht zu überprüfen sei, was beim letzteren nicht möglich wäre. Er sei Professor Challenger sehr verpflichtet, wenn er ihm die geografische Länge und Breite des Landes angäbe, in dem man prähistorische Tiere finden könnte.

Professor Challenger antwortete, dass er gute Gründe dafür habe, diese Angaben vorerst für sich zu behalten, jedoch bereit sei, sie unter angemessenen Vorsichtsmaßregeln einem vom Publikum gewählten Komitee zu übergeben. Ob Mr Summerlee selbst diesem Komitee angehören und persönlich seine Angaben überprüfen wolle?

Mr Summerlee: »Ja, das will ich.« (Großer Applaus.)

Professor Challenger: »Dann versichere ich, Ihnen alles erforderliche Material zu übergeben, das Sie brauchen, um den Weg zu finden. Wenn Mr Summerlee sich aufmacht, um meine Aussagen zu überprüfen, ist es jedoch nur billig, wenn ein oder mehrere Beauftragte von mir mitreisen, die ihn kontrollieren. Ich will Ihnen nicht verhehlen, dass es dabei Schwierigkeiten und Gefahren geben wird. Mr Summerlee wird einen jüngeren Gefährten nötig haben. Möchte sich jemand freiwillig melden?«

Auf solche Art kann ein Mann dem großen Wendepunkt seines Lebens unvermittelt gegenüberstehen. Hätte ich bei meinem Eintritt in diesen Saal wohl ahnen können, dass ich mich dort zu einem Abenteuer verpflichten würde, wie es mir bisher noch nicht einmal im Traum begegnet war? Aber Gladys – war dies nicht genau die Gelegenheit, von der sie gesprochen hatte? – Gladys hätte mich aufgefordert mitzugehen. Ich war aufgesprungen. Ich sprach, noch ehe ich meine Worte überlegt hatte. Tarp Henry, mein Begleiter, zog mich am Rockzipfel und flüsterte: »Setzen Sie sich hin, Malone! Machen Sie sich nicht öffentlich zum Esel.« Gleichzeitig bemerkte ich, dass ein paar Reihen vor mir ein großer, schlanker Mann mit dunklen braunroten Haaren gleichfalls aufgestanden war. Er starrte mich mit harten, ärgerlichen Augen an; aber ich dachte nicht daran, nachzugeben.

»Ich will mitgehen, Herr Vorsitzender«, wiederholte ich ein übers andere Mal.

»Name! Name!«, schrien die Zuhörer.

»Mein Name ist Edward Dunn Malone. Ich bin Reporter der ›Daily Gazette‹. Ich kann behaupten, ein absolut unvoreingenommener Zeuge zu sein.«

»Und wie ist Ihr Name, Sir?«, fragte der Vorsitzende meinen hochgewachsenen Rivalen.

»Ich heiße Lord John Roxton. Ich bin schon den Amazonas hinaufgefahren, ich kenne die ganze Gegend und halte mich darum für diese Forschungsreise besonders geeignet.«

»Lord John Roxtons Ruf als Sportsmann und Weltreisender ist natürlich weltbekannt«, sagte der Vorsitzende. »Auf der anderen Seite wäre es aber auch sicherlich sehr gut, ein Mitglied der Presse auf solcher Expedition zu haben.«

»Dann schlage ich vor«, sagte Professor Challenger, »dass beide Herren gewählt werden, als Vertreter dieser Versammlung Professor Summerlee auf seiner Reise zu begleiten und mit ihm über die Wahrheit meiner Mitteilungen nachzuforschen und uns zu berichten.«

Damit war unser Geschick unter Gebrüll und Hochrufen besiegelt und ich wurde von dem Menschenstrom, der in Richtung der Tür sprudelte, mit hinweggerissen. Mein Geist war noch ganz benommen von dem ungeheuren neuen Projekt, das sich so plötzlich vor mir entwickelt hatte. Als ich aus dem Saal herauskam, gewahrte ich für einen Augenblick, wie lachende Studenten über den Gehweg rannten. In ihrer Mitte einen Arm, der einen Regenschirm auf- und niederschwang. Darauf fuhr Professor Challengers Kutsche unter Schmäh- und Hochrufen ab. Als ich wieder klar denken konnte, stellte ich fest, dass ich unter den silbernen Lichtern der Regent Street entlangging, voller Gedanken an Gladys und meine ungewisse Zukunft.

Plötzlich spürte ich eine Berührung an meinem Ellbogen. Ich drehte mich um und sah in die lustigen, aber gebieterischen Augen des großen, schlanken Mannes, der sich als mein Gefährte für diese geheimnisvolle Unternehmung gemeldet hatte.

»Mr Malone, wie ich gehört habe«, sagte er. »Wir werden miteinander auskommen müssen, was? Meine Wohnung ist gleich über die Straße, im ›Albany‹. Hätten Sie wohl eine halbe Stunde für mich Zeit? Ich möchte Ihnen einige Dinge sagen.«

5. Kapitel

Lord John Roxton und ich gingen gemeinsam die Vigo Street hinunter und durch das düstere Portal des berühmten aristokratischen Wohnblocks. Am Ende eines langen dunklen Ganges stieß mein Begleiter eine Tür auf und drehte einen Lichtschalter. Eine Anzahl von Lampen, die durch farbige Schirme leuchteten, tauchte das große Zimmer vor uns in rötlichen Glanz.
Als ich in der Tür stand und mich umsah, hatte ich den Eindruck von außergewöhnlichem Komfort und eindrucksvoller Eleganz, kombiniert mit einer ausgesprochen männlichen Atmosphäre. Überall mischten sich der Luxus des reichen Mannes von gutem Geschmack und die unbekümmerte Unordnung des Junggesellen. Kostbare Felle und seltsame schillernde Matten aus irgendeinem orientalischen Basar lagen über den Fußboden verstreut. Bilder und Drucke, deren Wert und Seltenheit sogar meinem ungeübten Auge erkennbar waren, hingen in großer Menge an den Wänden. Dabei wechselten Skizzen von Boxern, Ballettmädchen und Rennpferden mit einem sinnlichen Fragonard, einem kriegerischen Giradet und einem verträumten Turner. Zwischen diesen Schmuckstücken fanden sich die Trophäen, die mir die Tatsache ins Gedächtnis zurückriefen, dass Lord John Roxton einer der großen, in allen Sätteln gerechten Sportsmänner und Athleten seiner Tage war. Ein dunkelblaues Ruder, mit einem kirschroten über dem

Kaminsims gekreuzt, verriet den früheren Oxford-Studenten, während die Säbel und Boxhandschuhe darüber und darunter die Werkzeuge eines Spitzenathleten waren. Wie ein Wandrelief säumte den ganzen Raum eine Reihe von prachtvollen schweren Tierköpfen aus allen Teilen der Welt. Und das weiße Nashorn der Lado-Enklave ließ über ihnen allen seine hochmütige Unterlippe herabhängen.

Im Mittelpunkt des teuren roten Teppichs stand ein schwarzgoldener Louis-Quinze-Tisch, eine wunderbare Antiquität, zur Zeit allerdings schändlich entweiht durch Weinspuren und Brandflecken von Zigarettenresten. Darauf standen ein silbernes Tablett mit Rauchwaren und ein polierter Flaschenständer. Mein Gastgeber füllte hieraus und aus einem danebenstehenden Siphon zwei hohe Gläser. Nachdem er mir einen Sessel angewiesen und meine Erfrischung danebengestellt hatte, bot er mir eine lange, glatte Havanna an. Dann setzte er sich mir gegenüber und betrachtete mich lange unverwandt mit seinen merkwürdigen glitzernden, rücksichtslosen Augen – Augen von der Farbe eines Gletschersees.

Durch den dünnen Rauch meiner Zigarre konnte ich nun die Einzelheiten eines Gesichts studieren, das ich bereits von vielen Fotografien her kannte: die kräftige, gebogene Nase, die hohen, straffen Wangen, das kastanienbraune, schon etwas gelichtete Haar, den energischen Schnurrbart und das kräftige Kinn. Er hatte etwas von Napoleon, etwas von Don Quichotte und doch wiederum die typischen Züge eines englischen Landedelmannes – eines lebhaften, scharf beobachtenden Mannes, der frische Luft, Hunde und Pferde zu schätzen weiß. Seine Haut war von Sonne und Wind rotbraun gegerbt. Er hatte buschige, überhängende Augenbrauen, die seinen an sich schon kalten Augen einen fast grausamen Ausdruck verliehen, der durch seine kräftige, gefurchte Stirn noch verstärkt wurde.

Der Lord war schlank, aber sehr kräftig gebaut – und er hatte oft bewiesen, dass sich nur wenige Männer in England an Stärke und Ausdauer mit ihm messen konnten. Er war etwas über sechs Fuß groß, wirkte jedoch wegen einer eigentümlichen Rundung seiner Schultern etwas kleiner. Das war also der berühmte Lord John Roxton, der mir jetzt gegenübersaß, heftig an seiner Zigarre kaute und mich lange mit unbehaglichem Schweigen musterte.

»So«, sagte er endlich, »jetzt ist es passiert, mein lieber junger Freund. Wir haben uns kopfüber reingestürzt, Sie und ich. Als Sie in den Saal gingen, haben Sie wohl noch nichts davon geahnt, was?«

»Kein Gedanke daran.«

»Bei mir gleichfalls. Kein Gedanke. Und jetzt stecken wir bis zum Hals in der Suppe! Ich bin gerade erst vor drei Wochen aus Uganda zurückgekommen und habe mir in Schottland ein Grundstück gemietet. Vertrag und alles unterschrieben. Schöne Geschichte – was? Und wie hat's Sie erwischt?«

»Na, für mich gehört das alles direkt zum Geschäft. Ich bin Journalist bei der ›Gazette‹.«

»Natürlich – das haben Sie ja schon gesagt, als Sie sich meldeten. Übrigens, ich hätte eine kleine Beschäftigung für Sie, wenn Sie mir helfen wollen.«

»Mit Vergnügen.«

»Macht es Ihnen auch nichts aus, wenn ein Risiko dabei ist?«

»Was für ein Risiko?«

»Ach, Ballinger, der ist das Risiko. Schon mal von ihm gehört?«

»Nein.«

»Aber junger Freund, wo leben Sie eigentlich? Sir Jack Ballinger ist der beste Herrenreiter in Nordengland. Auf glatter Strecke nehme ich's mit ihm auf; aber im Springen ist er mir über. Na, es ist ein offenes Geheimnis, dass er säuft, wenn er nicht im Training ist. Ausgleich nennt er das. Seit Dienstag ist er im Delirium und hat seitdem getobt wie der Teufel. Er wohnt hier drüber. Die Ärzte sagten, dass es aus ist mit dem guten Alten, wenn man nicht etwas Essen in ihn reinzwängt. Aber da er einen Revolver auf der Bettdecke liegen hat und verkündet, dass jeder, der ihm zu nahe kommt, damit was auf den Pelz gebrannt kriegt, ist eine Art Streik unter dem Personal ausgebrochen. Er ist ein harter Brocken, der Jack, und außerdem ein guter Schütze; aber man kann doch einen Grand-National-Sieger nicht einfach so eingehen lassen!«

»Und was wollen Sie nun tun?«, fragte ich.

»Ach, ich hatte mir gedacht, dass Sie und ich ihn überrumpeln könnten. Vielleicht döst er gerade und schlimmstenfalls kann er nur einem von uns eins verpassen. Dann müsste der andere mit ihm fertig werden. Wenn wir es schaffen, ihm seinen Kopfkissenbezug über die Arme zu ziehen, und ihm dann einen Magenschlauch bringen, können wir ihm die Mahlzeit seines Lebens servieren.«

Das war eine verfahrene Geschichte, die da noch unvermutet in meinem Tagespensum auftauchte. Ich halte mich nicht für besonders tapfer. Meine irische Phantasie lässt mir das Unbekannte nämlich schlimmer erscheinen, als es ist. Andererseits bin ich mit Abscheu vor Feigheit erzogen worden und fürchte nichts mehr, als für feige gehalten zu werden. Ich möchte behaupten, dass ich mich in einen Abgrund stürzen könnte wie jener Hunne im Geschichtsbuch, wenn mein Mut bezweifelt würde, und doch würde ich es sicher mehr aus Stolz und Furcht als aus wirklichem Mut tun. Deshalb antwortete ich, obwohl jeder einzelne Nerv in meinem Körper vor dem wahnsinnigen Ballinger zurückschreckte, so gleichgültig ich konnte, ich sei bereit mitzukommen. Eine weitere Bemerkung von Lord John Roxton über die Gefahr machte mich nur ärgerlich.

»Vom Reden wird es nicht besser«, sagte ich. »Kommen Sie.«

Wir standen beide auf. Dann boxte er mir mit anerkennendem Lachen zwei- oder dreimal gegen die Brust und stieß mich beim letzten Mal in meinen Sessel zurück.

»In Ordnung, Söhnchen – Sie sind richtig«, sagte er.

Ich blickte überrascht auf.

»Ich habe mich heute früh schon selbst um Jack Ballinger gekümmert. Er hat mir ein Loch in meinen Kimono geblasen – gesegnet sei seine zittrige Hand. Aber wir haben ihn in eine Zwangsjacke gesteckt und in einer Woche ist er wieder in Ordnung. Hören Sie, junger Freund, ich hoffe, Sie nehmen mir meine Flunkerei nicht übel – was? Sie müssen wissen, ganz unter uns – ich betrachte diese südamerikanische Sache als ein mächtig ernstes Ding. Und als Kumpel brauche ich einen Mann, auf den Verlass ist. Darum habe ich Ihnen auf den Zahn gefühlt; und ich muss schon sagen, dass Sie dabei gut abgeschnitten haben. Verstehen Sie, es hängt ja alles an Ihnen und mir; denn der alte Mann Summerlee wird von Anfang an ein Kindermädchen brauchen. Sind Sie übrigens der Malone, der die Rugby-Medaille für Irland kriegen soll?«

»Vielleicht eine überzählige.«

»Ich wusste doch gleich, dass ich Ihr Gesicht schon gesehen hatte. Mann, ich war dabei, als Sie den Angriff gegen Richmond führten – einen schöneren Umgehungslauf habe ich in der ganzen Saison nicht gesehen. Ich lasse mir kein Richmond-Spiel entgehen, denn es ist das männlichste Spiel, das wir noch haben. Na gut, ich habe Sie nicht hierhergebeten, damit wir uns über Sport unterhalten. Wir müssen unser Geschäft vorbereiten. Hier stehen die Schiffsverbindungen, auf der ersten Seite der ›Times‹. Am übernächsten Mittwoch geht ein Dampfer nach Para. Wenn der Professor und Sie es schaffen können, denke ich, wir sollten ihn nehmen – was? Schön, ich kümmere mich um ihn. Wie steht's mit Ihrer Ausrüstung?«

»Das besorgt meine Zeitung.«

»Können Sie schießen?«

»Ungefähr militärischer Durchschnitt.«

»Großer Gott! So schlecht? Ihr jungen Burschen kümmert euch viel zu wenig darum, das Wichtigste zu lernen. Ihr seid wie Bienen ohne Stacheln, wenn es mal darauf ankommt, euren Korb zu verteidigen. Aber in Südamerika müssen Sie mit einem Gewehr umgehen können; denn falls unser Freund, der Professor, nicht verrückt oder ein gewaltiger Lügner ist, könnten wir da auf ein paar drollige Viecher stoßen. Was für ein Gewehr haben Sie?«

Er ging hinüber zu einem Eichenschrank. Als er ihn aufriss, erblickte ich blinkende Läufe in parallelen Reihen wie die Orgelpfeifen.

»Mal sehen, ob ich in meinem Arsenal was Passendes für Sie auftreiben kann«, sagte er.

Nacheinander nahm er eine Reihe schöner Gewehre aus dem Schrank, öffnete und schloss jedes. Wenn er sie in das Regal zurückstellte, streichelte er sie so zärtlich wie eine Mutter ihre Kinder.

»Dies ist eine Bland 577 mit Spezialwindungen«, sagte er stolz.

»Damit habe ich diesen großen Burschen erwischt.« Er blickte zu dem weißen Nashorn hinauf. »Nur zehn Meter fehlten und ich steckte heute in seiner Sammlung.

›An jenem spitzen Geschoss hängt seine einzige Hoffnung.
Es ist der gerechte Vorteil der Schwachen.‹

Sie kennen doch hoffentlich Gordon. Er ist der Dichter für jeden, der ein Herz für Pferde und Gewehre hat.
So, hier hätten wir ein nützliches Instrument mit Zielfernrohr und doppeltem Auswerfer, punktgenau bis dreihundertfünfzig Meter. Das ist die Flinte, die ich vor drei Jahren gegen die peruanischen Sklavenhändler benutzt habe. Ich war die Geißel Gottes in dieser Gegend; das dürfen Sie mir ruhig glauben, wenn es auch in keinem Parlamentsbericht verzeichnet steht. Jeder Mensch kann mal in eine Lage kommen, mein junger Freund, wo er für Menschenrechte und Gerechtigkeit eintreten muss, wenn er sich nicht für den Rest seines Lebens kläglich fühlen will. Darum habe ich damals einen kleinen Privatkrieg geführt. Allein erklärt, allein durchgeführt und allein beendet. Jede dieser Kerben steht für einen Sklavenmörder – eine ganz schöne Reihe, was? Die große hier ist für Pedro Lopez, ihren Häuptling, den ich in einem Nebenflüsschen des Putomayo erwischt habe. So, und hier haben wir das Richtige für Sie.« Er nahm ein schönes braun-silbernes Gewehr heraus. »Griff schön gummiert, genaues Visier, Kammer für fünf Patronen. Diesem hier dürfen Sie getrost Ihr Leben anvertrauen.« Er reichte es mir und klappte seinen Eichenschrank wieder zu. »Im Übrigen«, fuhr er fort, als er zu seinem Sessel zurückkam, »was wissen Sie über diesen Professor Challenger?«

»Ich habe ihn heute zum ersten Mal gesehen.«
»Ich auch. Ist es nicht merkwürdig, dass wir beide unter versiegelter Order eines Mannes reisen sollen, den wir überhaupt nicht kennen? Er scheint ein hochnäsiger alter Vogel zu sein und seine gelehrten Brüder lieben ihn wohl nicht übermäßig. Was hat Sie denn dazu gebracht, sich für diese Geschichte zu interessieren?«
Ich erzählte ihm kurz, was ich am Vormittag erlebt hatte, und er hörte aufmerksam zu. Dann holte er eine Karte von Südamerika hervor und legte sie auf den Tisch.
»Ich glaube jedes einzelne Wort, das er Ihnen erzählt hat«, sagte er ernst. »Südamerika ist eine Gegend, die mich schon immer angezogen hat, und ich halte es für das großartigste, reichste und wunderbarste Stück Erde auf diesem Planeten. Die Menschen kennen es noch viel zu wenig und wissen nichts von seinen Entwicklungsmöglichkeiten. Ich aber habe es kreuz und quer durchstreift und habe auch ein paar Dürreperioden während meines Krieges gegen die Sklavenhändler miterlebt. Als ich dort unten war, wurden mir ein paar Geschichten erzählt – Indianersagen und dergleichen, die aber gewiss nicht ganz aus der Luft gegriffen waren. Je mehr man dieses Land kennenlernt, junger Freund, desto mehr begreift man, dass dort einfach alles möglich ist – alles. Es gibt da nur wenige schmale Wasserstraßen, auf denen die Leute reisen. Alles andere ist Finsternis. Und hier unten im Matto Grosso« – er wischte mit seiner Zigarre über einen Teil der Karte – »oder hier oben in dieser Ecke, wo drei Länder zusammenstoßen, würde mich überhaupt nichts überraschen.
Wie dieser Mensch schon heute Abend sagte, gibt es dort fünfzigtausend Meilen Wasserwege durch einen Urwald von der

Ausdehnung Europas. Wir beide könnten dort beispielsweise so weit voneinander entfernt sein wie von Schottland bis Konstantinopel und uns dennoch im gleichen brasilianischen Urwald aufhalten. Die Menschen haben bis jetzt nur hier und da einen Pfad oder eine kleine Lichtung in dieses Labyrinth gehauen. Hinzu kommt, dass der Fluss Höhenunterschiede bis zu vierzig Fuß hat. Und das halbe Gebiet ist Morast, durch den Sie nirgends hindurchkommen.

Warum sollte es in solch einem Land nichts Neues und Wunderbares geben? Und warum sollten wir nicht die Männer sein, das rauszufinden? Außerdem«, fügte er hinzu und sein hageres Gesicht leuchtete vor Entzücken, »steht dort bei jeder Meile etwas auf dem Spiel. Ich bin wie ein alter Golfball – die weiße Farbe habe ich mir längst abgestoßen. Das Leben kann mich jetzt herumschütteln und hinterlässt doch keine Spuren mehr. Aber etwas aufs Spiel setzen, junger Freund, das ist das Salz des Lebens. Dann lohnt sich's erst. Wir alle werden viel zu verweichlicht und stumpfsinnig und bequem. Ich verlange nichts als große unbewohnte Gebiete, freien Raum, ein Gewehr in der Faust und die Jagd auf etwas, das aufzuspüren sich lohnt. Bis jetzt habe ich Krieg, Querfeldeinjagden und Flugzeuge ausprobiert. Aber diese Jagd auf Viecher, die man sonst nur im Traum sieht, wenn man zu viel Hummer gegessen hat, bietet einen ganz neuen Nervenkitzel.« Er kicherte vor Vergnügen über diese Aussicht. Vielleicht erzähle ich zu ausführlich über diesen neuen Bekann-ten; aber er sollte ja nun für geraume Zeit mein Kamerad sein. Nur die Notwendigkeit, meinen Bericht über die Versammlung pünktlich abzuliefern, brachte mich endlich von ihm fort. Als ich ihn verließ, saß er in seinem rosa Licht, ölte das Schloss seiner Lieblingsflinte und lächelte immer noch vor sich hin beim Ge-

danken an die Abenteuer, die auf uns warteten. Es war für mich völlig klar, dass ich in ganz England keinen kühleren Kopf und keinen mutigeren Mann hätte finden können.
Müde, wie ich war, saß ich nach den wundersamen Ereignissen dieses Tages noch lange bei McArdle, dem Nachrichtenredakteur, und erklärte ihm die ganze Situation, die er für wichtig genug hielt, um am nächsten Morgen darüber zu berichten. Wir verabredeten, dass ich vollständige Berichte über meine Abenteuer in Form von Briefen heimsenden sollte und dass diese entweder von der »Gazette« gedruckt oder für spätere Veröffentlichungen zurückgehalten werden sollten, je nach Wunsch von Professor Challenger; denn wir konnten ja noch nicht wissen, welche Bedingungen er an die Informationen, die uns den Weg zum unbekannten Land zeigen sollten, knüpfen würde. Eine diesbezügliche telefonische Anfrage brachte uns außer einer Beschimpfung der Presse keine Einzelheiten. Professor Challenger bemerkte abschließend nur, dass er uns alle Informationen, die er für angebracht hielt, bei der Abreise übergeben würde, wenn wir ihm die Abfahrtszeiten unseres Schiffes mitteilten. Ein zweiter Anruf blieb ohne jede Antwort, bis auf ein klägliches Wimmern seiner Frau, dass ihr Mann sehr schlechte Laune hätte und sie hoffte, wir würden sie nicht weiter verschlimmern. Ein dritter Versuch verursachte einen fürchterlichen Krach. Anschließend teilte die Vermittlung uns mit, Professor Challengers Apparat wäre außer Betrieb. Danach unternahmen wir keine weiteren Versuche, mit ihm in Verbindung zu treten.
Und nun, mein geduldiger Leser, kann ich mich nicht mehr direkt an Sie wenden. Von jetzt an (falls überhaupt eine Fortsetzung dieser Erzählung zu Ihnen gelangt) kann dies nur noch durch die von mir vertretene Zeitung erfolgen. Diesen Bericht

über die bisherigen Ereignisse, die zu einer der denkwürdigsten Expeditionen aller Zeiten geführt haben, übergebe ich meinem Redakteur, sodass es wenigstens eine Aufzeichnung darüber gibt, wie alles zustande kam, falls ich nicht nach England zurückkehre. Diese letzten Zeilen schreibe ich im Salon des Booth-Passagierdampfers »Francisca«. Der Lotse wird sie mitnehmen und an Mr McArdle schicken.

Ein letztes Bild möchte ich noch skizzieren, bevor ich mein Notizbuch zuklappe – ein Bild, das ich als Erinnerung an den alten Kontinent mit mir nehmen werde. Es ist ein feuchter, trüber Morgen im Spätfrühling. Drei Gestalten in glänzenden Regenmänteln gehen den Kai entlang zur Gangway des großen Dampfers, der den Blauen Peter gesetzt hat. Ein Gepäckträger schiebt einen Karren vor ihnen her, der mit Koffern, Zeltplanen und Gewehrfutteralen hoch beladen ist. Summerlee, eine lange melancholische Erscheinung, geht mit schleppenden Schritten wie jemand, der seinen Entschluss schon tief bereut. Lord John Roxton schreitet energisch aus und sein schmales, lebhaftes Gesicht strahlt zwischen Jagdkappe und Schal heraus. Was mich selbst angeht, so bin ich froh, dass ich die Hetze der Vorbereitungen und allen Abschiedsschmerz hinter mir habe, und ich zweifle nicht, dass man es mir anmerkt.

Plötzlich brüllt jemand hinter uns. Es ist Professor Challenger, der versprochen hat, zu unserer Abreise zu kommen. Er rennt hinter uns her – eine japsende, rotgesichtige, cholerische Gestalt.

»Nein, vielen Dank«, sagt er, »ich gehe nicht an Bord. Die paar Worte, die ich Ihnen zu sagen habe, können ebenso gut hier gesprochen werden. Bilden Sie sich bitte nur nicht ein, dass ich Ihnen für Ihre Reise in irgendeiner Form zu Dank verpflichtet wäre. Seien Sie sich darüber klar, dass sie für mich völlig gleichgültig ist und ich mich weigere, auch nur das entfernteste Gefühl einer persönlichen Verantwortung dafür zu empfinden. Wahrheit bleibt Wahrheit. Daran werden auch Ihre Berichte nichts ändern, selbst wenn sie die Neugier und Sensationslust einer Menge höchst unmaßgeblicher Leute erregen.

Meine Anweisungen für Sie und die Angaben über den Reiseweg sind in diesem versiegelten Umschlag. Sie werden ihn öffnen, wenn Sie eine Stadt namens Manaos am Amazonas erreicht haben, jedoch keinesfalls vor dem darauf vermerkten Datum. Ist das klar genug? Bezüglich der strikten Einhaltung meiner Bedingungen muss ich mich ausschließlich auf Ihr Ehrenwort verlassen.

Nein, Mr Malone, ich will Ihrer Berichterstattung keine Beschränkung auferlegen; denn es ist ja der einzige Zweck Ihrer Reise, um diese Dinge viel Wind zu machen. Aber ich verlange, dass Sie die genaue Lage Ihres Reiseziels nicht bekannt geben und dass nichts vor Ihrer Rückkehr veröffentlicht werden darf. Leben Sie wohl, mein Lieber, Sie haben immerhin geschafft, meine Einstellung zu dem abscheulichen Beruf, den Sie unglücklicherweise ausüben, etwas zu mildern. Leben Sie wohl, Lord John. Soweit ich informiert bin, ist die Wissenschaft zwar für Sie ein Buch mit sieben Siegeln; Sie dürfen sich jedoch zu dem Jagdgebiet gratulieren, das Sie erwartet. Ohne Zweifel werden Sie später im ›Field‹ berichten können, wie Sie das auffliegende Dimorphodon abgeschossen haben. Und leben Sie wohl, Professor Summerlee. Falls Sie überhaupt noch besserungsfähig sind, wovon ich, ehrlich gesagt, nicht überzeugt bin, werden Sie bestimmt als klügerer Mann nach London zurückkehren.«

Damit machte er auf dem Absatz kehrt und eine Minute später konnte ich seine kleine, untersetzte Gestalt schon in der Ferne untertauchen sehen. So, und jetzt sind wir schon ein gutes Stück im Kanal. Die Glocke für die letzte Post läutet und der Lotse geht von Bord. Wir begeben uns auf hohe See. Gott segne all unsere Lieben daheim und schenke uns eine glückliche Wiederkehr!

6. Kapitel

Ich möchte diejenigen, die diesen Brief lesen, nicht mit einem Bericht von unserer luxuriösen Überfahrt auf dem Booth-Dampfer langweilen und will auch nichts über unseren siebentägigen Aufenthalt in Para erzählen. (Einzig möchte ich an dieser Stelle der Pinta-Gesellschaft für ihre wertvolle Hilfe bei der Beschaffung unserer Ausrüstung danken.) Auch unsere Reise stromaufwärts will ich nur ganz kurz erwähnen. Wir fuhren den großen, träge fließenden, lehmfarbenen Strom hinauf auf einem Schiff, das unserem Ozeandampfer an Größe nur wenig nachstand. Fahrplanmäßig passierten wir die Enge von Obidos und erreichten die Stadt Manaos. Hier wurden wir aus dem wenig attraktiven Gasthof von Mr Shortman, dem Agenten der Britisch-Brasilianischen Handelsgesellschaft, erlöst. Auf seiner gastlichen Fazenda warteten wir den Tag ab, an dem wir ermächtigt waren, Professor Challengers Instruktionsbrief zu öffnen.

Bevor ich zu den überraschenden Ereignissen dieses Termins komme, möchte ich noch gern ein deutlicheres Bild von meinen Reisegefährten und unseren in Südamerika angeheuerten Hilfskräften entwerfen. Ich spreche ganz offen und möchte Ihnen, Mr McArdle, die Entscheidung überlassen, wieweit mein Material verwendet werden soll, da dieser Bericht ja durch Ihre Hände gehen muss, bevor er an die Öffentlichkeit gelangt.

Die wissenschaftlichen Verdienste Professor Summerlees sind

so allgemein bekannt, dass ich mich nicht mit ihrer Aufzählung aufzuhalten brauche. Summerlee ist übrigens für eine derartige anstrengende Expedition besser geeignet, als man auf den ersten Blick glauben möchte. Sein langer, hagerer, sehniger Körper ist anscheinend gegen Erschöpfung immun und seine trockene, sarkastische und zuweilen auch unsympathische Art wird von keinem Wechsel der Umgebung beeinflusst. Obwohl er schon über fünfundsechzig Jahre alt ist, habe ich ihn noch nie über die Strapazen der Reise stöhnen hören. Anfangs hatte ich seine Teilnahme an der Expedition als Behinderung angesehen; inzwischen bin ich jedoch überzeugt, dass er mir an Ausdauer um nichts nachsteht.

Von Anfang an hat er nie einen Hehl aus seiner Meinung gemacht, dass Professor Challenger ein kompletter Betrüger und unsere ganze Expedition für die Katz sei. Er prophezeite, dass wir in Südamerika nichts als Enttäuschung und in England entsprechenden Spott ernten würden. Mit diesen Ansichten lag er uns während der ganzen Reise von Southampton bis Manaos in den Ohren. Sie wurden mit vielen leidenschaftlichen Grimassen seines hageren Gesichts und erregtem Wackeln seines Ziegenbartes vorgetragen. Seit der Landung unseres Schiffes hat er in der Schönheit und Vielfalt der Insekten- und Vogelwelt ringsum etwas Trost gefunden; denn er ist mit Leib und Seele der Wissenschaft verschrieben. Tagsüber saust er mit Schrotflinte und Schmetterlingsnetz durch die Wälder und abends ordnet er seine zahlreichen erbeuteten Exemplare.

Zu seinen Eigentümlichkeiten gehört es, dass er sich nachlässig kleidet, nicht gerade reinlich ist und leidenschaftlich aus einer kurzen Bruyère-Pfeife raucht. In seiner Jugend hat er an mehreren wissenschaftlichen Expeditionen teilgenommen (er war mit

Robertson in Papua), sodass das Leben im Zelt und Kanu ihm nichts Neues ist.

Lord John Roxton hat einige Punkte mit Professor Summerlee gemeinsam, in anderen jedoch unterscheiden sie sich wie Tag und Nacht. Er ist zwanzig Jahre jünger, hat aber annähernd den gleichen mageren, knochigen Körperbau. Sein Aussehen habe ich schon in dem in London verbliebenen Teil meiner Aufzeichnungen beschrieben. Er benimmt sich äußerst aristokratisch und zurückhaltend, kleidet sich stets sorgfältig mit weißen Drillichanzügen und hohen braunen Stiefeln und rasiert sich mindestens einmal täglich. Wie die meisten Tagmenschen macht er nicht viele Worte und bleibt gern in seinen Gedanken allein; aber er ist jederzeit bereit, auf eine Frage zu antworten oder sich in ein Gespräch einzuschalten, wobei er dann in einer seltsam abgehackten, halb scherzhaften Manier redet.

Seine geografischen Kenntnisse, insbesondere von Südamerika, sind erstaunlich. Er glaubt fest an den Erfolg unserer Reise und lässt sich durch Professor Summerlees abfällige Bemerkungen nicht beirren. Seine Stimme ist sanft, sein Betragen ruhig, aber seine glitzernden blauen Augen verraten, dass er durchaus zu leidenschaftlichen Zornesausbrüchen und unbeugsamen Entschlüssen fähig ist. Und die können umso gefährlicher sein, als sie für gewöhnlich im Zaum gehalten werden. Er redete nur wenig über seine Taten in Brasilien und Peru; es war für mich jedoch wunderbar, die Begeisterung mitzuerleben, die sein Erscheinen bei den Eingeborenen längs des Flusses auslöste. Sie betrachteten ihn als ihren Helden und Beschützer. Die Ruhmestaten des Roten Häuptlings, wie sie ihn nannten, sind bei ihnen schon zur Legende geworden. Die zugrunde liegenden Tatsachen, soweit ich sie erfahren konnte, waren erstaunlich genug.

Vor einigen Jahren war Lord John in jenes Niemandsland gekommen, das zwischen den unbestimmbaren Grenzen von Peru, Brasilien und Kolumbien liegt. In diesem Bezirk gedeiht der wilde Gummibaum: für die Eingeborenen ein Fluch, der nur noch mit der Zwangsarbeit in den alten Silberminen von Darin unter spanischem Joch zu vergleichen war. Eine Handvoll Mestizen beherrschte das Land. Sie bewaffneten einige Indianer, die ihnen willfährig waren, und versklavten den Rest. Sie terrorisierten die Eingeborenen mit den unmenschlichsten Qualen, um sie zum Sammeln der Gummikuchen zu zwingen, die dann auf dem Fluss nach Para hinabgebracht wurden.
Lord John Roxton machte sich zum Fürsprecher der elenden Opfer und erntete nichts als Drohungen und Schmähungen für seine Mühen. Darauf erklärte er Pedro Lopez, dem Anführer der Sklavenhalter, in aller Form den Krieg. Er stellte eine Truppe aus entlaufenen Sklaven auf und begann einen Feldzug, den er erst beendete, nachdem er den berüchtigten Mestizen eigenhändig getötet und das von ihm verkörperte System zerstört hatte.
So war es dann kein Wunder, dass der rothaarige Mann mit der weichen Stimme und dem freien, offenen Betragen an den Ufern des großen südamerikanischen Flusses beträchtliches Aufsehen erregte. Die Dankbarkeit der Eingeborenen wurde aber zum Teil aufgewogen vom Hass der Mestizen, die ihre Ausbeutung gern fortgesetzt hätten. Eine nützliche Folge seines früheren Aufenthaltes war, dass er die »Lingoa Geral«, einen eigentümlichen Dialekt aus einem Drittel Portugiesisch und zwei Drittel Indianisch, der in ganz Brasilien geläufig ist, fließend beherrschte. Ich habe bereits erwähnt, dass Lord John Roxton von Südamerika geradezu besessen war. Er konnte nur mit Begeisterung von diesem Land sprechen und diese Begeisterung war ansteckend.

Sie zog sogar mich – trotz meiner unzureichenden Sachkenntnisse – in ihren Bann und erregte meine Wissbegier. Ich wollte, ich könnte den Zauber dieser Vorträge wiedergeben, diese einmalige Mischung aus exaktem Wissen und unverbildeter Phantasie, die den Zuhörer so faszinierte, dass selbst der Professor allmählich sein zynisches und skeptisches Lächeln vergaß. Roxton erzählte uns die Geschichte dieses mächtigen, so rasch erforschten Stromes. Einige der ersten Conquistadoren hatten auf seinen Wassern den gesamten Kontinent durchquert. Aber das, was hinter seinen ständig wechselnden Ufern lag, war unbekannt geblieben.

»Was liegt dort?«, rief der Lord und deutete nach Norden. »Wälder, Moor und undurchdringlicher Dschungel. Wer weiß, was sich dort verborgen hält? Und im Süden? Eine Wildnis aus sumpfigen Wäldern, die noch kein Weißer betreten hat. Von allen Seiten umgibt uns das Unbekannte. Kennt irgendjemand etwas außerhalb der engen Flussläufe? Wer will sagen, was in einem solchen Land möglich ist und was unmöglich? Warum sollte der gute alte Challenger nicht recht haben?«

Bei solcher direkten Herausforderung pflegte dann das verbohrte, verächtliche Lächeln wieder in Professor Summerlees Gesicht zu erscheinen. Er saß schweigend da, schüttelte missbilligend den Kopf und hüllte sich in die Wolken seiner Pfeife. So viel über meine beiden weißen Gefährten, deren Vorzüge und Schwächen im weiteren Verlauf dieser Erzählung noch deutlicher zutage treten werden. Wir haben aber auch schon eine Anzahl von Hilfskräften angemustert, die für die weitere Entwicklung nicht ohne Bedeutung sein werden. Der Erste ist ein hünenhafter Neger namens Zambo, ein schwarzer Herkules, willig wie ein Pferd (und wohl auch von gleicher Intelligenz). Wir haben ihn auf Para eingestellt, auf Empfehlung der Schifffahrtsgesellschaft, auf deren Dampfer er auch ein holpriges Englisch gelernt hat.

Ebenfalls in Para traten Gomez und Manuel in unsere Dienste, zwei Mestizen, die weiter stromaufwärts lebten und gerade mit einer Ladung Mahagoni heruntergekommen waren. Es sind dunkelhäutige Burschen, bärtig und wild, so vital und elastisch wie Panther. Beide haben ihr ganzes Leben am oberen Lauf des Amazonas verbracht, den wir erforschen wollen. Dieser Umstand hat Lord John bewogen, sie anzustellen. Der eine von ihnen, Gomez, spricht ausgezeichnet Englisch. Diese Männer erklärten sich bereit, uns gegen einen Monatslohn von fünfzehn Dollar zu bedienen, für uns zu kochen, zu rudern und sich anderweitig nützlich zu machen.

Ferner haben wir drei Mojo-Indianer aus Bolivien angeworben, die unter allen am Fluss lebenden Stämmen die geschicktesten Fischer und Bootsbauer sind. Ihren Anführer nennen wir Mojo, nach seinem Stamm, und die anderen hören auf die Namen José und Fernando.

Drei Weiße also, zwei Mischlinge, ein Neger und drei Indianer bildeten die Mannschaft der kleinen Expedition, die jetzt in Manaos ihre Instruktionen erwartete, um sich zu ihrer einzigartigen Suche aufzumachen.

Tag und Stunde waren endlich nach einer Woche ermüdenden Wartens herangekommen. Wir saßen im schattigen Wohnzimmer der Fazenda »Sante Ignacio«, zwei Meilen landeinwärts von der Stadt Manaos. Draußen lag die gelbe, metallische Sonnenglut über dem Land und die Schatten der Palmen wirkten ebenso schwarz und massiv wie die Bäume selbst. Die Luft war unbewegt, erfüllt vom ununterbrochenen Gesumm der Insekten, einem tropischen Chor, der vom tiefen Brummen der Biene bis zum hohen, scharfen Summen der Mücke eine ganze Skala umfasst. Vor der Veranda liegt ein kleiner, gerodeter Garten, umsäumt von Kaktushecken und geschmückt von blühenden Büschen, die von großen blauen Schmetterlingen und den winzigen Kolibris inmitten der Kaskaden funkelnden Lichtes umflattert werden.

Wir saßen um den Rohrtisch herum, auf dem ein versiegelter Umschlag lag. Darauf standen in Professor Challengers eckiger Handschrift die Worte »Instruktionen für Lord John Roxton und Begleiter. In Manaos am 15. Juli, genau um 12 Uhr zu öffnen«.

Lord John hatte seine Uhr neben sich auf den Tisch gelegt. »Wir haben noch sieben Minuten Zeit«, sagte er. »Unser alter Liebling nimmt es sehr genau.«

Professor Summerlee lächelte sauer und nahm den Umschlag in seine magere Hand. »Was macht es denn schon, ob wir ihn jetzt oder in sieben Minuten aufmachen?«, sagte er. »Es gehört doch alles zum gleichen System aus Schwindel und Unsinn, für das der Verfasser leider mit Recht verrufen ist.«

»Nein, wir müssen die Spielregeln einhalten«, sagte Lord John. »Diese Veranstaltung ist Sache des alten Challenger, ohne dessen Entgegenkommen wir jetzt nicht hier säßen. Da wäre es unaufrichtig, wenn wir uns nicht genau nach seinen Anweisungen richten wollten.«

»Eine schöne Bescherung ist das!«, rief der Professor voller Ingrimm. »Schon in London habe ich die Geschichte verrückt gefunden und ich muss sagen, dass sie mir umso verrückter vorkommt, je länger ich damit zu tun habe. Was in diesem Umschlag steckt, weiß ich nicht; aber es muss etwas ganz Eindeutiges sein, sonst bin ich in großer Versuchung, den nächsten

Dampfer nach Para zu nehmen, um dort noch die ›Bolivia‹ zu erreichen. Schließlich habe ich noch Wichtigeres zu tun, als hier herumzurennen und die Behauptungen eines Wahnsinnigen zu widerlegen. – Jetzt muss es aber so weit sein, Roxton!«

»Es ist so weit«, sagte Lord John. »Lassen Sie die Trompete blasen.« Er nahm den Umschlag und schnitt ihn mit seinem Federmesser auf. Dann zog er einen gefalteten Bogen Papier heraus. Diesen breitete er sorgfältig aus und legte ihn auf den Tisch. Es war ein leeres Blatt. Er drehte es um. Es war immer noch leer. Wir blickten uns in betretenem Schweigen an, das Professor Summerlee schließlich mit einem misstönenden Hohngelächter beendete.

»Das ist ein offenes Geständnis«, rief er. »Was wollen Sie noch mehr? Der Kerl gibt selbst zu, dass er ein Schwindler ist. Uns bleibt jetzt nur übrig zurückzufahren und zu verkünden, welchem schamlosen Betrüger wir auf den Leim gegangen sind.«

»Vielleicht unsichtbare Tinte!«, warf ich ein.

»Das glaube ich nicht!«, sagte Lord John und hielt das Papier gegen das Licht. »Nein, junger Freund, es hat keinen Zweck, dass wir uns was vormachen. Ich verbürge mich dafür, dass auf diesem Papier noch nie etwas gestanden hat.«

»Darf ich hereinkommen?«, dröhnte eine Stimme von der Veranda.

Der Schatten einer gedrungenen Gestalt hatte sich über den sonnenbeschienenen Fleck geschoben. Diese Stimme! Diese ungeheuer breiten Schultern! Wir fuhren herum, den Mund vor Erstaunen weit offen, als Challenger – einen runden Strohhut mit buntem Band auf dem Kopf, die Hände in den Jackentaschen und seine Segeltuchschuhe beim Gehen schön gerade nach vorn gerichtet – in der Öffnung vor uns erschien. Er warf den Kopf in den Nacken und da stand er im goldenen Sonnenschein, mit all seiner altassyrischen Bartpracht, der einmaligen Dreistigkeit seiner gesenkten Lider und unduldsamen Augen.

»Ich fürchte«, sagte er und zog seine Uhr aus der Tasche, »dass ich ein paar Minuten zu spät komme. Ich hatte nämlich beabsichtigt bei Ihnen zu sein, noch ehe Sie den Brief öffneten. Die Schuld an der unglücklichen Verspätung trifft gleichermaßen einen unfähigen Steuermann und eine aufdringliche Sandbank.«

»Ich muss schon sagen, Sir«, sagte Lord John mit etwas ärgerlicher Stimme, »dass Ihr Auftauchen für uns eine beträchtliche Erleichterung bedeutet; denn unsere Mission schien bereits ihr vorzeitiges Ende erreicht zu haben. Ich kann auch jetzt noch nicht begreifen, warum Sie so ungewöhnliche Methoden anwenden mussten.«

Statt einer Antwort kam Professor Challenger ins Zimmer, gab Lord John und mir die Hand, verbeugte sich ironisch vor Professor Summerlee und ließ sich in einen Korbstuhl fallen, der sich unter seinem Gewicht bog und bedenklich krachte.

»Haben Sie für Ihre Reise alles fertig?«, fragte er.

»Wir können morgen aufbrechen.«

»Das werden Sie auch. Sie benötigen jetzt keinen Plan mehr, da sie in den unschätzbaren Genuss meiner persönlichen Führung kommen. Ich hatte von Anfang an beschlossen, selbst das Präsidium bei Ihren Nachforschungen zu übernehmen. Wie Sie ohne Weiteres zugeben werden, könnten auch die besten Pläne nur ein kümmerlicher Ersatz für meine persönliche Intelligenz und Führung sein. Und was die kleine Kriegslist mit dem Umschlag betrifft, so wollte ich mir damit unerwünschte Nötigungen, mit Ihnen gemeinsam zu reisen, ersparen.«

»Von mir wären die nicht gekommen, Sir«, rief Professor Sum-

merlee offenherzig. »Nicht, solange es auf dem Atlantik ein anderes Schiff gegeben hätte.«
Challenger wischte ihn mit seiner großen, behaarten Hand gewissermaßen beiseite. »Ich bin sicher, dass Ihr gesunder Menschenverstand mir darin recht gibt und Sie verstehen lässt, dass es für mich besser war, mich selbstständig zu bewegen und erst in genau dem Augenblick zu erscheinen, als meine Anwesenheit notwendig wurde. Dieser Augenblick ist nun gekommen. Sie befinden sich in guten Händen. Sie werden Ihr Ziel ohne Fehlschläge erreichen. Von nun an übernehme ich das Kommando über diese Expedition und ich muss Sie bitten, Ihre Vorbereitungen noch heute Abend zu beenden, sodass wir morgen zeitig aufbrechen können. Meine Zeit ist kostbar und das Gleiche mag, wenn auch ohne Zweifel in geringerem Maße, für die Ihrige gelten. Ich schlage deshalb vor, dass wir so schnell wie irgend möglich vorstoßen, bis ich bewiesen habe, was Sie erfahren wollten.«
Lord John Roxton hatte die »Esmeralda«, ein großes Dampfboot, gemietet, das uns stromaufwärts tragen sollte. Was das Klima betrifft, so war es ganz unwesentlich, welche Jahreszeit wir für unsere Expedition wählten; denn die Temperatur bewegt sich wohl im Sommer als auch im Winter ständig zwischen fünfundsiebzig und neunzig Grad Fahrenheit, ohne einen wahrnehmbaren Unterschied der Hitze. Mit der Feuchtigkeit verhält es sich jedoch anders: Die Regenzeit dauert von Dezember bis Mai und während dieser Zeit steigt der Fluss langsam bis vierzig Fuß über seinen Niedrigwasserstand. Er überflutet die Ufer, dehnt sich in großen Lagunen über ungeheure Landflächen aus und bildet einen riesigen, Gapo genannten Bezirk, der größtenteils für eine Durchquerung zu Fuß zu sumpfig und für Bootsfahrten

zu seicht ist. Etwa im Juni beginnt das Wasser zu fallen und erreicht seinen tiefsten Stand im Oktober oder November. So fiel also unsere Expedition in den Beginn der Trockenzeit, als der große Strom und seine Nebenflüsse mehr oder weniger in normalem Zustand waren.

Die Strömung des Flusses ist nur gering, da das Gefälle nicht mehr als acht Zoll auf eine Meile beträgt. Kein Strom könnte für die Schifffahrt besser geeignet sein; denn der vorherrschende Wind bläst aus Südost, sodass Segelboote ohne Unterbrechung bis zur peruanischen Grenze fahren können, um sich dann von der Strömung zurücktreiben zu lassen.

In unserem Fall machte das träge Dahinfließen des Stromes den ausgezeichneten Maschinen der »Esmeralda« gar nichts aus. Wir kamen so schnell voran, als ob wir auf einem stehenden Gewässer fuhren. Drei Tage lang dampften wir nordwestwärts einen Strom hinauf, der sogar hier, tausend Meilen von seiner Mündung entfernt, noch so breit war, dass von der Mitte aus beide Ufer nur als Schatten am Horizont wahrnehmbar blieben. Am vierten Tag nach unserer Abreise aus Manaos bogen wir in einen Nebenfluss ein, der an seiner Mündung nur wenig schmaler als der Amazonas ist, sich jedoch rasch verengt.

Nach einer weiteren zweitägigen Fahrt kamen wir zu einem Indianerdorf. Der Professor bestand darauf, dass wir landeten und die »Esmeralda« nach Manaos zurückschickten. Wir würden nun bald an Stromschnellen kommen, erklärte er, die die weitere Benutzung des Schiffes unmöglich machten. Leise fügte er noch hinzu, dass wir uns jetzt dem Zugang zum unbekannten Land näherten. Je weniger Menschen wir ins Vertrauen zögen, desto besser sei es.

Aus demselben Grund ließ er sich auch von jedem von uns das

Ehrenwort geben, dass wir nichts sagen oder schreiben würden, was irgendeinen konkreten Anhaltspunkt für unsere Reiseroute geben könnte. Daher kommt es, dass ich in meinen Aufzeichnungen jegliche klare Ortsangabe vermeiden muss. Ich möchte meine Leser schon jetzt darauf vorbereiten, dass ich in allen Kartenskizzen oder Diagrammen die Lage der einzelnen Stellen zwar im richtigen Verhältnis einzeichnen, die Himmelsrichtungen jedoch vorsätzlich durcheinanderbringen werde, sodass sie auf keinen Fall als Wegweiser zu diesem Land brauchbar sind. Professor Challengers Verlangen nach Geheimhaltung mag begründet sein oder nicht; wir hatten jedenfalls keine andere Wahl, als es bedingungslos zu akzeptieren. Er wäre eher imstande gewesen, die ganze Expedition im Stich zu lassen, als die Bedingungen, unter denen er uns führen wollte, auch nur um Haaresbreite abzuändern.

Am 2. August geschah es dann, dass wir unser letztes Band zur Außenwelt lösten, indem wir der »Esmeralda« Lebewohl sagten. Seitdem sind zwei Tage vergangen. Von den Indianern haben wir uns zwei große Kanus gemietet. Sie sind aus leichtem Material (Häute über einem Bambusgerüst), sodass wir sie mühelos um jedes Hindernis herumtragen können. Darin haben wir unsere Sachen verladen. Zwei weitere Indianer wurden angeheuert, um uns bei der Navigation zu helfen. Wie ich höre, handelt es sich um dieselben – Ataea und Ipetu mit Namen –, die Professor Challenger auf seiner ersten Reise begleitet haben. Die Aussicht, noch einmal mitgehen zu müssen, schien sie zu erschrecken; aber in diesen Gegenden übt der Häuptling patriarchalische Gewalt aus. Wenn er einen Handel für gut befindet, wird der Stammesangehörige nicht lange nach seiner Meinung gefragt.

So werden wir denn morgen ins Ungewisse aufbrechen. Diesen Bericht gebe ich einem stromabwärtsfahrenden Kanu mit; er ist vielleicht für diejenigen, die an unserem Schicksal Anteil nehmen, unser letztes Lebenszeichen. Entsprechend unserer Vereinbarung, habe ich ihn wieder an Sie adressiert, lieber Mr McArdle, und ich überlasse es ganz Ihrem Urteil, Streichungen, Änderungen oder was Ihnen sonst angebracht erscheinen sollte, daran vorzunehmen.

Durch Professor Challengers zuversichtliche Art – und aller fortgesetzten Skepsis Professor Summerlees zum Trotz – bin ich fest überzeugt, dass unser Anführer seine Behauptungen beweisen wird und dass wir tatsächlich am Vorabend bedeutsamer Erlebnisse stehen.

7. Kapitel

Unsere Freunde daheim dürfen sich mit uns freuen; denn wir sind am Ziel und haben wenigstens bis zu einem gewissen Grad festgestellt, dass Professor Challengers Behauptungen beweisbar sind. Zwar haben wir bisher das Plateau noch nicht ersteigen können; aber es liegt vor uns und sogar Professor Summerlee ist etwas kleinlaut geworden. Das bedeutet nicht etwa, dass er auch nur für einen Augenblick zugäbe, sein Rivale könnte im Recht sein; aber er ist immerhin weniger beharrlich in seinen ewigen Einwänden und bewahrt größtenteils ein nachdenkliches Schweigen.

Ich will jedoch der Reihe nach berichten und meine Aufzeichnungen dort fortsetzen, wo ich sie abgebrochen habe. Wir schicken einen unserer hiesigen Indianer, der verletzt ist, zurück und ich vertraue ihm diesen Brief an, wenn auch mit erheblichen Zweifeln, ob er jemals seinen Bestimmungsort erreichen wird. Als ich das letzte Mal schrieb, waren wir im Begriff, das Indianerdorf, bei dem die »Esmeralda« uns abgesetzt hatte, zu verlassen. Ich muss diese Fortsetzung mit einer schlechten Nachricht beginnen; denn die erste schwere persönliche Auseinandersetzung (wenn man einmal von den ständigen Reibereien zwischen den Professoren absieht) hat sich an diesem Abend ereignet und hätte leicht ein schlimmes Ende nehmen können.

Ich habe von unserem englisch sprechenden Halbblut, Gomez,

berichtet, einem tüchtigen Arbeiter und willigen Burschen, der aber wie fast alle diese Leute äußerst neugierig zu sein scheint. An jenem Abend hat er sich in der Nähe der Hütte, in der wir unsere Beratungen abhielten, versteckt. Er wurde dabei von unserem treuen riesigen Neger Zambo, der den Hass seiner Rasse gegen alle Mischlinge teilt, entdeckt, hervorgezerrt und zu uns geschleppt. Gomez zog das Messer. Aber der kräftige Zambo entwaffnete ihn, bevor er zustechen konnte. Die Angelegenheit ist mit einer Verwarnung einstweilen beigelegt worden und die Kampfhähne wurden gezwungen, sich die Hand zu reichen. Somit besteht Hoffnung, dass sich alles wieder einrenkt.

Was die Fehde der beiden Gelehrten betrifft, so lassen sie an Ausdauer und Bitterkeit nichts zu wünschen übrig. Man muss zugeben, dass Challenger sich in höchstem Maße herausfordernd benimmt. Auf der anderen Seite hat aber Summerlee eine sehr spitze Zunge und macht damit alles noch viel schlimmer. Am letzten Abend sagte Challenger zum Beispiel, dass er nur ungern am Themseufer entlangging und den Strom hinaufblickte, weil niemand es gern hätte, seinen letzten Bestimmungsort vor Augen zu sehen. Er ist natürlich davon überzeugt, dereinst in der Westminster-Abtei beigesetzt zu werden. Summerlee erwiderte jedoch mit saurem Lächeln, soweit er unterrichtet wäre, sei doch das Millford-Gefängnis schon lange abgerissen. Challengers Selbstbewusstsein ist viel zu stark, als dass ihn die Antwort ärgerte. Er lächelte nur in seinen Bart und sagte immer wieder: »Tatsächlich, tatsächlich!« Und das in mitleidigem Ton, als ob er mit einem kleinen Kind spräche.

Wirklich, sie sind beide Kinder – das eine vertrocknet und zänkisch, das andere Furcht einflößend und tyrannisch. Dennoch hat jeder von ihnen ein Gehirn, das allen Wissenschaftlern Respekt einflößt. Verstand, Charakter, Seele – wie unterschiedlich diese drei entwickelt sein können, erfährt man erst im Laufe des Lebens!

Der nächste Tag brachte den eigentlichen Start zu unserer Expedition. Wir stellten fest, dass alles Gepäck bequem in den beiden Kanus Platz hatte, und teilten uns in zwei Besatzungen von je sechs Mann auf. Im Interesse des allgemeinen Friedens setzten wir in jedes Boot einen Professor. Ich selbst fuhr mit Challenger, der gut aufgelegt war, sich wie in stummer Verzückung bewegte und mit dem ganzen Gesicht Wohlwollen ausstrahlte. Da ich ihn aber schon in anderer Stimmung erlebt habe, würde ich nicht überrascht sein, falls ein Gewitter aus heiterem Himmel kommen sollte. In seiner Gegenwart fühlt man sich nie ganz unbefangen. Andererseits ist es ebenso unmöglich, Langeweile zu empfinden, weil man ständig bange Vermutungen anstellt, nach welcher Seite seine Laune wohl umschlagen wird!

Zwei Tag lang fuhren wir einen mittelgroßen, einige hundert Meter breiten Fluss hinauf, dessen Wasser dunkel und klar war. Für gewöhnlich konnte man bis auf den Grund sehen. Das ist bei vielen Zuflüssen des Amazonas möglich. Andere Nebenflüsse wiederum sind gelblich und trübe. Dieser Unterschied rührt von der verschiedenen Bodenbeschaffenheit ihrer Ursprungsgebiete her. Die dunklen Gewässer deuten auf vermoderte Vegetation, die anderen verdanken ihre Färbung lehmigem Boden. Zweimal kamen wir an Stromschnellen, die wir in beiden Fällen durch einen Landtransport über eine halbe Meile umgehen mussten. Die Wälder auf beiden Seiten sind urzeitlich und leichter zu passieren als jüngere Baumbestände. Wir hatten keine großen Schwierigkeiten, mit unseren Kanus hindurchzukommen.

Wie könnte ich jemals das feierliche, rätselvolle Schweigen vergessen? Die Höhe der Bäume und der Durchmesser ihrer Stämme übertraf alles, was ich mir in meinem Stadtleben hätte vorstellen können. Wie prachtvolle Säulen ragten sie hinauf. In großer Höhe über unseren Köpfen konnten wir undeutlich die Stelle erkennen, an der die Äste in gotischen Bögen ausschwankten und sich zu einem einzigen, dicht verfilzten Laubdach vereinigten. Nur hier und dort vermochte ein goldener Sonnenstrahl durchzudringen, um als blendender Lichtpfeil das majestätische Halbdunkel zu erhellen. Als wir geräuschlos über den dicken, weichen Teppich aus vermoderten Pflanzen wegschritten, überkam uns das gleiche ehrfurchtsvolle Schweigen, das uns im Zwielicht eines Domes befällt. Sogar Professor Challengers übliche Lautstärke wurde zu Geflüster.

Ich hatte keine Ahnung von den Namen dieser Baumriesen; aber unsere Wissenschaftler zeigten mir die Zedern, die großen Baumwoll- und Mahagonibäume und all den Überfluss an mannigfaltigen Pflanzen, der den Bedarf der ganzen Welt decken kann. Bunte Orchideen und Moose in wunderbarer Farbenpracht glühten auf den dunklen Baumstämmen. Wo ein verirrter Sonnenstrahl auf eine goldene *Allamanda,* die scharlachroten Sternbündel der *Tasconia* oder das satte Tiefblau der *Ipomae* fiel, sah es aus wie in einem Traum aus dem Märchenland. Das Leben muss sich in diesen Urwäldern ständig nach oben zum Licht durchkämpfen. Jede Pflanze, sogar die kleinste, windet und ringelt sich der grünen Oberfläche entgegen und schlingt sich um ihre stärkeren Brüder.

Tierisches Leben regte sich kaum in den majestätischen Gewölben, die sich vor uns erstreckten; aber eine beständige Unruhe weit über unseren Häuptern sprach von der bunten Welt der

Schlangen und Affen, der Vögel und Faultiere, die dort oben im Sonnenlicht lebten und verwundert auf unsere winzigen dunklen, vorwärtsstolpernden Gestalten in der Tiefe herabblickten. In der Morgendämmerung und bei Sonnenuntergang schrien die Brüllaffen und die Sittiche brachen in ihr schrilles Gekreisch aus. Aber während der heißen Tagesstunden drang nur das volle Dröhnen der Insekten an unsere Ohren, ähnlich dem Geräusch einer fernen Brandung, während sich in den feierlichen Reihen der ungeheuren Bäume nichts regte.

Nur einmal rannte ein krummbeiniges, watschelndes Geschöpf, ein Ameisenbär oder etwas Ähnliches, unbeholfen vor uns davon und verschwand im Schatten. Das war das einzige Zeichen von tierischem Leben, das mir in diesem riesigen Waldgebiet am Amazonas zu Gesicht kam.

Und doch gab es Anzeichen dafür, dass sogar menschliches Leben in dieser Abgeschiedenheit existierte, und gar nicht so weit von uns: Am dritten Reisetag bemerkten wir in der Luft ein rhythmisches und feierliches Vibrieren, das in unregelmäßigen Abständen den ganzen Vormittag hindurch anhielt. Unsere Boote zogen ruhig im Abstand von wenigen Metern dahin, als wir es zum ersten Mal hörten. Unsere Indianer erstarrten. Unbeweglich wie Bronzestatuen lauschten sie und auf ihren Gesichtern malte sich Entsetzen.

»Was ist es denn?«, fragte ich.

»Trommeln«, sagte Lord John. »Kriegstrommeln. Ich habe sie schon mal gehört.«

»Ja, Sir, Kriegstrommeln«, sagte Gomez, der Mestize.

»Wilde Indianer, Krieger, keine friedlichen Stämme. Sie beobachten uns auf jeder Meile unseres Weges und wollen uns umbringen.«

»Aber wie können sie uns beobachten?«, fragte ich und starrte in die dunkle, unbewegte Leere um uns. Mir war es unbegreiflich.
Der Mestize zuckte mit seinen breiten Schultern.
»Die Indianer wissen Bescheid. Sie beobachten uns. Sie sprechen zueinander mit ihren Trommeln.«
Am Nachmittag jenes Tages – nach meinem Taschenkalender war es Dienstag, der 18. August – dröhnten wenigstens sechs oder sieben Trommeln aus verschiedenen Richtungen. Zuweilen schlugen sie rasch, zuweilen langsam, manchmal in offensichtlicher Frage und Antwort. Eine, weit im Osten, brach in ein schnelles Stakkato-Rasseln aus, dem nach einer Pause ein tiefer Wirbel aus Norden folgte. Etwas unbeschreiblich Zermürbendes und Drohendes steckte in diesem unaufhörlichen Getrommel, in dem wir allmählich die Worte zu erkennen meinten, die der Mestize gesagt hatte: »Wir bringen euch um, wenn wir können. Wir bringen euch um, wenn wir können.«
Niemand war in den schweigenden Wäldern zu sehen, Friede und Ruhe der Natur lagen in diesem grünen Pflanzenvorhang. Dahinter dröhnte jedoch ständig diese Botschaft unserer Mitmenschen. »Wir bringen euch um, wenn wir können«, sagten die Menschen im Norden. »Wir bringen euch um, wenn wir können«, sagten die Menschen im Osten.
Während des ganzen Tages grollten und flüsterten die Trommeln und ihre Drohung spiegelte sich in den ängstlichen Gesichtern unserer farbigen Begleiter. Selbst der abgehärtete, wichtigtuerische Gomez schien eingeschüchtert. An diesem Tag aber erkannte ich ein für alle Mal, dass sowohl Summerlee als auch Challenger jenen höchsten Grad der Tapferkeit besaßen: die Tapferkeit der Forscherseele. Sie hatten den Geist, der Darwin unter den Gauchos in Argentinien aushalten ließ.

Es war von einer gnädigen Vorsehung so eingerichtet, dass das menschliche Gehirn nicht zwei Dinge gleichzeitig denken kann, sodass ihm kein Raum für persönliche Betrachtungen bleibt, wenn es in wissenschaftliche Neugier versunken ist. Den ganzen Tag über, inmitten jener unaufhörlichen und geheimnisvollen Drohungen, beobachteten unsere beiden Professoren jeden Vogel im Flug und jeden Busch am Ufer. Zugleich lieferten sie sich zahlreiche scharfe Wortgefechte, bei denen Summerlees hohes Kläffen schnell auf Challengers tiefes Knurren folgte. Sie hatten keine andere Empfindung für die drohende Gefahr, als wenn sie im Rauchsalon des Royal-Society-Klubs in der St. James Street gesessen hätten. Nur einmal ließen sie sich herab, darüber zu diskutieren.

»Miranha- oder Amajuca-Kannibalen«, sagte Challenger und wies mit dem Daumen auf den widerhallenden Wald.

»Ohne Zweifel«, antwortete Summerlee. »Wie bei allen derartigen Stämmen erwarte ich einen polysynthetischen Dialekt und mongoloiden Typus anzutreffen.«

»Polysynthetisch gewiss«, bemerkte Challenger nachsichtig. »Mir ist in diesem Kontinent keine andersartige Sprache bekannt und ich kenne immerhin über hundert hiesige Dialekte. Die mongoloide Theorie hingegen betrachte ich mit großer Skepsis.«

»Dabei sollte man meinen, dass schon eine ganz oberflächliche Kenntnis der vergleichenden Anatomie genügte, sie zu bestätigen«, sagte Summerlee scharf.

Challenger reckte sein angriffslustiges Kinn vor, bis sein Gesicht nur noch aus Bart und Hutkrempe zu bestehen schien. »Zweifellos, mein Herr, muss ein oberflächliches Wissen zu diesem Ergebnis führen. Wenn man jedoch über gründliche Kenntnisse verfügt, kommt man zu ganz anderen Schlussfolgerungen.« Sie starrten sich in gegenseitiger Herausforderung an, während ringsum das ferne Trommeln dröhnte: »Wir bringen euch um – wir bringen euch um, wenn wir können.«

In dieser Nacht verankerten wir unsere Kanus mit schweren Steinen in der Flussmitte und trafen alle Vorbereitungen für einen Angriff. Es ereignete sich jedoch nichts. Mit dem Morgengrauen setzten wir unsere Reise fort und das Trommeln erstarb langsam hinter uns. Gegen drei Uhr nachmittags kamen wir an sehr hohe, über eine Meile lange Stromschnellen – dieselben, in denen Professor Challenger auf seiner ersten Reise Schiffbruch erlitten hatte. Ich muss bekennen, dass ich ihren Anblick mit Genugtuung empfand; denn hier hatte ich die erste, wenn auch unbedeutende Bestätigung für die Wahrheit seiner Geschichte.

Die Indianer trugen zuerst die Kanus, dann unsere Vorräte durch das Unterholz, das an dieser Stelle sehr dicht ist. Wir Weißen gingen mit geschultertem Gewehr am Waldrand entlang, um sie gegen mögliche Angriffe abzuschirmen. Bis zum Abend hatten wir die Stromschnellen glücklich hinter uns und waren noch zehn Meilen weiter stromauf vorgedrungen. Dann ankerten wir für die Nacht. Nach meiner Schätzung hatten wir von der Mündung bis hierher nicht weniger als hundert Meilen auf dem Nebenfluss zurückgelegt.

Am frühen Vormittag des folgenden Tages kam dann die große Kursänderung. Schon seit der Morgendämmerung war Professor Challenger auffallend unruhig und suchte unaufhörlich beide Flussufer ab. Plötzlich tat er einen zufriedenen Ausruf und deutete auf einen einzelnen Baum, der in eigenartigem Winkel über das Flussufer ragte.

»Wofür halten Sie das?«, fragte er.

»Das ist eine Assaipalme«, sagte Summerlee.
»Ganz richtig. Und eine Assaipalme ist mein Wegweiser. Die verborgene Öffnung liegt eine halbe Meile weiter auf dem entgegengesetzten Flussufer. In den Bäumen gibt es keine Lücke; das ist das Wunderbare und Geheimnisvolle daran. Dort, wo Sie anstelle des dunkelgrünen Unterholzes hellgrünes Schilf sehen, liegt mein Privateingang ins Unbekannte. Wir wollen uns hindurchzwängen und Sie werden sehen.«
Es war tatsächlich ein wundersamer Ort. Als wir das hellgrüne Schilf erreichten, stakten wir unsere Kanus hindurch und kamen schließlich in einen ruhigen, flachen Strom, der klar und durchsichtig über sandigen Grund dahinfloss. Er mag etwa zwanzig Meter breit gewesen sein und wurde auf beiden Seiten von äußerst üppiger Vegetation eingesäumt. Wer das kurze Stück Röhricht übersah, konnte die Existenz eines solchen Stromes oder gar des Märchenlandes dahinter nicht ahnen.
Es war nämlich ein Märchenland – das wundervollste, was menschliche Phantasie sich vorzustellen vermag. Der reiche Pflanzenwuchs vereinigte sich oben und verwob sich zu einem natürlichen Heckengang. Durch diesen Laubtunnel floss in goldenem Zwielicht der grün durchscheinende Fluss. Ein schönes Bild, das ins Wunderbare gesteigert wurde durch die seltsamen Tönungen des gedämpften Oberlichtes. Kristallklar, bewegungslos wie aus Glas, grün wie die Kante eines Eisberges. Jeder Schlag unserer Paddel sandte tausend feine Fältchen über die leuchtende Oberfläche. Ein zauberhafter Weg, der uns in das Wunderland führte!
Von den Indianern war nichts mehr zu hören. Aber Tiere gab es genug und ihre Zutraulichkeit bewies, dass sie noch keine Jäger kennengelernt hatten. Flaumige kleine Seidenäffchen mit

schneeweißen Zähnen und glimmenden spöttischen Augen schnatterten uns zu, als wir vorbeifuhren. Mit dumpfem, schwerem Platschen ließ sich gelegentlich ein Alligator vom Ufer ins Wasser fallen. Einmal starrte uns aus einer Lücke im Gebüsch ein dunkler plumper Tapir an und tappte dann schwerfällig in den Wald. Ein anderes Mal schoss die gelbe sehnige Gestalt eines großen Pumas durch das Unterholz und seine bösartigen Augen starrten uns über seine hellbraune Schulter an. Vögel gab es im Überfluss, vor allem Stelzvögel – Storch, Kranich und Ibis. In kleinen Gruppen versammelt, blau, rot und weiß, bevölkerten sie jeden Baumstamm, der vom Ufer ins Wasser ragte. Unter uns wimmelte es im kristallklaren Wasser von Fischen in allen Formen und Farben.

Drei Tage lang fuhren wir durch diesen Tunnel voll verschleierten grünlichen Sonnenscheins. Auf den längeren geraden Strecken konnte man kaum erkennen, wo das grüne Wasser endete und der grüne Bogengang begann. Kein Zeichen menschlichen Lebens störte den tiefen Frieden dieses seltsamen Wasserlaufes.

»Hier kein Indianer. Zu viel Angst, Curupuri«, sagte Gomez.

»Curupuri ist der Geist der Wälder«, erklärte uns Lord John. »Es ist der Name für eine Art Teufel. Die armen Schlucker glauben, dass in dieser Richtung etwas Furchtbares liegt. Darum kommen sie nicht hierher.«

Am dritten Tag wurde offenbar, dass unsere Reise in den Kanus nicht mehr lange weitergehen konnte, denn der Strom wurde jetzt rasch flacher. Zweimal in zwei Stunden saßen wir auf Grund. Endlich zogen wir die Boote hinauf ins Gebüsch und verbrachten die Nacht am Flussufer. Am Morgen unternahmen Lord John und ich einen Erkundungsgang einige Meilen durch den Wald, wobei wir uns parallel zum Strom hielten. Da das Wasser immer flacher wurde, kehrten wir um und berichteten, was Professor Challenger bereits vermutet hatte: dass wir von nun an unsere Kanus nicht weiter mitnehmen konnten. Wir zogen sie deshalb an Land, verbargen sie im Gebüsch und markierten einen Baum mit der Axt, um sie wiederzufinden. Dann wurden die einzelnen Lasten verteilt – Gewehre, Munition, Verpflegung, ein Zelt, Decken. Wir schulterten unsere Bündel und brachen zum beschwerlichsten Teil unserer Reise auf.

Ein unseliger Streit zwischen unseren beiden Hitzköpfen stand am Beginn dieses neuen Abschnitts. Zum Missvergnügen Summerlees hatte Challenger seit dem Augenblick seines Auftauchens das Kommando über unsere kleine Truppe übernommen. Jetzt, da er seinem Kollegen auch eine kleine Aufgabe zuteilen wollte (es handelte sich lediglich um den Transport eines kleinen Vakuum-Barometers), kam der angestaute Groll plötzlich zum Ausbruch.

»Darf man fragen, mein Herr«, sagte Summerlee mit unnatürlicher Ruhe, »mit welchem Recht Sie glauben, uns Befehle erteilen zu können?«

Challenger starrte ihn mit gesträubtem Bart an. »Das tue ich in meiner Eigenschaft als Leiter dieser Expedition, Professor Summerlee.«

»Ich fühle mich verpflichtet, mein Herr, Ihnen mitzuteilen, dass ich Sie in dieser Eigenschaft nicht anerkenne.«

»Tatsächlich!« Challenger verbeugte sich ironisch. »Vielleicht hätten Sie die Güte, mir dann meine genaue Position zu erklären.«

»Jawohl, mein Herr. Sie sind ein Mann, dessen Wahrhaftigkeit bezweifelt wird. Und dieses Komitee ist hierhergekommen, sie zu überprüfen. Sie befinden sich in der Gesellschaft Ihrer Richter, mein Herr.«

»Meine Güte!«, sagte Challenger und setzte sich auf den Rand eines Kanus. »In diesem Fall können Sie natürlich Ihren Weg fortsetzen und ich werde Ihnen nach meinem Belieben folgen. Wenn ich nicht der Anführer bin, können Sie auch nicht erwarten, dass ich Sie führe.«

Dem Himmel sei Dank, dass es wenigstens noch zwei normale Menschen – Lord John Roxton und mich – gab, die verhüten konnten, dass wir wegen der Launenhaftigkeit unserer Gelehrten mit leeren Händen umkehren mussten. Welcher Argumente, Beschwörungen und Erklärungen bedurfte es, bis wir sie besänftigen konnten! Dann war endlich Summerlee bereit vorauszugehen. Challenger kam grollend hinterher. Durch einen glücklichen Zufall fanden wir zu dieser Zeit heraus, dass unsere Professoren beide die denkbar schlechteste Meinung von einem Dr. Illingworth in Edinburgh hatten. Das wurde zu unserer Rettung. Jede gefährliche Situation wurde nun dadurch entspannt, dass wir den Namen des schottischen Zoologen ins Gespräch brachten. Da bildeten die beiden Kampfhähne in ihrer Verachtung und Beschimpfung dieses gemeinsamen Gegners eine vorübergehende Allianz.

Als wir im Gänsemarsch am Ufer weiter vorrückten, bemerkten wir bald, dass der Fluss sich zu einem großen Bach verengte. Schließlich verlor er sich ganz in einem großen grünen Morast aus schwammigen Moosen, in dem wir bis zu den Knien versanken. Diese Stelle war verseucht mit Wolken von Mücken und allen möglichen Arten fliegender Plagegeister. Wir waren froh, als wir uns wieder auf festen Grund gerettet hatten. Dann entschlossen wir uns zu einem Umweg durch den Wald. Von fern

dröhnte es hoch wie eine Orgel – so laut war die Unmenge der Insekten.
Am zweiten Tag unseres Fußmarsches entdeckten wir, dass der Charakter der Landschaft sich änderte. Unser Weg führte beständig aufwärts. Die Wälder wurden spärlicher und büßten ihre tropische Üppigkeit ein. Gewaltige Bäume der alluvialen Amazonasebene wichen Phönix- und Kokospalmen, die in einzelnen Gruppen inmitten dieses Gebüsches standen. In den feuchteren Vertiefungen breiteten Mauritiapalmen ihre anmutig herabhängenden Wedel aus.
Wir gingen nur nach dem Kompass. Einmal gab es Meinungsverschiedenheiten zwischen Challenger und den beiden Indianern. Dabei vertraute, um Challengers eigene empörte Worte zu gebrauchen, die ganze Gesellschaft »den fehlerhaften Instinkten primitiver Wilder mehr als einem feinnervigen Exponenten der modernen europäischen Kultur«. Dass wir recht daran getan hatten, erwies sich am dritten Tag, als Challenger zugeben musste, einige markante Punkte seiner früheren Reise wiederzuerkennen. An einer Stelle trafen wir sogar auf vier von Feuer geschwärzte Steine, die von einem Lagerplatz stammten.
Unser Weg stieg immer noch an. Wir überquerten einen felsübersäten Abhang, wofür wir zwei Tage benötigten. Wieder hatte der Pflanzenwuchs sich verändert. Allein der Elfenbeinbaum blieb noch übrig, daneben wundervolle Orchideen in großem Überfluss. Vereinzelte Bäche mit steinigem Grund und farnbewachsenen Ufern rauschten in den flachen Schluchten herab und boten uns allabendlich gute Lagerplätze an den Ufern felsiger Teiche. Schwärme von Fischen mit blauem Rücken – ungefähr von der Größe und Form der Forelle – lieferten uns köstliche Mahlzeiten.

Am neunten Tag, nachdem wir unsere Kanus verlassen und etwa hundertzwanzig Meilen zurückgelegt hatten, ließen wir die Bäume hinter uns. Sie waren immer kleiner geworden, bis sie nur noch die Größe von Büschen hatten. An ihre Stelle trat eine Bambuswildnis, die so dicht bewachsen war, dass wir uns mit den Macheten und Hellebarden der Indianer einen Pfad hauen mussten. Wir brauchten einen ganzen Tag, von sieben Uhr morgens bis acht Uhr abends mit nur zwei Pausen von je einer Stunde, um dieses Hindernis zu überwinden. Etwas Eintönigeres und Ermüdenderes kann man sich nicht vorstellen. Sogar an den lichtesten Stellen konnte ich nicht weiter als zehn bis zwölf Meter sehen. Für gewöhnlich beschränkte sich mein Gesichtsfeld auf die Rückseite von Lord Johns Baumwolljacke vor mir und die gelbe Mauer zu beiden Seiten. Fünfzehn Fuß über unseren Köpfen sahen wir die Rohre gegen einen tiefblauen Himmel schwanken. Was für Lebewesen ein solches Dickicht bewohnen, weiß ich nicht; wir hörten jedoch mehrere Male, wie große, schwere Tiere ganz in unserer Nähe es durchbrachen. Nach ihren Geräuschen urteilte Lord John, dass es sich um eine Art wilder Rinder handelte. Zur Abenddämmerung kamen wir aus dem Bambusgürtel heraus und schlugen unser Lager auf, erschöpft von diesem arbeitsreichen Tag.
Früh am nächsten Morgen waren wir wieder auf den Beinen und fanden, dass der Charakter der Landschaft sich abermals verändert hatte. Hinter uns stand die Bambusmauer, so scharf begrenzt, als ob sie einem Flusslauf folgte. Vor uns lag eine freie Ebene, die leicht anstieg und mit Bündeln von Baumfarnen übersät war. Gegen Mittag erreichten wir einen langen Kamm. Es folgte ein flaches Tal, das wiederum in eine sanfte Anhöhe überging. Als wir den ersten dieser Hügel überquerten, trat ein

Ereignis ein, das ebenso gut bedeutungsvoll wie unwichtig gewesen sein kann. Challenger, der mit seinen zwei Indianern die Vorhut unserer Gruppe bildete, blieb plötzlich stehen und zeigte aufgeregt nach rechts. Als wir aufblickten, sahen wir in einer Entfernung von ungefähr einer Meile etwas Ähnliches wie einen riesigen grauen Vogel mit schwerem Flügelschlag vom Boden aufsteigen und sanft davongleiten. Er flog sehr niedrig und geradlinig und verschwand hinter den Baumfarnen.

»Haben Sie das gesehen?«, fragte Challenger triumphierend. »Summerlee, haben Sie das gesehen?«

Sein Kollege starrte noch immer auf die Stelle, an der das seltsame Wesen verschwunden war. »Was war das denn Ihrer Meinung nach?«, fragte er. »Nach meiner festen Überzeugung ein *Pterodactylos*.«

Summerlee brach in höhnisches Gelächter aus. »Ein *Pteroquatschylos!*«, sagte er. »Wenn das kein Storch war, dann habe ich noch nie einen gesehen.«

Challenger wurde so wütend, dass er nicht sprechen konnte. Er schwang sich sein Bündel über die Schulter und marschierte weiter. Lord John kam zu mir nach vorn und sein Gesicht war ernster als üblich. Er trug seinen Zeiss-Fernstecher in der Hand.

»Ich habe das Viech noch ins Blickfeld bekommen, bevor es über den Bäumen war«, sagte er. »Ich möchte mich nicht festlegen; aber ich wette meinen Ruf als Sportsmann, dass mir so ein Vogel noch nie vor die Augen gekommen ist.«

So liegen die Dinge also. Stehen wir wirklich direkt am Rand des Unbekannten, stoßen wir bereits auf die Vorposten jener verschollenen Welt, von der unser Anführer erzählt? Ich schreibe Ihnen den Vorfall so auf, wie er sich zugetragen hat, und damit wissen Sie genauso viel wie ich. Es blieb übrigens der einzige dieser Art.

Und nun, liebe Leser (falls mir je welche vergönnt sind), habe ich Sie den breiten Fluss hinaufgeführt, durch das grüne Schilf hindurch, den grünen Tunnel entlang, den langen palmenbewachsenen Abhang hinauf, durch das Bambusgestrüpp und über die Ebene mit den Baumfarnen. Endlich liegt unser Ziel in voller Sicht vor uns. Als wir den zweiten Hügelkamm überschritten hatten, erblickten wir vor uns eine unregelmäßige, palmenbesetzte Ebene und dahinter die Linie der hohen roten Klippen, die ich schon von dem Bild her kannte.

Die Ebene läuft bogenförmig von uns fort und erstreckt sich über das ganze Blickfeld. Challenger stolziert umher wie ein preisgekrönter Pfau und Summerlee ist still geworden, aber immer noch skeptisch. Der nächste Tag wird wohl einige unserer Zweifel klären. Inzwischen aber, da José aus Furcht auf seiner Rückkehr besteht, will ich diesen Brief mit ihm zurückschicken in der Hoffnung, dass er gut heimkommt. Sobald sich eine Gelegenheit bietet, will ich wieder schreiben. Ich habe eine behelfsmäßige Karte von unserer Reise beigefügt, die den Bericht vielleicht noch etwas besser verständlich macht.

8. Kapitel

Etwas Schreckliches ist geschehen. Wer konnte das voraussehen? Ich vermag kein Ende unserer Notlage abzusehen. Wir sind möglicherweise dazu verurteilt, den Rest unseres Lebens an diesem seltsamen, unzugänglichen Ort zu verbringen. Ich bin noch dermaßen verwirrt, dass ich weder unsere gegenwärtige Situation noch unsere Aussichten für die Zukunft ganz überblicken kann. Meinen betäubten Sinnen erscheint beides äußerst gefährlich und schwarz wie die Nacht.

Noch nie hat sich jemand in einer schlimmeren Lage befunden. Es wäre nutzlos, unsere genaue geografische Position anzugeben und unsere Freunde um Entsendung einer Rettungsaktion zu bitten. Selbst wenn eine käme, wäre aller menschlichen Voraussicht nach unser Schicksal schon lange vor ihrem Eintreffen besiegelt.

In der Tat sind wir von menschlicher Hilfe ebenso weit entfernt, als wenn wir uns auf dem Mond befänden. Sollte es uns bestimmt sein, durchzukommen, so kann uns das nur aus eigener Kraft gelingen. Ich habe drei hervorragende Männer als Leidensgenossen, Männer mit gesundem Verstand und unerschütterlichem Mut. Solange ich auf diese zuversichtlichen Gesichter meiner Kameraden blicke, erhellt sich die Finsternis für mich etwas. Ich kann nur hoffen, dass ich äußerlich ebenso unbekümmert wirke wie sie. Insgeheim bin ich voller Furcht.

Ich will jedoch die Ereignisse, die zu dieser Katastrophe geführt haben, der Reihe nach und in allen Einzelheiten erzählen. Mein letzter Brief schloss mit der Feststellung, dass wir sieben Meilen vor einer Linie rotbrauner Klippen lagerten, hinter denen zweifellos jenes Plateau lag, von dem Professor Challenger erzählt hatte. Beim Näherkommen erschienen sie mir teilweise noch höher, als er angegeben hatte – einzelne Abschnitte ragten wenigstens tausend Fuß hoch auf –, und sie waren auf eine sonderbare Art gestreift, die meines Wissens für Basaltformationen charakteristisch ist. Die Oberkante ließ einen üppigen Pflanzenwuchs erkennen, mit Büschen dicht am Rand und vielen hohen Bäumen dahinter. Von Lebewesen war nichts zu sehen.

An diesem Abend schlugen wir unser Lager unmittelbar am Fuß der Klippen auf – an einer wüsten und verlassenen Stelle. Die Felsen über uns verliefen nicht nur senkrecht, sondern wölbten sich oben sogar nach außen vor, sodass an einen Aufstieg nicht zu denken war. Ganz in unserer Nähe stand eine hohe dünne Felsenzinne. Sie wirkte wie ein roter Kirchturm; ihre Spitze lag mit dem Plateau auf gleicher Höhe. Dazwischen aber gähnte ein tiefer Abgrund. Auf ihrer Spitze stand ein hoher Baum. Sowohl der Felsturm als auch der vor uns liegende Abschnitt der Klippen waren verhältnismäßig niedrig – nach meiner Schätzung um fünf- bis sechshundert Fuß.

»Auf dem dort«, sagte Professor Challenger und zeigte auf den Baum, »hatte sich der *Pterodactylos* niedergelassen. Ich bin den halben Felsen hinaufgeklettert, um ihn zu schießen. Es ist anzunehmen, dass ein guter Bergsteiger wie ich bis zur Spitze aufsteigen kann. Damit käme er allerdings dem Plateau um nichts näher.«

Als Challenger von seinem *Pterodactylos* sprach, beobachtete ich

Professor Summerlee. Zum ersten Mal glaubte ich an ihm gewisse Anzeichen für eine aufkeimende Überzeugung und ein schlechtes Gewissen zu bemerken. Auf seinen dünnen Lippen fehlte das verächtliche Lächeln. Sein Gesicht trug im Gegenteil jetzt einen gespannten, erregten und erstaunten Ausdruck. Challenger musste es auch bemerkt haben und kostete den Vorgeschmack seines Sieges voll aus.

»Natürlich«, sagte er mit seinem Sarkasmus, »wird Professor Summerlee begreifen, dass ich einen Storch meine, wenn ich von einem *Pterodactylos* spreche. Aber diese Art Storch hat keine Federn, sondern eine lederartige Haut, membranöse Flügel und Zähne im Schnabel.« Er grinste und zwinkerte und verbeugte sich, bis sein Kollege sich umdrehte und fortging.

Am nächsten Morgen, nach einem kärglichen Frühstück, das nur aus Kaffee und Maniok bestand (wir mussten mit unseren Vorräten sparen), hielten wir Kriegsrat ab, wie wir am besten auf das Plateau gelangen könnten.

Challenger führte den Vorsitz mit einer Feierlichkeit, als wäre er der oberste Richter persönlich. Man muss ihn sich ausmalen, wie er auf einem Felsen thronte, seinen komischen Kinderstrohhut ins Genick geschoben. Seine hochmütigen Augen unter den gesenkten Lidern blickten auf uns herab und sein großer Bart wackelte, während er uns bedächtig unsere gegenwärtige Lage und seine Pläne auseinandersetzte.

Zu seinen Füßen hätte man uns drei sehen können – mich selber, jung, sonnenverbrannt und von unserem Fußmarsch in frischer Luft gekräftigt; Summerlee, schweigsam, hinter dem Dunst seiner unvermeidlichen Pfeife; Lord John, scharf wie ein Rasiermesser, die elastische, wachsame Gestalt auf die Flinte gestützt, die Adleraugen aufmerksam auf den Sprecher geheftet. Hinter uns gruppierten sich die beiden dunkelhäutigen Indianer, während vor uns und über uns die gewaltigen rotbraunen Felsklippen aufragten, die uns den Zugang zu unserem Ziel verwehrten.

»Ich brauche wohl nicht zu erwähnen«, sagte unser Anführer, »dass ich gelegentlich meines letzten Besuches auf jede mögliche Art versucht habe, die Klippen zu ersteigen. Ich hatte damals keinerlei Hilfsmittel für das Klettern im Felsen bei mir, habe jedoch diesmal vorsorglich alles Notwendige mitgebracht. So bin ich sicher, diese einzelne Zinne bis zur Spitze ersteigen zu können. Da aber die Hauptklippen so weit überhängen, ist jeder Aufstiegsversuch an ihnen aussichtslos. Bei meinem letzten Besuch wurde ich durch die nahende Regenzeit und meine abnehmenden Vorräte zur Eile getrieben. Dadurch war meine Zeit begrenzt und ich bin nur dazu gekommen, die Klippen bis etwa sechs Meilen nach Osten zu untersuchen, konnte aber keinen Weg nach oben finden. Was sollen wir demnach jetzt unternehmen?«

»Es scheint nur einen vernünftigen Weg zu geben«, sagte Professor Summerlee. »Wenn Sie den Osten erforscht haben, sollten wir an der Basis der Klippen nach Westen gehen und nach einem geeigneten Punkt für unseren Aufstieg suchen.«

»Ganz meine Meinung«, schloss sich Lord John an. »Alles spricht dafür, dass dieses Plateau kein sehr großes Ausmaß hat. Wir werden an ihm entlanggehen, bis wir entweder einen leichten Weg nach oben entdecken oder an unseren Ausgangspunkt zurückkommen.«

»Ich habe unserem kleinen Freund hier bereits erklärt«, sagte Challenger (er pflegt von mir zu sprechen, als ob ich ein zehnjähriges Schulkind wäre), »dass es ausgeschlossen ist, irgendwo einen leichten Weg nach oben zu finden. Und zwar aus dem einfachen Grunde, weil in diesem Fall das Plateau nicht isoliert wäre und die Bedingungen nicht bestünden, die dort in so einmaliger Weise die allgemeinen Lebensgesetze außer Kraft gesetzt haben. Ich gebe aber zu, dass man sehr wohl Stellen finden könnte, an denen ein tüchtiger Mann nach oben gelangen, ein schwerfälliges, riesiges Tier jedoch nicht herunterzukommen vermag. Es ist sogar ganz sicher, dass es einen Punkt gibt, wo ein Aufstieg möglich ist.«

»Und woher wollen Sie das wissen, mein Herr?«, fragte Summerlee scharf.

»Weil meinem Vorgänger, dem Amerikaner Maple White, ein solcher Aufstieg gelungen ist. Wie anders könnte er das Ungeheuer, das er in seinem Heft skizziert hat, gesehen haben?«

»Da eilen Sie mit Ihren Schlussfolgerungen den bewiesenen Tatsachen etwas voraus«, sagte der hartnäckige Summerlee. »Ihr Plateau erkenne ich an, weil ich es gesehen habe; aber bisher habe ich mich noch keineswegs davon überzeugt, dass es dort tierisches Leben in irgendeiner Form gibt.«

»Was Sie anerkennen, mein Herr, oder was Sie nicht anerkennen, ist wirklich von unvorstellbar geringer Bedeutung. Immerhin bin ich froh festzustellen, dass Sie das Plateau selbst schon bemerkt haben.« Er blickte hinauf. Dann sprang er zu unserem Erstaunen von seinem Felsblock herab, packte Summerlee im Genick und drehte ihm das Gesicht nach oben. »Nun, mein Herr!«, brüllte er, heiser vor Erregung. »Kann ich Ihnen so vielleicht etwas nachhelfen? Begreifen Sie, dass das Plateau sehr wohl tierisches Leben birgt?«

Aus dem dicken Saum grüner Vegetation, der über die Oberkante der Klippen hing, kam langsam etwas Schwarzes, Blinkendes hervor. Es hing schließlich über dem Abgrund und wir sahen, dass es eine große Schlange mit eigenartigem spatenförmigem Kopf war. Eine Minute lang wand und ringelte sie sich über unseren Köpfen und die Morgensonne glänzte auf ihren sehnigen Windungen. Dann zog sie sich wieder zurück und verschwand.

Summerlee war dermaßen interessiert, dass er widerstandslos dagestanden hatte, während Challenger seinen Kopf nach oben hielt. Jetzt schüttelte er seinen Kollegen ab und fand zu seiner Würde zurück.

»Ich wäre Ihnen sehr verbunden, Professor Challenger«, sagte er, »wenn Sie zukünftig eine Möglichkeit finden könnten, mir Ihre Beobachtungen mitzuteilen, ohne mich dabei am Hals zu packen. Sogar das Auftauchen einer gewöhnlichen Felsenpythonschlange scheint mir eine derartige Vertraulichkeit nicht zu rechtfertigen.«

»Aber nichtsdestoweniger gibt es Lebewesen auf dem Plateau«, erwiderte Challenger triumphierend. »Und nun, nachdem ich diese bedeutungsvolle Tatsache dergestalt demonstriert habe, dass sie auch dem Verbohrtesten und Stumpfsinnigsten klar sein muss, bin ich der Ansicht, dass wir nichts Besseres tun könnten, als unser Lager abzubrechen und westwärts vorzustoßen, bis wir irgendeine Aufstiegsmöglichkeit finden.«

Der Boden am Fuße der Klippen war felsig und uneben, sodass wir nur langsam und unter Schwierigkeiten vorankamen. Plötzlich stießen wir jedoch auf etwas, das unsere Herzen höherschlagen ließ. Es war ein alter Lagerplatz mit mehreren leeren Konservendosen aus Chicago, einer mit »Brandy« etikettierten Flasche, einem abgebrochenen Büchsenöffner und einer Menge anderer Abfälle. Eine zerknitterte und in Auflösung begriffene

Zeitung ließ sich noch als »Chicago Democrat« identifizieren, wenn auch das Datum ausgelöscht war.

»Gehört mir nicht«, sagte Challenger. »Es muss von Maple White stammen.«

Lord John hatte aufmerksam einen großen Baumfarn betrachtet, der seinen Schatten über die Lagerstätte warf.

»Moment mal, sehen Sie sich das an«, sagte er. »Ich glaube, das soll ein Wegweiser sein.«

Ein Holzstreifen war so an einen Baum genagelt, dass er nach Westen zeigte.

»Ganz bestimmt ein Wegweiser«, sagte Challenger. »Was sonst? Unser Vorgänger befand sich auf einer gefährlichen Unternehmung und hat dieses Zeichen hinterlassen, damit eine eventuell nachfolgende Gruppe ihn finden kann. Vielleicht entdecken wir noch irgendwelche anderen Hinweise, wenn wir weitergehen.«

Wir fanden sie, aber sie waren von unerwarteter und schrecklicher Art. Unmittelbar unterhalb der Klippen stand ein stattliches, hohes Bambusdickicht, ähnlich dem, das wir auf unserer Reise durchquert hatten. Viele Stämme waren zwanzig Fuß hoch und hatten scharfe, kräftige Spitzen, sodass sie gefährlichen Speeren glichen. Als wir am Rand dieser Dickung entlanggingen, fiel mein Blick auf etwas leuchtend Weißes darin. Ich steckte meinen Kopf zwischen die Rohre und sah mich unmittelbar einem menschlichen Schädel gegenüber. Das ganze übrige Skelett war ebenfalls da; aber der Schädel hatte sich abgelöst und lag einige Fuß näher zum Freien hin.

Mit ein paar Machetenhieben legten wir die Stelle frei und konnten nun den Einzelheiten des tragischen Geschicks nachspüren. Nur wenige Kleiderfetzen waren noch zu erkennen. Aber auf den Knochenfüßen steckten noch die Überreste von Schuhen und es stand fest, dass der Tote ein Weißer gewesen war. Zwischen den Knochen lagen eine goldene Uhr von Hudson aus New York und eine Kette mit einem Füllfederhalter. Ferner fand sich ein silbernes Zigarettenetui mit der Inschrift »J. C., von A. E. S.« auf dem Deckel. Der Zustand des Metalls ließ vermuten, dass sich die Katastrophe vor nicht allzu langer Zeit ereignet hatte.

»Wer mag das wohl sein?«, fragte Lord John. »Armer Teufel! Jeder einzelne Knochen scheint gebrochen zu sein!«

»Und der Bambus wächst zwischen seinen zerschmetterten Rippen hindurch«, sagte Summerlee. »Es ist zwar eine schnell wachsende Pflanze; aber es erscheint unmöglich, dass die Leiche schon die ganze Zeit über hier gelegen hat, während die Rohre zwanzig Fuß hoch gewachsen sind.«

»Bezüglich der Identität dieses Mannes«, sagte Professor Challenger, »gibt es für mich keinerlei Zweifel. Bevor ich mit Ihnen auf der Fazenda zusammentraf, habe ich noch eingehende Nachforschungen über Maple White angestellt. In Para wusste niemand etwas von ihm. Glücklicherweise hatte ich eine bestimmte Spur; denn in seinem Skizzenbuch gibt es ein Bild, das ihn beim Mittagessen mit einem Geistlichen in Rosario zeigt. Diesen Priester konnte ich finden, und wenn er auch ein streitbarer Bursche war, der sehr übel nahm, dass ich ihm die zersetzende Wirkung der modernen Wissenschaft auf seinen Glauben andeutete, konnte er mir doch eine positive Auskunft geben. Maple White ist vor vier Jahren, oder zwei Jahre bevor ich seine Leiche fand, durch Rosario gekommen. Er war damals nicht allein, sondern hatte noch einen Freund bei sich; einen Amerikaner namens James Colver, der auf dem Boot blieb und diesem Geistlichen nicht begegnet war. Ich denke deshalb, dass wir hier die Überreste von James Colver vor uns haben.«

»Ebenso«, sagte Lord John, »steht auch ziemlich fest, wie er ums Leben gekommen ist. Er ist von oben heruntergefallen oder gestoßen worden und wurde vom Bambus aufgespießt. Wodurch sonst sind seine Knochen zerschmettert und wie sonst könnten diese Stämme, deren Spitzen so hoch über unseren Köpfen stehen, durch ihn hindurchragen?«

Ein beklommenes Schweigen senkte sich auf uns, als wir die armseligen Überreste umstanden und die Wahrheit von Lord Johns Worten erkannten. Der überhängende Klippenkamm lag direkt über dem Bambusgestrüpp. Bestimmt war Colver von dort oben abgestürzt. Aber wie war er abgestürzt? War es ein Unfall? Oder ... Unheilvolle und schreckliche Vermutungen begannen bereits, sich um dieses unbekannte Land zu bilden.

Schweigend setzten wir uns wieder in Bewegung und gingen weiter an den Klippen entlang, die in ihrem ebenmäßigen und kompakten Verlauf an jene ungeheuren antarktischen Eisfelder denken ließen, die sich von Horizont zu Horizont erstrecken und die Mastspitzen der Expeditionsschiffe weit überragen. Auf den nächsten fünf Meilen sahen wir weder Riss noch Spalte im Felsen. Dann bemerkten wir auf einmal etwas, das uns mit neuer Hoffnung erfüllte. In einer Höhlung des Felsens, vor dem Regen geschützt, war ein grober Pfeil mit Kreide gemalt, der nach Westen wies.

»Wieder Maple White«, sagte Professor Challenger. »Er muss eine Vorahnung gehabt haben, dass hinter ihm bald Nachfolger kommen würden.«

»Er hatte also Kreide?«

»Unter den Habseligkeiten, die ich in seinem Tornister fand, war ein Kasten mit Farbkreiden. Ich erinnere mich, dass die weiße bis auf einen Stummel aufgebraucht war.«

»Das ist sicherlich ein ausreichender Beweis«, sagte Summerlee. »Wir müssen also seine Anleitung befolgen und weiter nach Westen gehen.«

Wieder hatten wir etwa fünf Meilen zurückgelegt, als wir einen weiteren weißen Pfeil am Felsen sahen. Er befand sich an einer Stelle, wo die Oberfläche der Klippen erstmals von einer schmalen Spalte durchbohrt wurde. Innerhalb der Spalte fand sich ein dritter Richtungspfeil, der mit etwas überhöhter Spitze nach innen zeigte, als ob die bezeichnete Stelle über Bodenhöhe läge.

Es war ein bedrückender Ort. Die Felswände erschienen gigantisch. Der Ausschnitt des blauen Himmels war so schmal und vom doppelten Pflanzensaum derartig verdeckt, dass nur gedämpftes Licht bis zum Boden drang. Wir hatten seit vielen Stunden nichts gegessen und waren von der Wanderung über den felsigen und unebenen Boden ermüdet; aber unsere Nerven waren noch zu angespannt, um jetzt ausruhen zu können. Wir befahlen trotzdem, das Lager aufzuschlagen und ließen die Indianer zurück. Wir vier und die beiden Mestizen gingen weiter, die enge Schlucht hinauf.

Sie hatte am Anfang etwa vierzig Fuß Durchmesser, wurde schnell enger und endete schließlich in einem spitzen Winkel, der für einen Aufstieg zu glatt und zu steil war. Das war es sicher nicht, was unser Vorgänger uns hatte bezeichnen wollen. Wir kehrten wieder um – die ganze Schlucht war weniger als eine viertel Meile tief – und da erspähten Lord Johns flinke Augen plötzlich, was wir suchten. Hoch über uns, im düsteren Schatten, hob sich ein Kreis in noch tieferem Dunkel ab. Das konnte nur der Eingang zu einer Höhle sein.

An dieser Stelle lag loses Geröll und so war es nicht schwierig, hochzuklettern. Der letzte Zweifel schwand, als wir oben ankamen; denn am Rand des Eingangs fand sich wieder ein Pfeil. An dieser Stelle und auf diesem Weg hatten Maple White und sein unglückseliger Kamerad also ihren Aufstieg bewältigt.

Wir waren zu aufgeregt, um zum Lager zurückzukehren, und wollten darum sofort mit unseren Nachforschungen beginnen. Lord John hatte eine Taschenlampe im Rucksack, die uns als Lichtquelle genügen musste. Er ging voran, während wir ihm einzeln auf den Fersen folgten.

Offenbar war die Höhle durch Wasser ausgespült worden. Ihre Wände waren glatt und der Boden mit runden Steinen bedeckt. Ein Mensch konnte gerade noch in gebückter Haltung hindurchkommen. Fünfzig Meter weit lief sie fast gradlinig in den Felsen hinein und stieg dann in einem Winkel von fünfundvierzig Grad an. Sehr bald wurde dieser Anstieg noch steiler und wir krochen auf Händen und Knien über loses Geröll, das unter uns nachgab und abrutschte.

Plötzlich ein enttäuschter Ausruf von Lord John Roxton: »Es geht nicht weiter!«

Wir drängten uns hinter ihn und erblickten im gelben Lichtschein eine Mauer aus zerbrochenem Basalt, die bis zur Decke reichte.

»Das Dach ist abgestürzt!« Vergeblich zerrten wir einige Brocken heraus. Der einzige Erfolg war, dass sich größere Stücke lockerten und drohten, den Abhang herunterzurollen und uns zu zermalmen. Es wurde uns klar, dass wir mit unseren Mitteln nichts ausrichten konnten. Maple Whites Aufstiegsweg konnten wir nicht mehr benutzen.

Zu niedergeschlagen, um zu reden, stolperten wir den dunklen Tunnel wieder hinab und machten uns auf den Weg zum Lager.

Ehe wir die Schlucht verlassen hatten, ereignete sich jedoch ein Zwischenfall, der im Hinblick auf die späteren Geschehnisse von Bedeutung war.

Wir hatten uns in einer kleinen Gruppe auf dem Grund der Schlucht versammelt, etwa vierzig Fuß unterhalb der Höhlenöffnung, als plötzlich ein gewaltiger Felsbrocken herabgerollt kam und mit unheimlicher Wucht neben uns vorbeischoss. Er verfehlte uns um Haaresbreite. Woher er gekommen war, konnten wir nicht erkennen. Aber die Mestizen, die noch am Höhleneingang standen, sagten, dass er an ihnen vorbeigeflogen wäre und also von oben heruntergefallen sein müsste. Wir blickten hoch, konnten aber im grünen Dschungel auf den Klippen keinerlei Regung entdecken. Doch es gab kaum einen Zweifel, dass der Stein auf uns gezielt war. Also deutete dieser Zwischenfall an, dass sich Menschen – bösartige Menschen – auf dem Plateau befanden.

Wir zogen uns eilig aus der Schlucht zurück, in Gedanken über diese neue Entwicklung und ihre Bedeutung für unser Vorhaben. Die Lage erschien ohnehin schon schwierig genug; wenn aber zu den natürlichen Hindernissen zu allem Überfluss noch menschlicher Widerstand hinzukam, war unser Fall aussichtslos. Dennoch gab es nicht einen unter uns, der nach London zurückkehren wollte, bevor wir das Plateau restlos erforscht hatten.

Wir erörterten die Lage und kamen zu dem Schluss, dass wir am besten unsere Umgehung des Plateaus weiter fortsetzten. Dabei hofften wir noch irgendeine andere Möglichkeit zu entdecken, um hinaufzukommen. Die Klippen, die hier beträchtlich an Höhe verloren hatten, bogen jetzt von Westen nach Norden um. Wenn wir für das Plateau eine ungefähre Kreisform annehmen durften, konnte sein Gesamtumfang nicht allzu groß sein. Schlimmstenfalls würden wir in ein paar Tagen wieder an unseren Ausgangspunkt zurückkommen.

An diesem Tage marschierten wir insgesamt etwa zweiundzwanzig Meilen, ohne etwas Neues zu entdecken. Der Höhenmesser zeigte an, dass wir uns nach dem ständigen Anstieg, seit dem Verlassen der Kanus, jetzt dreitausend Fuß über dem Meeresspiegel befanden. So erklärte sich der Unterschied in Temperatur und Pflanzenwuchs. Die ganze schreckliche Insektenplage, diesen Fluch aller Reisen in den Tropen, waren wir los. Ein paar Palmen konnten sich hier noch behaupten, außerdem viele Baumfarne. Aber die Riesenbäume des Amazonasgebiets lagen endgültig hinter uns. Inmitten dieser unwirtlichen Felsen blühten *Convolvulus,* Passionsblume und Begonie, die uns wie ein Gruß der Heimat erschienen. Es gab eine rote Begonie von der gleichen Farbe wie jene, die im Fenster einer gewissen Villa in Streantham im Topf steht. – Aber ich bin in private Erinnerungen abgeschweift.

An jenem Abend – ich spreche immer noch vom ersten Tage unserer Rundreise um das Plateau – erwartete uns noch ein bedeutendes Erlebnis. Ein Erlebnis, das endgültig den letzten Zweifel an den wunderbaren Dingen, die uns greifbar nahe gerückt waren, beseitigte.

Wenn Sie dies lesen, lieber Mr McArdle, werden Sie (vielleicht zum ersten Mal) erkennen, dass sich hier nicht etwa ein Schildbürgerstreich anbahnt, sondern dass zugkräftige Schlagzeilen und ein zündender Bericht zu erwarten sind, sobald wir Professor Challengers Erlaubnis zur Veröffentlichung haben. Ich werde aber diesen Artikel nie veröffentlichen, wenn es mir nicht gleichzeitig gelingt, stichhaltige Beweise mit nach England zu bringen. Sonst wäre ich für alle Zeiten als journalistischer Münchhausen verrufen. Ich bezweifle nicht, dass Sie genauso empfinden und dass Sie den guten Ruf der »Gazette« wegen dieses Abenteuers nicht aufs Spiel setzen möchten, bevor wir den Chor der Kritiker und Ungläubigen, der auf einen solchen Artikel notwendigerweise laut würde, entsprechend begegnen können. Also muss diese Begebenheit, die solch eindrucksvolle Überschrift für die gute alte Zeitung liefern könnte, leider noch in der Redaktionsschublade warten.

Es spielt sich also das Folgende ab: Lord John hatte ein *Ajouti* geschossen – das ist ein kleines, unserem Schwein ähnliches Tier. Nachdem wir die Hälfte davon den Indianern gegeben hatten, kochten wir unsere Hälfte auf dem Feuer. Die Luft war nach Einbruch der Nacht kühl und wir waren alle nahe an die Flammen gerückt. Der Mond stand noch nicht am Himmel; aber im Schein der Sterne konnte man die Ebene ein kleines Stück weit überblicken. Plötzlich stieß etwas Riesiges schwirrend aus der Dunkelheit hernieder. Unsere Gruppe saß für einen Augenblick unter einem Baldachin aus ledernen Flügeln. Ich hatte eine blitzartige Vision von einem langen, schlangenartigen Hals, einem wilden, gierigen roten Auge und einem großen zuschnappenden Schnabel, der zu meiner Überraschung mit kleinen blinkenden Zähnen besetzt war. Im nächsten Augenblick war das unheimliche Wesen wieder fort – und mit ihm unsere Mahlzeit.

Ein gewaltiger schwarzer Schatten von zwanzig Fuß Durchmesser schwang sich in die Luft hinauf. Einen Moment lang verdeckten die ungeheuren Flügel die Sterne und dann verschwand alles hinter dem Rand der Klippen über uns.

Wir alle saßen erstarrt und verdutzt da. Summerlee fand als Erster die Sprache wieder.

»Professor Challenger«, sagte er mit feierlicher und vor Bewegung schwankender Stimme, »ich muss Sie um Verzeihung bitten, Sir. Ich bin sehr im Unrecht und ich bitte Sie, das Vergangene zu vergessen.«

Das war nett gesagt und die beiden Männer reichten sich zum ersten Mal die Hand. Dies verdankten wir also dem Erscheinen unseres ersten *Pterodactylos*. Zwei solche Männer zusammenzuführen war wohl mit einem gestohlenen Abendessen nicht zu teuer bezahlt.

Aber das vorgeschichtliche Leben, dessen Existenz auf dem Plateau nun für uns erwiesen war, konnte keineswegs im Überfluss vorhanden sein; während der nächsten drei Tage bekamen wir nichts mehr davon zu Gesicht. In dieser Zeit durchquerten wir eine unfruchtbare und öde Gegend auf der Nord- und Ostseite der Klippen, die teils aus steiniger Wüste, teils aus einsamen Moorflächen voller Wildgeflügel bestand. Auf diesen Seiten war das Plateau bestimmt unzugänglich, und hätte es nicht direkt an der Basis der Felswand eine feste Kante gegeben, so hätten wir umkehren müssen. Mehrere Male steckten wir bis zum Gürtel im Schlamm eines alten subtropischen Sumpfes.

Obendrein schien dieser Ort ein beliebter Brutplatz der Jararaca-Schlange zu sein, der angriffslustigsten und gefährlichsten Giftschlange Südamerikas. Immer wieder krochen und sprangen diese schrecklichen Kreaturen über die Oberfläche des fauligen Morastes auf uns zu. Nur mit ständig schussbereit gehaltenem Gewehr fühlten wir uns vor ihnen einigermaßen sicher. Eine trichterförmige, von faulendem Moos blassgrün gefärbte Bodenvertiefung werde ich zeitlebens nicht vergessen. Sie muss ein besonders bevorzugter Aufenthaltsort dieses Gezüchts gewesen sein. Ihre Hänge wimmelten von Schlangen, die alle auf uns zugekrochen kamen; denn es ist eine Eigenart der Jaracara, dass sie Menschen beim ersten Anblick angreift. Zum Erschießen waren es zu viele. So ergriffen wir die Flucht und rannten, bis wir nicht mehr weiterkonnten. Nie werde ich vergessen, wie wir beim Zurückblicken noch weit hinter uns die Köpfe und Hälse unserer Verfolger auf- und niederwogen sahen. Wir bezeichneten diese Stelle als Jaracara-Sumpf.

Die Klippen hatten ihre rötliche Färbung verloren und waren jetzt schokoladenbraun. Die Vegetation war spärlicher geworden und die Höhe der Kante auf drei- oder vierhundert Fuß abgesunken. Aber an keiner Stelle konnten wir einen Punkt entdecken, von dem aus sich ein Aufstieg versuchen ließ.

»Sicher«, sagte ich bei unserer Lagebesprechung, »muss der Regen doch irgendwo nach unten abfließen. Es wird Wasserkanäle in den Felsen geben.«

»Unser junger Freund hat lichte Momente«, sagte Professor Challenger und klopfte mir auf die Schulter.

»Irgendwo muss der Regen doch bleiben«, wiederholte ich.

»Nur schade, dass wir uns durch Augenschein davon überzeugen mussten, dass es keine Wasserkanäle in den Felsen gibt«, erwiderte er.

»Aber wo bleibt denn das Wasser«, protestierte ich.

»Man darf annehmen, dass es nach innen abläuft, wenn ihm der Weg nach außen versperrt ist.«

»Dann müsste es einen See in der Mitte geben.«

»Vermutlich.«

»Mit großer Wahrscheinlichkeit ist dieser See ein alter Krater«, sagte Summerlee. »Die ganze Formation ist ja weitgehend vulkanisch. Auf jeden Fall möchte ich glauben, dass die Oberfläche des Plateaus nach innen abfällt und in der Mitte ein großes Was-

serbecken enthält, das vielleicht durch einen unterirdischen Kanal mit dem Jaracara-Sumpf verbunden ist.«
»Oder die Evaporation könnte ein Equilibrium aufrechterhalten«, bemerkte Challenger. Damit verloren die beiden Gelehrten sich wieder in eines ihrer üblichen wissenschaftlichen Streitgespräche.
Am sechsten Tag hatten wir unsere Umwanderung der Klippen vollendet und fanden uns an der Stelle unseres ersten Lagers neben der isolierten Felsenzinne wieder. Wir waren alle recht niedergeschlagen, denn wir hatten nun die absolute Gewissheit, dass es nicht einen einzigen Punkt gab, an dem wir Aussicht hatten, die Klippen zu ersteigen. Die Stelle, die Maple Whites Kreidepfeile als seinen eigenen erfolgreichen Weg gekennzeichnet hatten, war jetzt nicht mehr zugänglich.
Was sollten wir nun beginnen? Unsere Nahrungsvorräte, die wir mithilfe unserer Gewehre ergänzt hatten, waren zwar noch reichlich, aber der Tag würde kommen, an dem sie der Auffrischung bedurften. In ein paar Monaten mussten wir außerdem mit der Regenzeit rechnen, die uns aus unserem Lager fortspülen würde. Der Fels war härter als Marmor und einen Versuch, Stufen hineinzuhauen, erlaubten weder die Zeit noch unsere Hilfsmittel.
Kein Wunder also, dass wir uns an jenem Abend düster ansahen und ohne viele Worte müde in unsere Decken krochen. Ich kann mich noch an meinen letzten Eindruck vor dem Einschlafen erinnern: Challenger hockte wie ein ungeheurer Ochsenfrosch am Feuer, den gewaltigen Kopf in die Hände gestützt, anscheinend tief in Gedanken versunken und völlig taub für die »Gute Nacht«, die ich ihm wünschte.
Am nächsten Morgen aber begrüßte mich ein ganz anderer

Challenger, der Zufriedenheit und Selbstachtung ausstrahlte. Als wir uns zum Frühstück versammelten, begegnete er uns mit gespielter übermäßiger Bescheidenheit in den Augen. Doch sein Bart war siegesgewiss gesträubt, sein Brustkorb vorgereckt und seine Hand hatte er in den Jackenausschnitt geschoben. So mag er sich wohl selbst zuweilen in seiner Phantasie auf dem leeren Sockel am Trafalgar Square erblicken.

»Heureka!«, rief er und die Zähne blitzten durch seinen Bart. »Meine Herren, Sie dürfen mir gratulieren. Wir können uns gegenseitig beglückwünschen: Das Problem ist gelöst!«

»Sie haben einen Weg nach oben gefunden?«

»Das gestatte ich mir zu behaupten.«

»Und wo?«

Als Antwort wies er auf die kirchturmartige Zinne zu unserer Rechten.

Unsere Gesichter wurden länger, als wir nach oben blickten. Wir hatten schon früher die Versicherung unseres Gefährten gehört, dass diese Zinne zu besteigen sei. Aber zwischen ihr und dem Plateau lag ein schrecklicher Abgrund.

»Da kommen wir nie hinüber«, stöhnte ich.

»Wir können wenigstens erst einmal dort hinaufklettern«, sagte er. »Wenn wir oben sind, kann ich Ihnen vielleicht zeigen, dass die Quellen eines erfinderischen Geistes noch lange nicht versiegt sind.«

Nach dem Frühstück packten wir das Bündel aus, in dem unser Anführer seine Kletterausrüstung mitgebracht hatte. Er nahm ein starkes, leichtes Seil von hundertfünfzig Fuß Länge, Steigeisen, Klammern und anderes Gerät heraus. Lord John war ein erfahrener Bergsteiger und auch Summerlee hatte schon verschiedene schwierige Klettertouren hinter sich, sodass ich der eigentliche Neuling unserer Gruppe war; doch hoffte ich, mit Kraft und Gewandtheit meine Unerfahrenheit ausgleichen zu können.

Es war in Wirklichkeit gar keine so unlösbare Aufgabe, obwohl es Augenblicke gab, in denen mir die Haare zu Berge standen. Die erste Hälfte war leicht zu ersteigen; aber dann wurde es fortgesetzt steiler, bis wir uns schließlich auf den letzten fünfzig Fuß buchstäblich mit Fingern und Zehen an winzige Vorsprünge und Spalten im Fels klammern mussten. Weder Summerlee noch ich hätten es je geschafft, wenn nicht Challenger (dessen Behändigkeit für seinen plumpen Körper einfach unglaublich war) vor uns den Gipfel erreicht und dort sein Seil um den Stamm des großen Baumes geschlungen hätte. Mit dieser Unterstützung konnten wir schließlich an der riesigen Wand hochkriechen, bis wir endlich eine kleine, grasige Fläche von etwa fünfundzwanzig Fuß Durchmesser erreichten, die den Gipfel bildete.

Als Erstes beeindruckte mich der weite Ausblick auf das Land, durch das wir gekommen waren. Unter uns schien die ganze brasilianische Ebene zu liegen und sich ins Unendliche auszudehnen, bis sie am fernsten Horizont in ungewissem blauem Dunst verschwamm. Im Vordergrund lag der lange Hang, besetzt mit Felsen und gesprenkelt mit Baumfarnen. Etwas weiter, im Mittelfeld und noch eben hinter dem Hügelrücken sichtbar, konnte ich die gelben und grünen Massen des Bambus erblicken, durch den wir gekommen waren. Dahinter nahm die Vegetation stetig zu, um sich schließlich zu dem mächtigen Urwald zu verdichten, der sich so weit erstreckte, wie das Auge blicken konnte. Ich nahm immer noch dieses wundervolle Panorama in mich auf, als sich die schwere Hand des Professors auf meine Schultern legte.

»Hier lang, mein junger Freund«, sagte er. »*Vestigia nulla retrosum*. Niemals zurückblicken, immer nach vorn, auf unser glorreiches Ziel.«

Als ich mich umwandte, sah ich mich auf gleicher Höhe mit der Oberkante des Plateaus. Die grüne Fläche aus Gebüsch und vereinzelten Bäumen lag so greifbar nahe, dass man vergaß, wie unzugänglich sie immer noch war. Bei oberflächlicher Schätzung mochte der Zwischenraum vierzig Fuß betragen; aber in meinen Augen war er ebenso unüberwindbar wie vierzig Meilen.

Ich legte einen Arm um den Baumstamm und beugte mich über den Abgrund. Weit unten standen die kleinen, dunklen Gestalten unserer Diener und blickten zu uns hoch. Die Wand unter mir fiel senkrecht ab, genau wie die Klippen gegenüber.

»Das ist wirklich merkwürdig«, sagte Professor Summerlees knarrende Stimme. Ich drehte mich um und stellte fest, dass er mit großem Interesse den Baum betrachtete, an dem ich mich festhielt. Die glatte Rinde und die kleinen gerippten Blätter hatte auch ich schon gesehen. »Nanu«, rief ich, »das ist ja eine Buche!«

»Sehr richtig!«, sagte Summerlee, »eine alte Bekannte in der Fremde!«

»Nicht nur eine alte Bekannte, mein Lieber«, sagte Challenger, »sondern – wenn ich mir erlauben darf Ihren Vergleich etwas zu erweitern – auch gleichzeitig eine Verbündete. Diese Buche soll unser Retter werden.«

»Donnerwetter«, rief Lord John, »eine Brücke!«

»Ganz recht, meine Freunde, eine Brücke! Schließlich habe ich nicht umsonst in der letzten Nacht eine Stunde damit verbracht, meine Gedanken auf unsere Situation zu konzentrieren. Ich erinnere mich, unserem kleinen Freund schon einmal gesagt zu haben, dass G. E. C. sich selbst übertrifft, wenn er mit dem Rücken zur Wand steht. Sie werden zugeben, dass wir gestern Abend alle an die Wand gedrängt waren. Was wir brauchen, ist eine Zugbrücke, die sich über den Abgrund legen lässt. Hier ist sie.«

Es war eine glänzende Idee. Der Baum maß gut sechzig Fuß in der Höhe, und wenn er auf die richtige Seite stürzte, konnte er leicht den Abgrund überbrücken. Challenger hatte sich beim Aufstieg die Axt über die Schulter gehängt. Jetzt reichte er sie mir.

»Unser junger Freund hat die nötige Kraft und Ausdauer«, sagte er. »Ich denke, er eignet sich am besten für diese Aufgabe. Ich muss Sie jedoch bitten, gütigst auf jedes eigene Denken zu verzichten und genau zu tun, was ich Ihnen sage.«

Nach seinen Anweisungen schlug ich seitliche Kerben in den Baum, der ihn in die gewünschte Richtung stürzen lassen sollten. Er hatte bereits von Natur aus eine starke Neigung zum Plateau hin, sodass dies keine schwere Arbeit war. Schließlich ging ich dem Stamm ernstlich zu Leibe und wechselte mich dabei mit Lord John ab. Nach einer Stunde neigte sich der Baum, krachte vornüber und bohrte seine Äste in die Büsche auf der anderen Seite. Der abgeschlagene Stamm rollte bis dicht an den Rand unserer Plattform. Eine bange Sekunde lang dachten wir schon, es wäre alles aus. Er blieb jedoch wenige Zoll von der Kante entfernt liegen. So hatten wir unsere Brücke ins Unbekannte. Wir alle reichten Professor Challenger schweigend die Hand. Er lüftete seinen Strohhut und verbeugte sich der Reihe nach vor jedem.

»Ich beanspruche die Ehre«, sagte er, »als Erster nach drüben zu gehen – zweifellos ein geeignetes Motiv für ein zukünftiges historisches Gemälde.«

Er hatte sich unserer Brücke bereits genähert, als Lord John ihn mit einer Hand am Rockzipfel packte.

»Mein Lieber«, sagte er, »das kann ich leider nicht erlauben.«

»Nicht erlauben, mein Herr!« Der Kopf schnellte herum und der Bart schob sich vor.

»Solange es sich um wissenschaftliche Dinge handelt, ordne ich mich Ihnen unter. Aber wenn Sie in mein Ressort kommen, dann sind Sie dran und müssen mir parieren.«

»Ihr Ressort, Herr?«

»Wir haben alle unsere Berufe und meiner ist eben das Soldatspielen. Ich sehe es so: Wir stehen im Begriff, in ein neues Land einzudringen, das bis zum Rand voller Feinde stecken kann. Sich da blindlings hineinzustürzen, aus Mangel an gesundem Menschenverstand und Geduld, das ist nicht nach meinem Geschmack!«

Die Vorhaltungen waren zu einleuchtend, um in den Wind geschlagen zu werden. Challenger schüttelte den Kopf und zuckte mit seinen schweren Schultern.

»Nun, und was schlagen Sie stattdessen vor?«

»Wer weiß, ob nicht in diesen Büschen ein Kannibalenstamm auf ein gutes Mittagessen lauert«, sagte Lord John und blickte nach drüben. »Es ist besser, sich rechtzeitig Gewissheit zu verschaffen, ehe man in den Kochtopf wandert. Wir wollen zwar hoffen, dass uns dort nichts Böses erwartet, müssen jedoch so vorgehen, als ob es der Fall wäre. Malone und ich werden deshalb noch einmal nach unten klettern und mit Gomez und den anderen die vier Gewehre heraufholen. Dann kann einer über die Brücke gehen, während die anderen ihm mit ihren Gewehren Schützenhilfe leisten. Unser Späher vergewissert sich dann, dass die anderen gefahrlos nachkommen können.«

Challenger sank auf den Baumstumpf und stöhnte vor Ungeduld. Aber Summerlee und ich waren der Meinung, dass Lord John in solchen praktischen Fragen unser Anführer sein sollte. Jetzt, da wir an der schlimmsten Stelle das Seil zu Hilfe nehmen konnten, war das Klettern bedeutend einfacher. Es dauerte nicht allzu lange, da hatten wir unsere vier Gewehre und eine Schrotflinte nach oben geschafft. Die Mischlinge waren mitgekommen und hatten auf Lord Johns Befehl ein Paket mit Vorräten nach oben getragen für den Fall, dass unser erster Erkundigungsgang sich in die Länge ziehen sollte. Jeder von uns schnallte sich Patronengurte um.

»So, Challenger, wenn Sie jetzt immer noch Wert darauf legen, der Erste zu sein«, sagte Lord John, als alle Vorbereitungen abgeschlossen waren.

»Ich stehe tief in Ihrer Schuld für Ihre gütige Erlaubnis«, sagte der Professor ärgerlich.

Er schwang sich sein Beil auf den Rücken, setzte sich auf den Stamm, sodass auf jeder Seite ein Bein über dem Abgrund baumelte, und hoppelte in dieser Stellung über unsere Brücke. Bald war er auf der anderen Seite, stand und schwang die Arme hoch.

»Endlich!«, rief er. »Endlich!«

Besorgt sah ich zu ihm hinüber mit der unbestimmten Erwartung, dass sich jeden Augenblick irgendetwas Furchtbares aus dem grünen Vorhang auf ihn stürzen könnte. Aber alles blieb ruhig; nur ein sonderbarer, bunt schillernder Vogel flog zwischen seinen Füßen auf und verschwand in den Bäumen. Summerlee ging als Zweiter. Die zähe Energie in seinem zer-brechlichen Körper war bewundernswert. Er bestand darauf, sich zwei Gewehre umzuhängen. So waren beide Professoren bewaffnet, als er drüben ankam. Der Nächste war ich. Ich gab mir große Mühe, nicht nach unten in die schreckliche Tiefe zu sehen. Summerlee hielt mir seinen Gewehrkolben hin und einen Augenblick später ergriff ich seine ausgestreckte Hand. Dann kam Lord John; er ging hinüber – ging aufrecht, ohne jede Stütze! Er muss Nerven aus Stahl haben.

Nun waren wir alle vier im Traumland angelangt, in der verschollenen Welt des Maple White. Wir alle empfanden dies als den Augenblick größten Triumphes. Wer hätte vermutet, dass er der Auftakt zu unserem tiefsten Unglück war?

Wir hatten uns vom Rand entfernt und waren etwa fünfzig Meter weit durch dichtes Gebüsch vorgedrungen, als wir hinter uns ein fürchterliches Krachen hörten. Wie ein Mann stürzten wir an unseren Ausgangspunkt zurück. Die Brücke war nicht mehr da!

Ich beugte mich vor und erblickte weit unten, am Fuß der Klippen, eine wirre Masse von Ästen und zersplittertem Holz. Das war unsere Buche! War der Rand der Plattform abgebröckelt und hatte den Baum abrutschen lassen? Für einen Augenblick schien uns dies die einzig mögliche Erklärung. Aber dann schob sich an der uns abgewandten Seite des Felsenturms ein dunkelhäutiges Gesicht hervor: das Gesicht von Gomez, dem Mestizen. Ja, es war Gomez. Aber nicht mehr der Gomez mit dem beflissenen Lächeln und dem maskenhaften Gesicht. Dieses Gesicht hatte flammende Augen und verzerrte Züge; es zeigte Hass und Hohn.

»Lord Roxton!«, brüllte er. »Lord John Roxton!«

»Ja«, sagte unser Gefährte, »hier bin ich.«

Ein brüllendes Gelächter drang über den Abgrund zu uns. »Ja, da bist du, du englischer Hund, und da sollst du auch bleiben! Ich habe gewartet und gewartet. Jetzt ist endlich meine Stunde gekommen. Es war schwer genug für euch, da hinaufzuklettern; ihr werdet es aber noch schwerer haben, wieder herunterzusteigen. Ihr verdammten Narren, ihr sitzt in der Falle, jeder Einzelne von euch!«

Wir waren zu überrascht, um zu antworten. Ein großer, zerbrochener Ast im Gras zeigte, woher er den Hebel hatte, um unsere Brücke über den Rand zu wuchten. Das Gesicht verschwand; aber sehr bald kam es wieder zum Vorschein, noch wütender als zuvor.

»Wir hätten euch beinahe schon mit dem Stein bei der Höhle erwischt«, schrie er. »Aber so ist's viel besser. Es geht langsamer und ist schrecklicher. Eure Knochen werden da oben bleichen und kein Mensch wird wissen, wo ihr liegt. Niemand wird kommen, euch zu begraben. Und wenn du im Sterben liegst, Roxton, dann denk an Lopez, den du vor fünf Jahren am Putomayo-Fluss erschossen hast. Ich bin sein Bruder. Jetzt kann ich beruhigt sterben; denn er ist gerächt.« Eine Faust drohte uns und dann war alles ruhig.

Hätte der Mischling einfach Rache genommen und dann schleunigst das Weite gesucht, so könnte alles für ihn gut abgelaufen sein. Sein törichter südländischer, unwiderstehlicher Hang zum Dramatischen jedoch sollte ihm zum Verhängnis werden. Roxton, der sich den Beinamen einer Geißel Gottes erworben hatte, war nicht der Mann, den man ungestraft herausfordern durfte. Der Mestize stieg auf der uns abgekehrten Seite der Felsnadel ab. Aber ehe er den Boden erreicht hatte, war Lord John am Rand des Plateaus entlanggelaufen und hatte eine Stelle gefunden, von der er den Mann sehen konnte. Seine Flinte krachte ein einziges Mal. Wir konnten zwar nichts sehen, hörten aber den Schrei und darauf den fernen Aufschlag des abstürzenden Körpers. Roxton kam mit steinernem Gesicht zu uns zurück.

»Ich bin ein blinder Einfaltspinsel gewesen«, sagte er bitter. »Allein durch meine Dummheit sind wir in diese scheußliche Lage geraten. Ich hätte daran denken müssen, dass diese Leute ein gutes Gedächtnis für Blutrache haben, und hätte besser auf der Hut sein müssen.«

»Und was ist mit dem anderen? Einer allein kann doch unmöglich diesen Baum über die Kante gerollt haben.«

»Ich hätte ihn auch töten können; habe ihn dann aber doch laufen lassen. Vielleicht ist er unbeteiligt.«

Jetzt, da wir Gomez' Motiv kannten, erinnerte sich jeder von uns an Einzelheiten seines hinterhältigen Benehmens. Wir sprachen darüber, bemüht, uns seelisch auf die neuen Verhältnisse einzustellen. Da wurde unsere Aufmerksamkeit durch eine einzigartige Szene in der Ebene unter uns gefesselt.

Ein Mann in weißer Kleidung, der nur der überlebende Mestize sein konnte, rannte, als ob ihm der Tod im Nacken säße. Hinter ihm her, wenige Meter zurück, sprang in riesigen Sätzen die ebenholzfarbene Gestalt Zambos, unseres treu ergebenen Negers. Noch während wir hinblickten, sprang Zambo dem Flüchtling auf den Rücken und schlang ihm die Arme um den Hals. Beide wälzten sich am Boden. Einen Augenblick darauf erhob sich Zambo, blickte noch einmal auf den hingestreckten Mann, winkte uns dann fröhlich mit der Hand und kam auf uns zugerannt. Die weiße Gestalt blieb bewegungslos inmitten der weiten Ebene liegen.

Uns war jede Möglichkeit genommen, wieder zu der Felsnadel zurückzukommen. Bisher hatten wir als Erdbewohner gelebt. Jetzt waren wir Einwohner des Plateaus. Einen Weg zurück gab es nicht. Dort lag die Ebene. Dahinten, jenseits des violetten, dunstigen Horizonts, floss der Strom, der in die Zivilisation zurückführte. Aber das Zwischenglied fehlte. Keine menschliche Erfindungsgabe konnte ein Hilfsmittel ersinnen, das den Abgrund überbrückte, der zwischen uns und unserer heimischen Welt aufgebrochen war. Ein einziger Augenblick hatte unsere gesamten Lebensbedingungen von Grund auf verändert.

Dies war aber auch der Augenblick, in dem ich erfuhr, aus welchem Holz meine drei Kameraden geschnitzt waren. Zwar wurden sie ernst und nachdenklich, behielten aber ihre ungebrochene Zuversicht. Gespannt warteten wir auf Zambos Erscheinen. Bald tauchte sein ehrliches schwarzes Gesicht über dem Felsen auf und seine herkulische Gestalt schwang sich auf die Spitze der Zinne.

»Was ich jetzt tun?«, rief er. »Sie mir sagen und ich tun.«

Das war eine Frage, die leichter gestellt als beantwortet war. Nur eines stand fest. Er war unser einziges zuverlässiges Verbindungsglied zur Außenwelt. Er durfte uns unter keinen Umständen verlassen.

»Nein, nein«, rief er. »Ich Sie nicht verlassen. Was auch passieren, Sie mich immer hier finden. Aber ich nicht kann Indianer hier festhalten. Sie schon sagen, zu viel Curupuri hier. Und sie nach Hause gehen. Ich nicht können halten.« Es traf zu, dass unsere Indianer in letzter Zeit auf verschiedenste Art gezeigt hatten, dass sie der Reise überdrüssig waren und gern umgekehrt wären. Wir wussten, dass Zambo die Wahrheit sagte und dass es für ihn unmöglich war, sie zurückzuhalten.

»Lass sie bis morgen warten, Zambo«, brüllte ich; »dann kann ich ihnen einen Brief mitgeben.«

»Gut, Herr! Ich versprechen, sie bis morgen warten«, sagte der

Neger. »Aber was ich jetzt für Sie tun?« Es gab eine Menge für ihn zu tun und der treue Bursche erledigte alles gewissenhaft. Zuallererst löste er unter unserer Anleitung das Seil vom Baumstumpf und warf uns das eine Ende herüber. Es war nicht dicker als eine Wäscheleine, aber sehr stark. Und wenn wir es auch nicht als Brücke benutzen konnten, so mochte es uns doch noch unschätzbare Dienste leisten, falls wir noch irgendwelche Klettertouren zu bewältigen hatten. Dann befestigte er an seinem Seilende das Paket mit Verpflegung, das noch drüben lag, und wir konnten es zu uns herüberziehen. So hatten wir Lebensmittel für wenigstens eine Woche, auch wenn wir weiter nichts finden sollten. Dann stieg Zambo hinunter und brachte zwei andere Pakete mit verschiedenen Dingen – eine Munitionskiste und etliche andere Sachen; wir holten uns alles mit dem Seil herüber. Als er endgültig abstieg, war es schon Abend. Zum Schluss versprach er nochmals, die Indianer bis zum nächsten Morgen aufzuhalten. Darum habe ich fast meine ganze erste Nacht auf dem Plateau damit zugebracht, beim Schein eines Windlichtes unsere Erlebnisse aufzuzeichnen.

Wir aßen zu Abend und lagerten dicht am Rand der Klippen; unseren Durst löschten wir mit zwei Flaschen Mineralwasser, die in einer der Kisten lagen. Es ist lebenswichtig für uns, Wasser zu finden. Aber ich denke, dass sogar Lord John für diesen Tag keine Lust auf weitere Abenteuer mehr verspürte. Keiner von uns war aufgelegt, den ersten Vorstoß ins Unbekannte noch jetzt zu unternehmen. Wir vermieden es, ein Feuer zu entfachen oder unnötig laut zu sein.

Morgen (oder richtiger heute; denn es dämmert bereits, während ich dies schreibe) werden wir uns zum ersten Mal in dieses merkwürdige Land hineinwagen. Wann ich wieder zum Schreiben komme – oder ob ich überhaupt jemals wieder schreiben werde –, weiß ich nicht. Im Augenblick kann ich sehen, dass die Indianer noch an ihrem Lagerplatz liegen, und ich bin sicher, dass Zambo gleich hier sein wird, um meinen Brief abzuholen. Hoffentlich kommt er gut an.

PS: Je mehr ich darüber nachdenke, desto verzweifelter erscheint mir unsere Lage. Ich sehe keine Möglichkeit zur Rückkehr. Wenn es dicht am Rand des Plateaus einen hohen Baum gäbe, könnten wir vielleicht versuchen, wieder in umgekehrter Richtung eine Brücke zu schlagen. Aber im Umkreis von fünfzig Metern gibt es hier keinen. Und unsere vereinten Kräfte würden nicht ausreichen, einen großen Stamm herbeizuschleppen. Das Seil ist andererseits viel zu kurz, als dass wir damit absteigen können. Unsere Lage bleibt hoffnungslos – einfach hoffnungslos!

9. Kapitel

Wir haben die wunderbarsten Dinge erlebt und erleben sie noch ständig. Alles Papier, das ich besitze, besteht aus fünf alten Notizblöcken und einer Menge Zettel. Ich habe nur diesen einen Bleistift. Aber solange ich die Hände regen kann, will ich fortfahren unsere Erlebnisse und Eindrücke aufzuzeichnen; denn da wir als einzige Menschen solche Dinge sehen, ist es äußerst wichtig, dass ich alles niederschreibe, ehe jenes Geschick, das beständig drohend über uns hängt, uns ereilt. Ob Zambo eines Tages diese Briefe zum Fluss bringen wird oder ob ich selbst durch irgendein Wunder sie mitnehmen kann oder ob später einmal ein wagemutiger Forscher, der vielleicht mit einem Flugzeug unseren Spuren folgt, eines Tages dieses Bündel Papier findet – auf alle Fälle bin ich überzeugt, dass diesen Aufzeichnungen dereinst Unsterblichkeit bestimmt ist.

An dem ersten Morgen, nachdem der Schurke Gomez uns den Rückweg vom Plateau abgeschnitten hatte, begann für uns ein neuer Lebensabschnitt. Der nächste Vorfall war wenig geeignet, mir eine günstige Meinung von dem Ort, an den wir uns begeben hatten, zu verschaffen. Als ich nach Tagesanbruch durch einen heftigen Juckreiz aus kurzem Schlummer erwachte, fiel mein Blick auf eine merkwürdige Erscheinung an meinem Bein. Meine Hose war hochgerutscht und hatte ein paar Zoll meiner Haut über der Socke entblößt. Hier ruhte jetzt eine dicke purpurne Traube. Erstaunt über diesen Anblick, beugte ich mich vor und wollte sie abnehmen. Aber zu meinem Schrecken zerplatzte sie mir zwischen den Fingern und verspritzte nach allen Seiten Blut. Angewidert schrie ich auf und lockte damit die beiden Professoren herbei.

»Höchst interessant«, sagte Summerlee, der sich über mein Schienbein beugte, »eine blutsaugende Riesenzecke, meines Wissens bisher noch nicht beschrieben.«

»Die ersten Früchte unserer Mühen«, sagte Challenger in seiner dröhnenden Art. »Das Mindeste, was wir tun können, ist, sie *Ixodes Maloni* zu benennen. Die kleine Unannehmlichkeit, gebissen zu werden, mein junger Freund, wird Ihnen sicherlich nichts ausmachen angesichts des unschätzbaren Privilegs, Ihren Namen in den unvergänglichen Annalen der Zoologie verewigt zu sehen. Unglücklicherweise haben Sie dieses Prachtexemplar im Augenblick der Sättigung zerquetscht.«

»Dieses dreckige Ungeziefer!«, rief ich.

Professor Challenger runzelte missbilligend die Stirn und legte besänftigend eine Pranke auf meine Schulter.

»Sie sollten sich den wissenschaftlichen Blickpunkt und die unvoreingenommene wissenschaftliche Denkweise zu eigen machen«, sagte er. »Für einen Mann von philosophischem Temperament wie mich ist die Zecke mit ihrem lanzettenförmigen Rüssel und ihrem aufgeblähten Bauch ein ebenso schönes Erzeugnis der Natur wie beispielsweise ein Pfau oder die *Aurora borealis.* Es schmerzt mich, Sie in so abfälliger Weise davon reden zu hören. Mit genügend Ausdauer werden wir zweifellos noch ein anderes Exemplar sicherstellen können.«

»Daran besteht nicht der geringste Zweifel«, sagte Summerlee trocken; »denn soeben ist eine unter Ihrem Hemdkragen verschwunden.«

Brüllend wie ein Stier sprang Challenger auf und riss wild an Jacke und Hemd, um sie möglichst schnell abzuschütteln. Summerlee und ich konnten ihm vor Lachen kaum helfen. Endlich hatten wir seinen gewaltigen Oberkörper freigelegt. Er war mit schwarzen Haaren bewachsen und aus diesem Dschungel fingen wir die herumirrende Zecke, noch bevor sie ihn gebissen hatte.
Die Büsche ringsum wimmelten von diesen Plagegeistern und so sahen wir uns genötigt, unser Lager zu verlegen.
Zunächst mussten wir unsere Vereinbarung mit dem treuen Neger treffen, der soeben wieder, mit Kakao- und Biskuitbüchsen beladen, auf dem Felsturm erschien und uns die Büchsen einzeln zuwarf. Wir wiesen ihn an, von den noch verbliebenen Vorräten so viel für sich selbst zurückzubehalten, wie er für zwei Monate benötigte. Das Übrige sollten die Indianer bekommen als Lohn für ihre bisherigen Dienste und als Bezahlung für die Mitnahme unserer Briefe zum Amazonas. Einige Stunden später konnten wir sie beobachten, im Gänsemarsch weit draußen in der Ebene, jeder mit einem Bündel auf dem Kopf. Sie gingen den Weg zurück, auf dem wir gekommen waren. Zambo übernahm unser kleines Zelt am Fuß der Zinne und dort blieb er – unser einziges Bindeglied zur Welt dort unten.
Nun mussten wir uns über unsere nächsten Schritte klar werden. Wir verlegten unseren Lagerplatz von den zeckenbeladenen Büschen zu einer kleinen, auf allen Seiten dicht von Bäumen umgebenen Lichtung. In der Mitte gab es einige flache Felsplatten und unmittelbar daneben eine kleine Quelle. Dort konnten wir sauber und bequem sitzen, während wir unsere ersten Invasionspläne für dieses neue Land entwarfen. Vögel zwitscherten im Laub mit eigenartig kreischendem Schrei. Aber sonst regte sich nichts Lebendiges.

Als Erstes stellten wir ein Verzeichnis unserer Vorräte auf, sodass wir wussten, wie lange wir damit auskamen. Insgesamt waren wir mit den Sachen, die wir selbst mitgebracht hatten, und denen, die Zambo uns am Seil herübergeschickt hatte, ganz gut versorgt. Was aber angesichts der Gefahren, die uns umgeben mochten, das Wichtigste war: Wir hatten unsere vier Gewehre und je dreizehnhundert Schuss Munition, dazu eine Schrotflinte, für die wir allerdings nur hundertfünfzig mittelkörnige Patronen besaßen. Lebensmittel hatten wir genug für mehrere Wochen, dazu reichlich Tabak und einige wissenschaftliche Instrumente, darunter ein großes Fernrohr und einen guten Feldstecher. Alle diese Sachen legten wir in die Mitte der Lichtung. Als erste Vorsichtsmaßnahme schnitten wir mit Beil und Messer eine Anzahl dorniger Büsche ab, die wir in einem Kreis von etwa fünfzehn Meter Durchmesser aufhäuften. Dies sollte zunächst unser Hauptquartier sein – Zufluchtsort bei plötzlicher Gefahr und Lagerhaus für unsere Vorräte. Wir nannten es »Fort Challenger«.

Bis wir uns auf diese Weise gesichert hatten, war es Mittag geworden. Die Hitze bedrückte uns nicht. Das Plateau entsprach in seiner Temperatur und Vegetation fast der gemäßigten Zone. Im dichten Baumwuchs, der uns umgab, konnte man Buchen, Eichen und sogar Birken entdecken. Ein gewaltiger Ginkgo-Baum, der alle anderen überragte, breitete seine großen Äste voller Farnlaub über das von uns errichtete Fort. In seinem Schatten setzten wir unsere Beratung fort. Lord John, der in der Stunde des Handelns das Kommando übernommen hatte, teilte uns seine Ansichten mit.

»Solange uns weder Mensch noch Tier gesehen oder gehört haben, sind wir in Sicherheit«, sagte er. »Sobald sie aber wissen, dass wir hergekommen sind, geht der Zirkus los. Bisher spricht nichts dafür, dass sie uns schon bemerkt haben. Also heißen die Spielregeln für uns: Ruhig verhalten und vorsichtig die Gegend auskundschaften. Ehe wir unsere Nachbarn besuchen, wollen wir sie uns gründlich aus der Ferne ansehen.«

»Aber wir müssen vorwärts«, wagte ich zu bemerken.

»Ganz klar, mein Söhnchen! Wir wollen voran. Aber mit Überlegung. Wir dürfen nie so weit vorgehen, dass wir nicht wieder zu unserer Basis zurückkönnen. Vor allem dürfen wir nie unsere Gewehre abfeuern, außer im dringendsten Notfall.«

»Aber Sie haben gestern geschossen«, sagte Summerlee.

»Das ließ sich leider nicht vermeiden. Aber der Wind war kräftig und blies nach auswärts. Es ist nicht wahrscheinlich, dass der Schall weit ins Plateau gedrungen ist. Übrigens, wie sollen wir das Plateau nennen? Wir müssten ihm unbedingt einen Namen geben.«

Mehrere Vorschläge wurden gemacht, gute und weniger gute. Bei Challengers blieb es schließlich.

»Es kommt nur ein Name in Frage«, sagte er. »Es heißt nach dem Pionier, der es entdeckt hat: ›Maple-White-Land‹.«

Damit wurde es also »Maple-White-Land« und so steht es auch auf der Karte verzeichnet, mit deren Entwurf ich beauftragt wurde. Unter diesem Namen wird es auch wohl in einem zukünftigen Atlas zu finden sein.

Die friedliche Eroberung des Maple-White-Landes war nun unser dringendes Anliegen. Wir hatten uns durch eigenen Augenschein überzeugt, dass der Ort von einigen unbekannten Lebewesen bewohnt war. Außerdem ließ Maple Whites Skizzenbuch vermuten, dass noch fürchterlichere und gefährlichere Ungeheuer jederzeit auftauchen konnten. Dass außerdem auch menschliche Einwohner vorhanden sein mochten, und zwar von bösartigem Charakter, durfte man nach dem im Bambus aufgespießten Skelett annehmen.

Wir blockierten den Eingang zu unserer Befestigung, indem wir ihn mit Dornbüschen ausfüllten. Nun war das Lager mit unseren Vorräten von der Schutzhecke völlig eingeschlossen. Dann machten wir uns vorsichtig auf den Weg ins Unbekannte. Wir folgten dem Lauf des Flüsschens, das aus unserer Quelle entsprang. So konnte uns dieses jederzeit als Wegweiser für den Rückweg dienen.

Kaum waren wir aufgebrochen, als wir schon auf Anzeichen dafür stießen, dass in der Tat Wunder auf uns warteten. Nach einigen hundert Metern dichten Waldes mit ausgestorbenen Koniferenarten und *Cycadazeen* kamen wir an eine Stelle, an der der Fluss sich verbreiterte und einen großen Morast bildete. Dichtes, eigenartiges Schilf wuchs hier, das *Equisetacea* oder Pferdeschweif heißt. Dazwischen standen einzelne Baumfarne, sämtlich im kräftigen Wind schwankend. Plötzlich blieb Lord John, der vorausgegangen war, mit erhobener Hand stehen.

»Sehen Sie sich das an!«, sagte er. »Donnerwetter, hier muss der Urgroßvater aller Vögel entlanggegangen sein!« In den weichen Schlamm vor uns war eine riesige, dreizehige Spur eingedrückt. Das Tier – oder was es sonst sein mochte – hatte den Sumpf überquert und war in den Wald weitergegangen. Wir alle blieben stehen und beugten uns über diese gewaltige Spur. Alle Anzeichen deuteten darauf, dass es sich um einen Vogel handelte. Sein Fuß war aber um so vieles größer als der eines Straußes, dass sein Körper unvorstellbar gigantisch sein musste. Lord John blickte sich aufmerksam um und ließ zwei Patronen in seine Elefantenbüchse gleiten.

»Ich wette meinen guten Namen als Fährtensucher«, sagte er, »dass dies eine frische Spur ist. Das Vieh ist vor noch nicht zehn Minuten hier vorbeigekommen. Sehen Sie nur, wie das Wasser immer noch an diese tieferen Stellen sickert. Himmel! Hier ist ja auch die Fährte von einem Kleinen!«

Tatsächlich: Da liefen kleinere Fährten von der gleichen Grundform parallel zu den großen.

»Aber was können Sie hieraus lesen?«, rief Professor Summerlee triumphierend und zeigte auf etwas, das wie der Abdruck einer riesigen fünffingerigen Menschenhand zwischen den dreizehigen Spuren zu sehen war.

»Waelden!«, entfuhr es Challenger. »Das habe ich im Ton von Waelden gesehen! Das ist ein Wesen, das aufrecht auf dreizehigen Füßen geht und gelegentlich eine seiner fünffingerigen Vorderpfoten auf den Boden setzt. Kein Vogel, mein lieber Roxton – ganz bestimmt kein Vogel!«

»Ein Säugetier?«

»Nein, ein Reptil – ein Dinosaurier! Nichts anderes kann eine solche Fährte hinterlassen haben. Sie hat einen würdigen Doktor in Sussex vor etwa neunzig Jahren verwirrt. Wer in der Welt durfte hoffen, etwas Derartiges zu sehen?«

Seine letzten Worte erstarben in Geflüster und wir alle blieben starr vor Erstaunen stehen. Während wir den Fährten nachgingen, waren wir aus dem Morast heraus und durch ein Dickicht von Gebüsch und Bäumen gekommen. Jetzt lag vor uns eine offene Lichtung und darin befanden sich fünf der außergewöhnlichsten Kreaturen, die ich je gesehen habe. Zwischen die Büsche gekauert, konnten wir sie in Muße beobachten.

Sie waren fünf an der Zahl, davon zwei Ausgewachsene und drei Junge. Ihre Größe war enorm. Selbst die Kleinen konnten es mit

Elefanten aufnehmen, während die beiden Alten alles mir Bekannte übertrafen. Sie hatten eine schieferfarbene Haut, die wie bei einer Eidechse geschuppt war und glitzerte, wenn die Sonne daraufschien. Die fünf saßen aufrecht, auf den breiten mächtigen Schwanz und die gewaltigen dreizehigen Hinterbeine gestützt. Mit ihren fünffingerigen Vorderpfoten bogen sie die Baumäste herab, an denen sie ästen. Sie glichen in ihrem Erscheinungsbild ungeheuren Kängurus, waren aber zwanzig Fuß hoch und hatten eine Haut wie schwarze Krokodile.
Wie lange wir gebannt auf dieses wunderbare Schauspiel starrten, vermag ich nicht zu sagen. Ein frischer Wind blies auf uns zu und wir waren gut verborgen, brauchten also keine Entdeckung zu fürchten. Von Zeit zu Zeit hüpften die Kleinen in ungefügen Kapriolen um ihre Eltern herum. Dabei sprangen die Tiere in die Luft und fielen mit dumpfem Aufschlag wieder zu Boden. Die Alten schienen grenzenlose Kräfte zu besitzen. Eines davon, das Schwierigkeiten hatte, an die Krone eines respektablen Baumes heranzukommen, legte die Vorderpfoten um den Stamm und riss ihn um, als ob er ein Schössling wäre. Bei dieser Gelegenheit zeigte sich jedoch nicht nur die ungeheure Muskelkraft, sondern gleichzeitig sein geringer Verstand: Der Baum stürzte mit seiner ganzen Last krachend auf das Tier, das eine Reihe schriller, jaulender Schreie ausstieß. Anscheinend glaubte es sich von einem unsichtbaren Feind angegriffen; denn es schwankte langsam durch den Wald davon, gefolgt von seinem Gefährten und seinen drei Kindern. Wir sahen zwischen den Baumstämmen noch den schimmernden, schieferigen Glanz ihrer Haut, während ihre Köpfe hoch über dem Gebüsch dahinzogen. Dann verschwanden sie ganz aus unserem Gesichtsfeld.
Ich blickte meine Kameraden an. Lord John stand im Anschlag,

den Finger am Abzug seiner Elefantenbüchse, und der Jagdeifer brannte in seinen Augen. Was hätte er wohl darum gegeben, einen solchen Kopf zwischen den gekreuzten Rudern über dem Kaminsims in seiner behaglichen Bude im *Albany* aufhängen zu können! Aber die Vernunft hielt ihn zurück; denn in diesem unbekannten Land hing für uns alles davon ab, dass unsere Gegenwart seinen Bewohnern verborgen blieb. Die beiden Professoren befanden sich in stummer Verzückung. In der Erregung hatte jeder von ihnen unbewusst die Hand des anderen ergriffen und so standen sie da wie zwei Kinder angesichts eines Wunders: Challengers Gesicht von einem engelsgleichen Lächeln verklärt und Summerlees spöttische Miene für den Augenblick im Ausdruck der Bewunderung und Ehrfurcht geglättet.

»Nunc dimittis!«, rief er. »Was werden sie in England dazu sagen?«

»Mein guter Summerlee, das kann ich Ihnen ganz genau prophezeien«, sagte Challenger. »Sie werden sagen, dass Sie ein unverschämter Lügner und ein wissenschaftlicher Scharlatan sind – genau das, was Sie und andere von mir behauptet haben.«

»Und wenn wir Fotografien zeigen?«

»Gefälscht, Summerlee! Plumpe Fälschungen!«

»Und wenn wir Beweismaterial mitbringen?«

»Ah, damit können wir sie kriegen! Malone und seine ganze dreckige Pressemeute werden vielleicht doch noch eines Tages unser Loblied heulen. Der achtundzwanzigste August ist der Tag, an dem wir fünf lebende *Iguanodons* in einer Lichtung im Maple-White-Land gesehen haben! Schreiben Sie das in Ihr Tagebuch, mein junger Freund, und schicken Sie es an Ihr Wurstblatt!«

»Und wundern Sie sich nicht, wenn Sie dafür rausgeschmissen werden«, sagte Lord John. »Die Dinge sehen sich vom Londoner

Breitengrad aus etwas anders an, mein Junge. So manchen gibt's, der nie über seine Abenteuer redet, weil niemand ihm glauben würde. Und kann man's ihnen übel nehmen? Uns selbst wird es doch in ein oder zwei Monaten schon vorkommen wie ein Traum. Was, sagten Sie, waren das für Viecher?«

»*Iguanodons*«, sagte Summerlee. »Man findet ihre Fußspuren im ganzen Sandstein von Hastings, in Kent und Sussex. Ganz Südengland hat einmal von ihnen gewimmelt, als es noch genug saftiges Grünzeug gab. Die Lebensbedingungen änderten sich und die Tiere starben aus. Hier aber scheint sich die Umwelt nicht gewandelt zu haben und so sind auch die Tiere erhalten geblieben.«

»Wenn wir jemals lebend hier rauskommen, muss ich so einen Kopf mithaben«, sagte Lord John. »Himmel, was für Gesichter werden meine Freunde aus der Somaliland-Uganda-Bande machen, wenn sie den sehen! Ich weiß nicht, wie Sie darüber denken; aber mir kommt es so vor, als ob wir augenblicklich auf sehr dünnem Eis stehen.«

Auch ich hatte diese Empfindung von Rätsel und Gefahr rund um uns. Im Schatten der Bäume schien eine beständige Drohung zu liegen. Wenn ich nach oben blickte, beschlich mich unbestimmtes Grauen. Es stimmte zwar, dass die ungeheuren Kreaturen, die wir soeben gesehen hatten, schwerfällige, friedliche Tiere waren, die kaum jemand etwas zuleide tun würden. Aber welch andere Arten mochte es noch in dieser Welt der Wunder geben? Welche wilden, angriffslustigen Schreckgestalten konnten in ihrem Versteck zwischen den Felsen oder im Gebüsch darauf lauern, sich auf uns zu stürzen?

Ich wusste nur wenig über die vorgeschichtlichen Lebewesen. Aber ich konnte mich noch klar an ein Buch erinnern, das ich einmal gelesen hatte. In ihm war von Ungeheuern die Rede, die sich von unseren Löwen und Tigern ernähren könnten wie eine Katze von Mäusen. Wenn es diese Tiere nun auch in den Wäldern von Maple-White-Land gab, was dann?

Noch am selben Tag – unserem ersten im neuen Land – sollten wir ein Beispiel für die Gefahren erleben, die uns umgaben. Es war ein schauderhaftes Abenteuer und ich kann nur mit Abscheu daran zurückdenken. Wenn die Lichtung der *Iguanodons* nach den Worten von Lord John uns zum Traum werden sollte, dann wird bestimmt der Sumpf der *Pterodactylen* für alle Zeiten unser Alpdruck bleiben.

Wir kamen nur sehr langsam weiter durch den Wald, teils weil Lord John erst das Gelände erkundete, ehe er uns nachkommen ließ, teils weil bei jedem zweiten Schritt einer unserer Professoren mit einem Schrei des Entzückens über eine Blume oder ein Insekt von noch unbekannter Gattung herfiel. So mochten wir im Ganzen etwa zwei oder drei Meilen zurückgelegt haben, wobei wir uns stets rechts vom Flusslauf hielten, als der Wald aufhörte. Ein Gürtel von Gebüsch führte zu einem Felshaufen hinauf – das ganze Plateau war mit Felsblöcken übersät. Langsam gingen wir auf diese Felsen zu, als wir ein sonderbar schnatterndes und pfeifendes Geräusch vernahmen, das die Luft mit gleichmäßigem Lärm erfüllte. Lord John bedeutete uns mit erhobener Hand stehen zu bleiben und drang allein rasch, gebückt laufend, zum Rand der Felsen vor. Wir sahen, wie er hinüberspähte und überrascht zusammenfuhr. Er stand da, als ob er uns vergessen hätte, völlig gebannt von dem, was er erblickte. Endlich winkte er uns heran, hielt aber seine Hand hoch, um uns zur Vorsicht zu mahnen.

Wir krochen an seine Seite und blickten über die Felsen. Vor uns lag ein tiefer Krater, der in früherer Zeit eine der kleineren vulkanischen Öffnungen des Plateaus gewesen sein dürfte. Er hatte die Form einer Schüssel. Auf seinem Grund, einige hundert Meter von unserem Standort entfernt, standen Pfützen von schaumig grünem, fauligem Wasser, von Schilf umsäumt. Dieser Ort war an sich schon unheimlich genug; seine Bewohner jedoch machten ihn vollends zu einer Szenerie aus Dantes Inferno.

Es war ein Nistplatz der *Pterodactylen*. Hunderte von ihnen waren hier versammelt. Der ganze Boden um die Wasserpfützen herum wimmelte von ihren Jungen und von Müttern, die brütend auf ihren ledernen gelblichen Eiern hockten. Von dieser krabbelnden, flatternden Masse widerlicher Reptilien kam der abstoßende Lärm und ein höllischer, ekelhaft muffiger Gestank erfüllte die Luft. Oben jedoch, jeder auf einem Stein für sich, groß, grau und runzelig, eher toten und vertrockneten Mumien als wirklichen Lebewesen gleichend, saßen die entsetzlichen Männchen. Sie verharrten völlig bewegungslos, abgesehen von ihren rollenden Augen und den rattenfallenartigen Schnäbeln, die nach vorbeifliegenden Libellen schnappten. Ihre gewaltigen Hautflügel hatten sie mit verschränkten Armen zusammengefaltet, sodass sie dasaßen wie riesige alte Weiber, die sich in abscheuliche spinnwebartige Schals gehüllt hatten und mit ihren grausigen Köpfen daraus hervorsahen. Insgesamt beherbergte die Höhle vor uns mindestens tausend dieser schmutzigen Kreaturen.

Unsere Professoren wären am liebsten den ganzen Tag lang dort geblieben, so fasziniert waren sie von dieser Gelegenheit, Leben aus vorgeschichtlicher Zeit zu studieren. Sie zeigten einander Fische und tote Vögel, die zwischen den Felsen umherlagen. Ich hörte, wie sie sich gegenseitig beglückwünschten, endlich die Frage geklärt zu haben, weshalb die Überreste dieser Flugdrachen stets in so großer Anzahl innerhalb eng begrenzter Gebiete gefunden wurden, wie beispielsweise im Cambridge-Green-Sandstein. Jetzt sahen wir, dass sie wie Pinguine in Herden lebten.

Schließlich jedoch schob Challenger, der darauf versessen war, etwas zu beweisen, was Summerlee bestritt, unvorsichtig seinen Kopf zu weit vor und stürzte uns damit fast ins Unglück. Das am nächsten sitzende Männchen stieß augenblicklich einen schrillen, pfeifenden Schrei aus, schlug mit seinen zwanzig Fuß breiten Flügeln und schwang sich hoch in die Lüfte. Die Weibchen und Jungen drängten sich neben dem Wasser dicht zusammen, während im ganzen Umkreis die Wachtposten einer nach dem anderen aufstiegen und himmelwärts segelten. Es war ein grandioser Anblick, etwa hundert dieser riesigen, hässlichen Geschöpfe gleichzeitig mit schnellem Flügelschlag wie Schwalben über uns dahinschießen zu sehen. Aber wir sollten bald erfahren, dass dies kein Schauspiel war, bei dem wir uns noch längeres Verweilen leisten konnten. Zuerst flogen die Bestien in einem riesigen Kreis herum, als wenn sie sich über das Ausmaß der Gefahr vergewissern wollten. Darauf wurde ihre Flughöhe niedriger und der Kreis enger, bis sie direkt um uns herumschwirrten. Der trockene Schlag ihrer schieferfarbenen Flügel erfüllte die Luft mit lautem Klatschen.

»Schnell in den Wald und zusammenbleiben!«, rief Lord John, der sein Gewehr wie eine Keule herumwirbelte.

Im gleichen Moment, als wir den Rückzug antreten wollten, schloss sich der Kreis um uns, sodass die am nächsten Fliegenden uns mit ihren Flügelspitzen fast im Gesicht streiften. Wir schlugen mit den Gewehrkolben nach ihnen, konnten aber nichts Festes oder Verwundbares treffen. Dann schoss plötzlich aus dem schwirrenden, schieferfarbenen Kreis ein langer Hals hervor und ein scharfer Schnabel hackte nach uns. Ein anderer und noch ein weiterer folgten diesem Beispiel. Summerlee stieß einen Schrei aus und fasste sich ins Gesicht, von dem Blut herabtropfte. Ich verspürte einen Stoß im Genick und mir wurde schwindelig von der Wucht des Schlages. Challenger stürzte zu Boden. Als ich mich bückte, um ihm aufzuhelfen, erhielt ich noch einen Schlag ins Genick und fiel auf den Professor. Im gleichen Moment hörte ich den Knall von Lord Johns Elefantenbüchse. Aufblickend sah ich, wie eines der Scheusale mit gebrochenem Flügel am Boden flatterte. Mit weit aufgerissenem Schnabel und blutunterlaufenen, hervorquellenden Augen spie und gurgelte es zu uns herüber, gleich einem Teufel auf einem mittelalterlichen Bild. Seine Genossen waren bei dem plötzlichen Krach höher gestiegen und kreisten über unseren Köpfen.

»Jetzt!«, schrie Lord John. »Jetzt geht's um unser Leben!«

Wir taumelten durch das Gebüsch, und noch ehe wir die Bäume erreichten, griffen die Harpyien von Neuem an. Summerlee wurde zu Boden geschlagen; aber wir rissen ihn hoch und stürzten zwischen die Bäume. Dort angelangt, waren wir in Sicherheit; denn unter den Ästen blieb für diese gewaltigen Flügel kein Platz. Als wir uns zu unserem Lager zurückschleppten, arg zerzaust und mitgenommen, sahen wir die Ungetüme noch für geraume Zeit hoch am blauen Himmel über uns kreisen, nicht größer als Tauben anzusehen. Schließlich jedoch, nachdem wir den dichteren Wald erreicht hatten, gaben sie die Verfolgung auf.

»Ein äußerst interessantes und lehrreiches Erlebnis«, sagte Challenger, als wir am Bach rasteten und er sein geschwollenes Knie kühlte. »Über die Verhaltensweisen des gereizten *Pterodactylos* sind wir jetzt gut informiert, Summerlee.«

Summerlee wischte sich das Blut von einem Riss in der Stirn und ich verband mir eine hässliche Stichwunde in der Nackenmuskulatur. Lord Johns Jacke war an einer Schulter aufgerissen, aber seine Haut hatten die Zähne der Bestien nur gestreift.

»Es verdient, festgehalten zu werden«, fuhr Challenger fort, »dass unser junger Freund zweifellos eine Stichwunde abbekommen hat, Lord Johns Jacke dagegen durch einen Biss zerfetzt wurde. Mich selbst haben sie mit den Flügeln über den Kopf geschlagen. Wir haben also eine bemerkenswerte Demonstration ihrer verschiedenen Angriffsmethoden erlebt.«

»Unser Leben stand auf des Messers Schneide«, sagte Lord John ernst, »und ich kann mir keine ekelhaftere Todesart vorstellen, als von solchem dreckigen Ungeziefer ausgelöscht zu werden. Es tut mir leid, dass ich mein Gewehr benutzen musste; aber es blieb, weiß Gott, nichts anderes übrig.«

»Wir wären jetzt nicht hier, wenn Sie's nicht getan hätten«, sagte ich mit ehrlicher Überzeugung.

»Möglicherweise hat es auch nicht geschadet«, meinte er. »In diesem Urwald wird es öfter Lärm geben, zum Beispiel, wenn ein Baum splittert oder umstürzt. Das kann sich genau wie der Knall eines Gewehres anhören. Aber jetzt ist unser Bedarf an Aufregungen für einen Tag gedeckt und wir sollten Verbandskasten und das Karbol heraussuchen. Wer weiß, was für Gift diese Biester in ihren scheußlichen Schnäbeln haben!«

Als wir, dem Laufe unseres Baches folgend, endlich die dornigen Barrikaden unseres Lagers erblickten, dachten wir, nun wären unsere Abenteuer zunächst einmal vorbei. Aber wir sollten noch etwas zum Nachdenken bekommen, bevor wir uns ausruhen durften. Der Eingang zum Fort Challenger lag unberührt da und dennoch war hier irgendein rätselhaftes und gewalttätiges Wesen in unserer Abwesenheit gewesen. Keine Fußspur gab irgendwelche Hinweise. Nur der überhängende Ast des riesigen Gingkobaumes ließ vermuten, auf welchem Weg es gekommen und wieder gegangen sein mochte. An seiner zerstörerischen Kraft jedoch konnte es nach dem Zustand unserer Vorräte keinen Zweifel geben. Sie lagen bunt über die ganze Fläche zerstreut; eine Büchse mit Fleisch war aufgerissen worden, eine Munitionskiste zu Kleinholz zerschlagen. Der metallene Deckel lag zerfetzt in einzelnen Stücken daneben. Wieder senkte sich lähmende, ungewisse Furcht auf unsere Seelen. Mit scheuen Augen blickten wir in die düsteren Schatten ringsum, in denen überall etwas Entsetzliches lauern konnte. Wie gut tat es, als Zambos Stimme uns anrief und wir ihn sahen, wie er auf der Spitze der gegenüberliegenden Zinne saß und uns angrinste.

»Alles in Ordnung, Massa Challenger, alles in Ordnung!«, rief er. »Ich hierbleiben. Keine Angst. Sie mich immer finden, wenn brauchen.«

Sein ehrliches schwarzes Gesicht und der weite Ausblick vor uns, der fast zum Nebenfluss des Amazonas reichte, rief uns ins Gedächtnis zurück, dass wir uns tatsächlich auf der Erde und im zwanzigsten Jahrhundert befanden und nicht etwa auf einen unwirtlichen Planeten in seinem frühesten Stadium versetzt waren. Wie schwer fiel es, sich vorzustellen, dass die violette Linie am fernen Horizont schon dicht bei jenem großen Strom lag, auf dem riesige Dampfer verkehrten und Menschen sich über kleine Alltagsdinge unterhielten. Ausgesetzt zwischen den Lebewesen eines verflossenen Zeitalters, konnten wir nur unsere sehnsüchtigen Blicke hinübersenden und an das, was dieser Strom uns bedeutete, denken.

Noch eine andere Erinnerung ist mir von dem aufregenden Tag

geblieben. Die beiden Professoren konnten sich nicht darüber einigen, ob unsere Gegner der Gattung *Pterodactylos* oder *Dimorphodon* angehörten, und es hatte bereits scharfe Worte gegeben. Um ihrem Zank auszuweichen, war ich etwas beiseitegerückt und saß rauchend auf einem umgestürzten Baumstamm, als Lord John gemächlich zu mir herüberkam.

»Hören Sie, Malone«, sagte er, »können Sie sich daran erinnern, wo diese Biester saßen?«

»Ganz genau sogar.«

»Eine Art vulkanische Grube, nicht wahr?«

»Ganz richtig«, sagte ich.

»Haben Sie auch die Bodenart bemerkt?«

»Felsen.«

»Nein, um das Wasser herum – wo das Schilf stand.«

»Stimmt, ein vulkanischer Trichter, angefüllt mit blauem Ton.«

»Da war ein bläulicher Boden. Sah aus wie Ton.«

»Und was ist damit?«, fragte ich.

»Ach, nichts, gar nichts«, sagte er und schlenderte zurück zu den streitenden Wissenschaftlern. Der hohe durchdringende Tenor Summerlees stieg und sank gegen Challengers sonoren Bass. Ich hätte weiter nichts auf Lord Johns Bemerkung gegeben, hätte ich ihn nicht in dieser Nacht noch einmal murmeln hören: »Blauer Ton in einem vulkanischen Trichter!« Dies waren die letzten Worte, die ich vernahm, bevor ich in einen tiefen Schlaf der Erschöpfung sank.

10. Kapitel

Lord John Roxton behielt mit seiner Vermutung recht, dass der Biss der scheußlichen Kreaturen, die über uns hergefallen waren, giftig sein könnte. Am nächsten Morgen hatten sowohl Summerlee als auch ich starke Schmerzen und hohes Fieber. Challengers Knie war dermaßen dick geworden, dass er nur mühsam hinken konnte. Wir mussten deshalb den ganzen Tag über im Lager bleiben. Lord John beschäftigte sich damit, unsere dornigen Schutzhecken in Höhe und Tiefe zu verstärken, wobei wir ihm halfen, soweit wir dazu fähig waren. Ich erinnere mich, dass ich während des ganzen Tages das Gefühl nicht loswerden konnte, wir würden genau beobachtet. Aber ich hatte keine Ahnung, von wem und von welcher Stelle aus. Dieser Eindruck wurde so stark, dass ich Professor Challenger davon erzählte. Er führte ihn jedoch auf den fieberhaften Erregungszustand meines Nervensystems zurück. Immer wieder blickte ich in die Runde, überzeugt, plötzlich irgendetwas zu entdecken. Aber ich sah nur das dunkle Gewirr unserer Hecke und den tiefen Schatten der hohen Bäume, die sich über uns wölbten. Ich musste an den indianischen Aberglauben vom Curupuri, dem fürchterlichen Dämon des Urwaldes, denken. Jetzt konnte ich mir vorstellen, wie seine schreckliche Erscheinung diejenigen verfolgte, die es gewagt hatten, in seinen entlegensten und geheiligten Zufluchtsort einzudringen.

In dieser Nacht – unserer dritten im Maple-White-Land – erfuhren wir, wie vorausschauend Lord John gehandelt hatte, als er sich mit der Absicherung unserer Behausung so viel Mühe gab. Wir alle schliefen neben unserem langsam verglimmenden Feuer, als wir durch ein anhaltendes Gebrüll geweckt wurden, wie ich es fürchterlicher nie gehört habe. Es kam aus einer Entfernung von ein paar Hundert Metern, war aber ohrenbetäubender als die stärkste Dampfsirene. Im Gegensatz zum klaren, scharfen Ton der Sirene klang dies viel tiefer und vibrierte im Unterton höchster Todesqual und äußerster Angst. Wir hielten uns die Ohren zu, um diesen nervenzermürbenden Hilfeschrei nicht länger mit anhören zu müssen. Die Not, die darin mitschwang, ließ mir den kalten Schweiß ausbrechen und krampfte mein Herz zusammen. Das ganze Elend eines gemarterten Lebewesens, seine überwältigende Anklage, seine unermesslichen Nöte, das alles war verdichtet und konzentriert in diesem einen furchtbaren, qualvollen Schrei. Und dann erscholl neben diesem durchdringenden Ton noch ein anderer, unterbrochener, ein leises Gelächter aus gewaltiger Brust, ein grollendes, kehliges Gurgeln voller Vergnügen, das eine groteske Begleitung bildete. Drei bis vier Minuten lang dauerte dieses schauerliche Duett und das ganze Laubwerk raschelte dazu von den aufgeschreckten und hochfliegenden Vögeln. Dann verstummte es ebenso plötzlich, wie es begonnen hatte. Wir saßen noch lange reglos. Lord John warf ein Büschel Zweige aufs Feuer und der rote Schein beleuchtete die gespannten Gesichter meiner Gefährten und flackerte über die dicken Äste über uns.

»Was war das?«, flüsterte ich.

»Das werden wir morgen erfahren«, sagte Lord John. »Es war ganz in unserer Nähe – nicht weiter als bis zur Lichtung.«

»Wir hatten das Privileg, Ohrenzeugen einer vorweltlichen Tragödie zu werden, jener Art Drama, die sich im Schilf am Rand jurassischer Lagunen abgespielt haben mag, wenn der stärkere Drache den schwächeren abwürgte«, sagte Challenger mit größerer Feierlichkeit, als ich bisher bei ihm gewöhnt war. »Es ist ganz bestimmt gut für den Menschen, dass er im Ablauf der Schöpfung erst so spät auf der Bildfläche erschienen ist. In der Urzeit trieben Mächte ihr Wesen, denen er mit noch so viel Mut und Erfindungsgeist nicht gewachsen gewesen wäre. Was hätten seine Schleuder, sein Wurfspieß oder sein Pfeil gegen Kräfte vermocht, wie sie heute Nacht hier am Werk waren? Sogar gegenüber einem modernen Gewehr hätte das Ungeheuer noch alle Chancen auf seiner Seite.«

Summerlee erhob die Hand.

»Still!«, rief er. »Hört man da nicht etwas?«

Aus der absoluten Stille erklang ein schweres, gleichmäßiges Stapfen. Es war der Schritt irgendeines Tieres – den Rhythmus weicher, aber schwerer Sohlen, die vorsichtig auftraten. Langsam schlich es um unser Lager herum und hielt dann nahe beim Eingang. Wir hörten ein leises, an- und abschwellendes Zischen – den Atem dieser Kreatur. Nur unsere schwache Hecke trennte uns von diesem Schreckgespenst der Nacht. Wir alle hatten unsere Gewehre gepackt. Lord John zog einen kleinen Busch aus der Hecke und blickte hindurch.

»Großer Gott!«, flüsterte er. »Ich glaube, ich kann es sehen!«

Ich beugte mich vor und spähte über seine Schulter durch die Öffnung. Ja, da war es. Im düsteren Baumschatten hob sich eine noch dunklere Masse ab, schwarz, nur angedeutet und unbestimmt – eine geduckte Gestalt voll unbändiger Stärke und Drohung. Sie war nicht höher als ein Pferd, aber die undeutlichen

Umrisse verrieten Massigkeit und Kraft. Dieser fauchende Atem, so regelmäßig und voluminös wie der Dampf einer Lokomotive, sprach für einen ungeheuren Organismus. Einmal meinte ich zwei grünliche Augen glitzern zu sehen. Ich vernahm ein unheimliches Rascheln, als ob das Tier langsam vorwärtskroch.

»Ich glaube, es will springen!«, sagte ich und spannte mein Gewehr.

»Nicht schießen! Nicht schießen!«, flüsterte Lord John. »Ein Gewehrschuss ist in dieser stillen Nacht meilenweit zu hören. Heben Sie das als allerletzten Trumpf auf.«

»Wenn es über die Hecke kommt, sind wir erledigt«, sagte Summerlee und brach in abgehacktes, nervöses Lachen aus.

»Nein, es darf nicht rüberkommen«, rief Lord John. »Aber heben Sie Ihre Schießeisen bis zum Schluss auf. Vielleicht kann ich bei dem Burschen was erreichen. Ich will's auf alle Fälle riskieren.«

Nie habe ich einen Menschen eine so tapfere Tat vollbringen sehen. Er bückte sich zum Feuer und ergriff einen lodernden Zweig. Dann schlüpfte er in Sekundenschnelle durch eine Schießscharte, die er in unserer Eingangstür angelegt hatte. Das Tier bewegte sich mit einem schrecklichen Knurren auf ihn zu. Lord John zögerte nicht einen Augenblick, rannte schnell und leichtfüßig der Bestie entgegen und stieß ihr das flammende Holz ins Gesicht. Für einen Moment erblickte ich eine entsetzliche Fratze, wie von einer riesigen Kröte, warzige, schuppige Haut und ein weit offenes Maul, über und über mit frischem Blut beschmiert. Im nächsten Augenblick krachte es im Unterholz und unser furchtbarer Besucher war fort.

»Ich habe mir gedacht, dass er das Feuer nicht mag«, sagte Lord John lachend, als er zurückkam und seinen Zweig auf unseren Brennholzstapel warf.

»Sie hätten sich nicht in solche Gefahr begeben dürfen«, riefen wir.
»Es war unsere einzige Chance. Wenn er hier hereingekommen wäre, hätten wir uns beim Versuch, ihn zur Strecke zu bringen, nur gegenseitig erschossen. Und wenn wir durch die Hecke auf ihn geschossen und ihn verwundet hätten, wäre er uns sofort aufs Dach gestiegen. Ganz zu schweigen davon, dass wir uns damit verraten hätten. Ich glaube, dass wir froh sein können, so glimpflich davongekommen zu sein. Wie heißt er übrigens?«
Unsere Gelehrten sahen sich etwas unschlüssig an.
»Ich persönlich sehe mich außerstande, diese Kreatur mit Sicherheit zu klassifizieren«, sagte Summerlee und zündete sich seine Pfeife am Feuer an.
»Mit Ihrer Ablehnung, sich festzulegen, beweisen Sie nur eine angemessene wissenschaftliche Zurückhaltung«, sagte Challenger mit Herablassung. »Ich selbst will jetzt ebenfalls noch nicht weitergehen als ganz allgemein festzustellen, dass wir mit großer Wahrscheinlichkeit heute Nacht mit irgendeiner Art von fleischfressendem Dinosaurier zusammengetroffen sind. Meine Vermutung, dass etwas Derartiges auf dem Plateau vorkommen könnte, habe ich ja schon erwähnt.«
»Wir dürfen nicht vergessen«, sagte Summerlee, »dass es noch viele vorgeschichtliche Arten gibt, die uns nicht überliefert sind. Es wäre daher voreilig, zu vermuten, dass wir für alles, was uns hier begegnen könnte, einen Namen parat haben.«
»Genauso ist es. Eine oberflächliche Einordnung ist das Äußerste, was wir versuchen können. Morgen finden wir vielleicht noch weitere Anhaltspunkte, die uns einer Identifizierung näher bringen. Inzwischen wollen wir unseren unterbrochenen Schlaf fortsetzen.«

»Nicht ohne Wachtposten«, sagte Lord John mit Entschiedenheit. »Wir dürfen uns in einem solchen Land keine Unvorsichtigkeiten mehr leisten. In Zukunft also Zweistundenwachen für jeden von uns!«
»Dann will ich gleich die erste übernehmen und dabei meine Pfeife zu Ende rauchen«, sagte Professor Summerlee.
Von da ab wagten wir nicht mehr, ohne Wache zu schlafen.
Am Morgen brauchten wir nach der Ursache des entsetzlichen Tumults, der uns in der Nacht aufgeschreckt hatte, nicht lange zu suchen. Die *Iguanodon*-Lichtung war zum Schauplatz eines schrecklichen Gemetzels geworden. Beim Anblick der Blutlachen und der riesigen Fleischklumpen, die in allen Richtungen über die Grasfläche verstreut lagen, glaubten wir zuerst, dass eine ganze Anzahl von Tieren abgeschlachtet worden sei. Aber bei näherer Untersuchung der Überreste entdeckten wir, dass alles von einem einzigen dieser plumpen Riesentiere stammte, das in Stücke gerissen worden war von einer Kreatur, die es vielleicht nicht an Größe, gewiss aber an Kraft übertraf.
Aufmerksam untersuchten unsere beiden Professoren die herumliegenden Fleischstücke, die sämtlich die Spuren grausiger Zähne und riesiger Klauen trugen.
»Unser Urteil muss noch in der Schwebe bleiben«, sagte Challenger, der einen gewaltigen Streifen weißlichen Fleisches auf dem Knie balancierte. »Die Anzeichen könnten für einen Säbelzahntiger sprechen, wie man sie noch auf Höhlenzeichnungen finden kann. Aber das Wesen, das wir gesehen haben, war unzweifelhaft größer und von mehr reptilischem Charakter. Ich persönlich möchte mich für *Allosaurus* entscheiden.«
»Oder *Megalosaurus*«, sagte Summerlee.
»Ganz richtig. Jeder der größeren Raubsaurier würde hierher-

passen. Darunter befanden sich die allerschrecklichsten Gattungen tierischen Lebens, die überhaupt jemals die Erde heimgesucht oder ein Museum beglückt haben.« Er lachte schallend über seinen Witz; denn obwohl er nur einen sehr schwachen Sinn für Humor hatte, entlockte ihm auch ein plumper Scherz aus seinem eigenen Mund brüllende Lachsalven.

»Je weniger Krach, desto besser«, sagte Lord John schroff. »Wir können nicht wissen, wer oder was in unserer Nähe steckt. Wenn der Bursche zum Frühstück zurückkommt und uns hier erwischt, werden wir nicht mehr so viel zu lachen haben. Was bedeutet übrigens dieses Zeichen hier an der Seite des *Iguanodons*?«

Auf der dunklen, schuppigen schieferfarbenen Haut etwas oberhalb der Schulter fand sich ein sonderbarer kreisrunder Fleck aus einer Substanz, die wie Asphalt aussah. Keiner von uns konnte sich vorstellen, was er zu bedeuten hatte, wenn auch Summerlee meinte, vor zwei Tagen etwas Ähnliches an einem der Jungen bemerkt zu haben. Challenger sagte gar nichts, schaute aber so bedeutungsvoll und wichtig drein, als ob er es wüsste, sodass Lord John ihn endlich nach seiner Meinung fragte.

»Wenn Eure Lordschaft mir gnädigst wieder erlauben, den Mund aufzumachen, muss ich mich glücklich schätzen meiner Dankbarkeit Ausdruck zu verleihen«, sagte er mit ausgesuchtem Sarkasmus. »Ich bin leider nicht gewöhnt, in der Art herumkommandiert zu werden, die bei Eurer Lordschaft üblich zu sein scheint. Ich wusste noch nicht, dass man Sie erst um Erlaubnis fragen muss, bevor man einen harmlosen Scherz belächeln darf.«

Unser empfindlicher Freund war nicht zu besänftigen, bis er formell um Entschuldigung gebeten wurde. Als sich endlich seine aufgebrachten Gefühle wieder beruhigt hatten, hielt er uns von seinem Sitzplatz auf einem umgestürzten Baum einen längeren Vortrag. Wie es seine Gewohnheit war, sprach er so, als hätte er ein Auditorium mit mindestens tausend Schülern vor sich, denen er kostbarstes Wissen vermittelte.

»Was die Markierung betrifft«, sagte er, »so bin ich geneigt, meinem Freund und Kollegen, Professor Summerlee, darin zuzustimmen, dass die Flecken von Asphalt herrühren. Da dieses Plateau nach seiner ganzen Herkunft in hohem Ausmaß als vulkanisch zu betrachten ist und da Asphalt eine Substanz ist, die man mit vulkanischen Kräften in Verbindung bringt, bezweifle ich nicht, dass er hier in freier Form vorkommt und dass die Tiere damit Berührung hatten. Ein weitaus bedeutenderes Problem ist die Frage nach der Existenzmöglichkeit des fleischfressenden Ungeheuers, das seine Spuren in der Lichtung hinterlassen hat. In großen Zügen wissen wir, dass dieses Plateau nicht größer als eine durchschnittliche englische Grafschaft ist. In diesem begrenzten Territorium haben seit unzähligen Jahren viele Lebewesen, die in der übrigen Welt ausgestorben sind, zusammengelebt. Nun sollte man nach einem so langen Zeitraum erwarten, dass die fleischfressenden Arten – ungehemmte Vermehrung vorausgesetzt – ihre Nahrungsvorräte längst erschöpft und somit entweder ihre Ernährungsweise umgestellt haben oder verhungert sind. Wir sehen, dass dies Letztere nicht zutrifft. Wir können deshalb nur vermuten, dass das natürliche Gleichgewicht durch irgendeine Beschränkung aufrechterhalten wird, die die Anzahl dieser wüsten Kreaturen begrenzt. Eines der vielen interessanten Probleme also, die noch auf eine Lösung warten. Ich möchte hoffen, dass sich uns noch ferner Gelegenheit zum näheren Studium der fleischfressenden Dinosaurier bieten wird.«

»Und ich möchte hoffen, sie bietet sich nicht«, bemerkte ich. Der Professor hob seine buschigen Augenbrauen.

»Vielleicht hat Professor Summerlee hierzu noch etwas zu bemerken«, sagte er und die beiden Gelehrten begaben sich gemeinsam in dünne wissenschaftliche Höhenluft, wo die Möglichkeit einer Modifikation der Geburtsrate und der Nahrungsreduktion als Beschränkung im Daseinskampf gegeneinander aufgewogen wurden.

An diesem Vormittag erkundeten wir einen kleinen Teil des Plateaus, wobei wir den Sumpf der *Pterodactylen* sorgsam mieden und uns diesmal östlich von unserem Bach hielten. In dieser Richtung war das Land durchweg dicht bewaldet und das Unterholz wucherte so sehr, dass wir nur langsam vorankamen.

Bisher habe ich mich bei den Schrecken von Maple-White-Land aufhalten müssen. Dieses Gebiet hatte aber auch ein anderes Gesicht. Den ganzen Vormittag über wanderten wir zwischen lieblichen Blumen dahin. Wie mir auffiel, waren sie meist weiß oder gelb. Nach der Erklärung unserer Professoren sind dies die primitivsten Blumenfarben. An vielen Stellen bedeckten sie den Boden vollständig. Ihr Duft wurde in seiner Intensität und Süße fast betäubend, wenn wir bis zu den Knöcheln in diesen wunderbaren nachgiebigen Teppich einsanken. Die heimische Biene summte überall um uns herum. Die Äste vieler Bäume bogen sich unter der Last ihrer Früchte, von denen einige uns bekannt, andere Arten dagegen völlig neu waren. Wir achteten darauf, welche Sorten von Vögeln angepickt waren, um eine Vergiftung zu vermeiden, und konnten so unsere Nahrungsreserven bereichern. Im Dschungel gab es zahlreiche von wilden Tieren ausgetretene Pfade und an sumpfigen Stellen sahen wir eine Unmenge seltsamer Fußspuren, darunter viele vom *Iguanodon*. Einmal beobachteten wir einige dieser riesigen Geschöpfe, die in einem Hain ästen. Lord John konnte mit seinem Fernglas erkennen, dass auch sie Asphaltflecken trugen, allerdings an anderer Stelle als das Tier, das wir am Morgen untersucht hatten. Wir hatten keine Vorstellung, was diese Beobachtung bedeuten konnte.

Wir trafen viele kleine Tiere: Stachelschweine, einen schuppigen Ameisenbären und ein scheckiges Wildschwein mit langen, gebogenen Hauern. Einmal sahen wir durch eine Lücke zwischen den Bäumen in einiger Entfernung den Hang eines grün bewachsenen Hügels, über den sich ein großes sandfarbenes Tier mit erheblicher Geschwindigkeit bewegte. Es war so schnell verschwunden, dass wir es nicht erkennen konnten. Falls es ein Hirsch war, wie Lord John behauptete, müsste er die Größe jener ungeheuren irischen Elche gehabt haben, die von Zeit zu Zeit aus den Mooren meiner Heimat ausgegraben werden.

Nach dem rätselhaften Besuch, der unserem Lager bei unserer ersten Abwesenheit abgestattet worden war, kehrten wir mit gewissen Befürchtungen dorthin zurück. Diesmal jedoch fanden wir alles in Ordnung. An diesem Abend hatten wir eine lange Diskussion über unsere gegenwärtige Lage und unsere zukünftigen Pläne. Summerlee eröffnete die Debatte. Schon während des ganzen Tages war er recht verdrießlich gewesen. Eine Bemerkung von Lord John darüber, was wir am nächsten Morgen unternehmen sollten, brachte jetzt seinen angestauten Ärger zum Ausbruch.

»Was wir heute, morgen und die ganze Zeit über tun müssten«, sagte er, »ist, einen Ausweg aus der Falle zu suchen, in der wir sitzen. Sie alle zerbrechen sich den Kopf darüber, wie wir weiter in das Land hineinkommen können. Und ich sage, wir sollten überlegen, wie wir hier wieder herauskommen.«

»Ich bin erstaunt, Sir«, dröhnte Challenger und streichelte seinen majestätischen Bart, »dass ein Mann der Wissenschaft einer derart niedrigen Gesinnung fähig ist. Sie befinden sich hier in einem Land, das für einen ehrgeizigen Naturforscher eine Fülle von Studienobjekten bietet, wie sie seit Weltbeginn noch niemand gefunden hat. Und Sie schlagen vor, es zu verlassen, noch ehe wir mehr als nur die oberflächlichsten Kenntnisse vom Land selbst und von seinen Bewohnern sammeln konnten. Ich hatte mehr von Ihnen erwartet, Professor Summerlee!«

»Sie dürfen nicht vergessen«, sagte Summerlee bitter, »dass ich eine große Anzahl von Studenten in London zurückgelassen habe, die gegenwärtig einem höchst unzulänglichen *locum tenens* ausgeliefert sind. Darin unterscheidet sich meine Situation von Ihrer, Professor Challenger; denn soviel ich weiß, sind Sie bisher noch nie mit einem verantwortlichen Lehrauftrag bedacht worden.«

»Ganz recht«, sagte Challenger. »Ich habe es immer als verwerflich betrachtet, ein Hirn, das zu echten Forschungen bestimmt ist, durch eine geringere Aufgabe abzulenken. Das ist der Grund, weshalb ich unerbittlich jedes angebotene Lehramt ausgeschlagen habe.«

»Zum Beispiel?«, fragte Summerlee geringschätzig.

Aber Lord John beeilte sich, dem Gespräch eine andere Wendung zu geben. »Ich muss sagen«, bemerkte er, »dass ich es recht dürftig fände, nach London zurückzufahren, bevor ich eine ganze Menge mehr über diesen Ort weiß als jetzt.«

»Und ich könnte niemals wagen, in das Redaktionsbüro meiner Zeitung zu gehen und dem alten McArdle unter die Augen zu treten«, sagte ich. »Er würde mir nie verzeihen, wenn ich ein solches Material ungenutzt zurückließe. Außerdem lohnt es sich gar nicht, darüber zu streiten; denn soweit ich es beurteilen kann, können wir überhaupt nicht hier herunter, selbst wenn wir es wollten.«

»Unser kleiner Freund gleicht viele offenbar geistige Lücken durch ein gewisses Maß von primitivem gesundem Menschenverstand aus«, stellte Challenger fest. »Die Interessen seines fragwürdigen Berufes sind zwar für uns völlig belanglos. Wie er aber sehr richtig sagt – wir können auf keine Weise nach unten gelangen. Also ist es Zeitverschwendung, darüber zu streiten.«

»Es ist Energieverschwendung, irgendetwas anderes zu tun«, grollte Summerlee hinter seiner Pfeife. »Ich möchte Sie daran erinnern, dass wir mit einem ganz fest umrissenen Auftrag hierhergekommen sind, der uns auf der Tagung des Zoologischen Instituts in London erteilt wurde. Dieser Auftrag war, die Richtigkeit von Professor Challengers Behauptung nachzuprüfen. Wir sind nun, wie ich zugeben muss, in der Lage, diese Behauptungen zu bestätigen. Unsere klar bestimmte Aufgabe ist damit erfüllt.

Was die weiteren Einzelheiten betrifft, die auf diesem Plateau noch zu untersuchen bleiben, so sind sie derart gewaltig, dass nur eine große Expedition mit einer ganz speziellen Ausrüstung Aussicht hätte, damit fertig zu werden. Falls wir versuchen, es selbst zu tun, kann dabei nur herauskommen, dass wir nie zurückkehren. Und der bedeutende Beitrag an wissenschaftlichen Erkenntnissen, den wir jetzt schon gewonnen haben, bliebe unbekannt. Als das Plateau völlig unzugänglich erschien, hat Professor Challenger Mittel und Wege gefunden, uns hier heraufzubringen. Ich denke daher, dass wir ihn jetzt auffordern sollten, den gleichen Erfindungsgeist zu gebrauchen, um uns wieder in die Welt zurückzuführen, aus der wir gekommen sind.«

Ich muss gestehen, dass Summerlees Ansichten, als er sie so darlegte, mir sehr vernünftig vorkamen. Sogar Challenger zeigte sich beeindruckt von der Vorstellung, dass seine Gegner unwiderlegt blieben, falls wir, die wir seine Behauptungen stützen konnten, nicht zurückkehrten.

»Das Problem des Abstiegs erscheint auf den ersten Blick unlösbar«, sagte er. »Dennoch bin ich überzeugt, dass man damit fertig werden kann. Ich bin bereit, meinem Kollegen darin zuzustimmen, dass ein längerer Aufenthalt im Maple-White-Land gegenwärtig nicht empfehlenswert erscheint und dass die Frage unserer Rückkehr bald geklärt werden muss. Ich weigere mich jedoch ganz entschieden, dieses Land zu verlassen, bevor wir es wenigstens in groben Umrissen erforscht haben und eine Art von Landkarte mit nach Hause nehmen können.«

Professor Summerlee grunzte ungeduldig: »Zwei lange Tage haben wir bereits mit Erkundung zugebracht«, sagte er, »und sind bezüglich der geografischen Verhältnisse dieses Ortes keineswegs klüger als am Anfang. Es steht fest, dass das Land durchweg dicht bewaldet ist und dass wir Monate brauchen würden, um da hindurchzukommen. Wenn es wenigstens einen zentralen Gipfel gäbe, dann wäre das anders. Aber soweit wir bis jetzt erfahren haben, fällt der Boden nach innen ab. Je weiter wir hineingehen, desto unwahrscheinlicher wird es, dass wir einen Überblick bekommen.«

Dies war der Moment, an dem ich eine Erleuchtung hatte. Mein Blick fiel zufällig auf den gewaltigen knorrigen Stamm des Ginkgobaumes, der seine riesigen Äste über uns breitete. Wenn sein Stamm alle anderen Bäume an Umfang übertraf, dann musste doch sicherlich das Gleiche für seine Höhe gelten. Wenn wirklich der Rand des Plateaus die höchste Stelle war, weshalb sollte sich dann nicht dieser mächtige Baum als Aussichtsturm erweisen, der einen Überblick über das ganze Land bot? Nun bin ich schon immer ein waghalsiger und geschickter Baumkletterer gewesen. Meine Kameraden mochten mir im Felsen überlegen sein; in diesen Ästen aber konnte mir keiner etwas vormachen. Wenn ich erst einmal mit den Beinen auf den untersten der riesigen Seitenäste gelangte, müsste es in der Tat schon sehr merkwürdig zugehen, wenn ich nicht bis zur Spitze hinaufkäme. Meine Kameraden zeigten sich von meiner Idee begeistert.

»Unser junger Freund«, sagte Challenger mit einem rotbäckigen Lächeln, »ist in der Lage, ein akrobatisches Kunststück zu vollbringen, das für einen Mann von kräftiger Statur unmöglich wäre. Ich begrüße seinen Entschluss.«

»Donnerwetter, junger Bursche, Sie haben's erfasst«, sagte Lord John und schlug mir auf den Rücken. »Dass wir darauf noch nicht früher gekommen sind, kann ich nicht begreifen! Wir haben nur noch etwa eine Stunde Tageslicht; aber in dieser Zeit können Sie vielleicht eine oberflächliche Skizze zustande bringen. Wenn wir diese Munitionskisten hier unter den Ast stellen, werde ich Ihnen gleich hinaufhelfen.«

Er stand auf den Kisten und stemmte mich langsam hoch, während ich mich am Stamm festhielt. Da sprang Challenger vor und versetzte mir mit seiner riesigen Hand einen Stoß, der mich geradezu in den Baum hineinschoss. Mit beiden Armen umklammerte ich den Ast und strampelte heftig mit den Beinen, bis ich zuerst den Oberkörper und dann die Knie hinaufschieben konnte. Drei prachtvolle Hauptäste standen wie Leitersprossen über meinem Kopf und darüber befand sich ein Gewirr kleinerer

Äste. Ich konnte so rasch emporklettern, dass ich bald den Erdboden nicht mehr sah und nur noch Laubwerk unter mir hatte. Hin und wieder geriet ich an ein Hindernis. Einmal musste ich acht oder zehn Fuß weit an einer Schlingpflanze entlangklettern; aber ich kam prächtig voran und Challengers dröhnende Stimme war schon weit unter mir. Trotzdem: Wenn ich hochblickte, konnte ich immer noch keine Aufhellung im Laub über mir feststellen. Auf einem Ast, den ich hinaufrutschte, klebte ein dichter Busch, der wie eine Schmarotzerpflanze aussah. Ich schob den Kopf vor, um zu sehen, was dahintersteckte – und stürzte fast vom Baum vor Überraschung und Schreck.

Ein Gesicht starrte mich an – aus einer Entfernung von nur ein bis zwei Fuß. Das Wesen, zu dem es gehörte, hatte hinter dem Busch gelauert und im selben Moment wie ich hervorgeblickt. Es war ein menschliches Gesicht – wenigstens erschien es weit menschenähnlicher als das Gesicht irgendeines Affen. Es war lang, weißlich und voller Warzen; die Nase verlief platt, der Unterkiefer sprang weit vor und war am Kinn mit dicken, borstigen Stoppeln besetzt. Die Augen, die unter dichten, schweren Brauen hervorsahen, hatten einen bestialischen, grausamen Ausdruck. Und als es den Mund öffnete, um mir etwas zuzuknurren, das sich wie ein Fluch anhörte, sah ich lange, gebogene Eckzähne. Einen Augenblick las ich Hass und Drohung in den boshaften Augen. Dann erschien, blitzschnell, ein Ausdruck panischer Angst. Gebrochene Äste krachten, als das seltsame Wesen schnell in dem grünen Gewirr untertauchte. Ich konnte noch einen letzten Blick auf einen rötlich behaarten Körper erhaschen; dann war es im Gestrüpp der Blätter und Zweige verschwunden.

»Was ist los?«, brüllte Roxton von unten herauf. »Irgendwas nicht in Ordnung?«

»Haben Sie es nicht gesehen?«, schrie ich, die Arme um den Ast geklammert und am ganzen Körper zitternd.
»Wir haben einen Krach gehört, als ob Sie abgerutscht wären. Was war denn?«
Die plötzliche und seltsame Erscheinung dieses Affenmenschen hatte mich so erschreckt, dass ich überlegte, ob ich wieder hinabklettern und meinen Gefährten mein Erlebnis erzählen sollte. Aber ich stand schon so hoch oben in dem riesigen Baum, dass ich eine Umkehr vor Erfüllung meines Auftrages als Schande empfunden hätte.
So setzte ich meinen Aufstieg fort, allerdings erst nach einer Pause, in der ich Atem geschöpft und neuen Mut gefasst hatte. Einmal trat ich auf einen morschen Ast und hing für ein paar Sekunden nur an den Händen. Aber meistens war es ein leichtes Klettern. Allmählich wurde das Laub um mich dünner. Am Wind, der mir ins Gesicht blies, merkte ich, dass alle anderen Bäume des Waldes schon unter mir lagen. Ich war entschlossen, mich nicht mehr umzusehen, bevor ich den allerhöchsten Punkt erreicht hatte. So arbeitete ich mich weiter hinauf, bis sich der oberste Ast unter meiner Last bog. Dort setzte ich mich in eine bequeme Gabelung, achtete auf mein Gleichgewicht und blickte hinab auf ein wundervolles Panorama.
Die Sonne stand eben über dem westlichen Horizont und der Abend war besonders hell und klar, sodass ich das Plateau unter mir in seiner vollen Ausdehnung überblicken konnte. Von dieser Höhe konnte man sehen, dass es eine ovale Form hatte und etwa dreißig Meilen lang und zwanzig Meilen breit war. Es glich einem flachen Trichter, dessen Wandungen abwärts zu einem mächtigen See im Zentrum liefen. Dieser See mochte einen Umfang von zehn Meilen haben. Er leuchtete grün im Abendlicht. Ein dicker

Schilfsaum umgab seinen Rand und seine Oberfläche war von mehreren gelben Sandbänken unterbrochen, die im Schein der untergehenden Sonne golden glänzten. Eine Anzahl dunkler Objekte, die für Alligatoren zu dick und für Kanus zu lang wirkten, lagen an den Rändern dieser Sandflächen. Mit meinem Fernglas konnte ich klar und eindeutig erkennen, dass sie lebten, hatte aber keine Ahnung, welcher Art sie angehören mochten.

Auf unserer Seite des Plateaus erstreckten sich bewaldete Hänge mit vereinzelten Lichtungen fünf bis sechs Meilen hinab zum See. Unmittelbar unter mir erblickte ich die *Iguanodon*-Wiese und etwas weiter entfernt war eine Lücke in den Bäumen, die den Sumpf der Pterodactylen kennzeichnete. Auf der gegenüberliegenden Seite bot das Plateau jedoch einen gänzlich anderen Anblick. Die äußeren Basaltklippen setzten sich dort zur Innenseite fort und bildeten eine etwa zweihundert Fuß hohe Mauer; darunter lag ein waldiger Abhang. Am Fuß dieser roten Klippen, in einiger Höhe über dem Boden, konnte ich durch das Fernglas eine Anzahl dunkler Löcher erkennen, in denen ich Höhleneingänge vermutete. Etwas Weißes schimmerte in einer dieser Öffnungen. Ich konnte aber nicht erkennen, was es war. Ich saß und skizzierte das Land, bis die Sonne untergegangen war und ich in der Dunkelheit keine Einzelheiten mehr unterscheiden konnte. Dann kletterte ich hinab zu meinen Gefährten, die mich schon ungeduldig am Fuß des großen Baumes erwarteten.

Jetzt war ich auch einmal der Held des Tages. Ich hatte den Gedanken gehabt und ich hatte ihn auch allein ausgeführt und hier zeichnete ich die Kartenskizze, die uns einen Monat blinden Herumtappens inmitten unbekannter Gefahren ersparte. Bevor meine Kameraden die Einzelheiten meine Karte näher besprachen, musste ich ihnen über meinen Zusammenstoß mit dem Affenmenschen in den Ästen berichten.

»Der ist schon die ganze Zeit über dort gewesen«, sagte ich.

»Woher wissen Sie denn das?«, fragte Lord John.

»Weil ich niemals das Gefühl loswerden konnte, dass irgendetwas Feindliches uns beobachtete. Ich habe es Ihnen gegenüber erwähnt, Professor Challenger.«

Dieser nickte bestätigend.

»Unser junger Freund hat tatsächlich etwas Derartiges gesagt. Er ist ja auch als Einziger von uns mit dem keltischen Temperament begabt, das ihn für derartige Wahrnehmungen empfänglich macht.«

»Die ganze Theorie der Telepathie ...«, begann Summerlee und stopfte sich eine Pfeife.

»Ist zu umfangreich, um hier diskutiert zu werden«, sagte Challenger mit Bestimmtheit. »Und jetzt sagen Sie mir einmal«, fügte er hinzu, »konnten Sie zufällig beobachten, ob dieses Wesen imstande ist, den Daumen über die Handflächen zu kreuzen?«

»Nein, das konnte ich nicht.«

»Besaß es einen Schwanz?«

»Nein.«

»Hatte es Füße, mit denen es greifen konnte?«

»Ich glaube nicht, dass es so schnell durch die Zweige sausen könnte, wenn es keinen festen Halt mit den Füßen hätte.«

»Falls mein Gedächtnis mich nicht täuscht, gibt es in Südamerika – ich bitte Sie die Korrektheit meiner Feststellung zu kontrollieren, Professor Summerlee – an die sechsunddreißig Affenarten. Der Menschenaffe ist jedoch nicht darunter. Es ist aber klar, dass es ihn hier in diesem Land gibt und dass er nicht der behaarten, gorillaähnlichen Abart angehört, die man nur in Afrika und im Fernen Osten antrifft. Dies ist ein bärtiger, pigmentarmer Typ. Letzteres deutet darauf, dass er sein Leben im Baumschatten verbringt. Wir stehen nun vor der Frage, ob er dem Affen oder dem Menschen am nächsten steht. Im letzteren Fall könnte er sehr wohl dem entsprechen, was man in Laienkreisen das ›fehlende Bindeglied‹ nennt. Die Lösung dieses Problems ist jetzt unsere vordringliche Aufgabe.«

»Das ist sie durchaus nicht«, sagte Summerlee schnell und heftig. »Jetzt, wo wir dank der Intelligenz und Tatkraft von Mr Malone unsere Karte besitzen, besteht unsere einzige Aufgabe darin, heil und unversehrt aus dieser scheußlichen Gegend herauszukommen.«

»Die Fleischtöpfe der Zivilisation«, höhnte Challenger.

»Die Tintenfässer der Zivilisation, mein Herr! Es ist unsere Pflicht, unsere Erlebnisse zu Protokoll zu geben und die weitere Erforschung anderen zu überlassen. Bevor Mr Malone die Karte für uns gezeichnet hatte, waren Sie alle darin mit mir einig.«

»Na ja«, sagte Challenger, »ich gebe zu, dass ich auch beruhigter sein werde, wenn ich die Gewissheit habe, dass unsere Freunde über das Ergebnis unserer Expedition informiert sind. Wie wir von hier herunterkommen sollen, darüber habe ich allerdings bisher noch keine Vorstellung. Ich bin aber bisher auf kein Problem gestoßen, das mein Gehirn nicht bewältigt hätte, und ich verspreche Ihnen, morgen meine ungeteilte Aufmerksamkeit der Frage unseres Abstiegs zu widmen.«

Und dabei blieb es dann zunächst. An jenem Abend aber wurde im Schein unseres Feuers und einer einzigen Kerze die erste Landkarte der verschollenen Welt aufgezeichnet. Jede Einzelheit, die ich von meinem Aussichtsturm aus nur grob angedeutet hatte, wurde am entsprechenden Ort genauer eingetragen.

Challengers Bleistift schwebte unschlüssig über der weißen Fläche, die den See darstellte.
»Wie wollen wir ihn nennen?«, fragte er.
»Warum ergreifen Sie nicht diese Gelegenheit, Ihren Namen zu verewigen?«, fragte Summerlee in einem Anflug seines üblichen Sarkasmus.
»Ich bin fest überzeugt, mein Herr, dass mein Name in anderen und persönlicheren Zusammenhängen der Nachwelt überliefert wird«, sagte Challenger mit Nachdruck. »Jeder Dummkopf kann seinen unwichtigen Namen unsterblich machen, indem er ihn einem Berg oder Fluss anhängt. Ich kann auf ein derartiges Denkmal gut verzichten.«
Summerlee lächelte verkniffen und setzte zu einer neuen Attacke an. Aber Lord John beeilte sich, ihm zuvorzukommen.
»Es ist Ihr gutes Recht, mein Junge, den See zu benennen«, sagte er zu mir. »Sie haben ihn zuerst gesehen. Und wenn Sie sich entscheiden ›Malone-See‹ daraufzuschreiben, kann kein Mensch etwas dagegenhaben.«
»Aber natürlich, unser junger Freund soll ihm einen Namen geben«, sagte Challenger.
»Dann«, sagte ich und ich möchte annehmen, dass ich dabei rot wurde, »wollen wir ihn ›Gladys-See‹ nennen.«
»Aber meinen Sie denn nicht, dass man sich unter ›Zentralsee‹ eher etwas vorstellen könnte?«, bemerkte Summerlee.
»Ich würde Gladys-See vorziehen.«
Challenger sah mich freundlich an und schüttelte sein gewaltiges Haupt in gespielter Missbilligung. »Kinder bleiben Kinder«, sagte er. »Er soll also Gladys-See heißen.«

11. Kapitel

Ich war stolz, als drei so bedeutende Männer wie meine Kameraden sich bei mir dafür bedankten, dass ich die Situation gerettet oder doch wenigstens wesentlich verbessert hatte. Als Jüngster unserer Gruppe – nicht allein an Jahren, sondern auch an Erfahrung, Wissen und all den anderen Dingen, die die Bedeutung eines Mannes ausmachten – hatte ich von Anbeginn in ihrem Schatten gestanden. Und nun hatte ich bewiesen, dass auch ich etwas konnte. Ich erwärmte mich an diesem Gedanken. Ach, das ist der Hochmut, der vor dem Fall kommt! Diese aufglimmende Selbstzufriedenheit, dieses zusätzliche Maß an Selbstvertrauen sollten mich noch in dieser Nacht zum schrecklichsten Abenteuer meines Lebens verleiten.

Es kam so: Das Abenteuer auf dem Baum hatte mich übermäßig erregt und an Schlaf war nicht zu denken. Summerlee hielt Wache. Er saß vornübergebeugt an unserem kleinen Feuer, eine komische, eckige Gestalt. Seine Flinte hatte er über die Knie gelegt und sein spitzer Ziegenbart wackelte jedes Mal, wenn sein Kopf schläfrig nickte. Lord John lag still in seinen südamerikanischen Poncho gewickelt und Challenger schnarchte mit gewaltigem Rollen und Rasseln. Der Vollmond schien hell und die Luft war frisch und kühl. Welch eine Nacht für einen Spaziergang! Und plötzlich kam mir der Gedanke »Warum eigentlich nicht?«. Angenommen, ich schlich mich leise fort; angenommen, ich fände einen Weg hinab zum zentralen See; angenommen, ich wäre zum Frühstück mit einer Beschreibung dieses Ortes zurück – würde man mich in diesem Fall nicht für einen noch wertvolleren Bundesgenossen halten? Und falls dann Summerlee sich durchsetzte und eine Möglichkeit zum Entkommen gefunden würde, könnten wir nach London zurückkehren und würden aus eigener Erfahrung das innerste Geheimnis des Plateaus kennen, zu dem ich allein und als Einziger vorgedrungen wäre.

Ich dachte an Gladys und ihren Ausspruch »Heldentaten gibt es überall«. Ich meinte ihre Stimme bei diesen Worten zu vernehmen. Ich dachte auch an McArdle. Welch dreispaltiger Artikel für die Zeitung! Was für ein Grundstein für meine Karriere! Ich griff mir ein Gewehr – die Taschen hatte ich voller Patronen – und schlüpfte rasch zwischen den Dornbüschen am Eingang unserer Schutzhecke hindurch. Mein letzter Blick fiel auf den eingeschlafenen Summerlee, den unfähigsten aller Wachtposten, der noch immer wie ein drolliges aufgezogenes Spielzeug vor unserem verglimmenden Feuer mit dem Kopf nickte.

Ich war aber noch keine hundert Meter weit gegangen, als ich meinen voreiligen Entschluss schon bereute. Ich habe eine zu lebhafte Phantasie, um ein wirklich mutiger Mann zu sein. Andererseits fürchtete ich am meisten, für ängstlich gehalten zu werden. Dies war die Kraft, die mich jetzt vorwärtstrieb. Ich brachte es einfach nicht fertig, mich unverrichteter Dinge wieder zurückzuschleichen. Auch dann, wenn meine Kameraden mich noch nicht vermisst hatten und nie etwas von meiner Schwäche erfahren sollten, würde doch in meiner Seele ein unerträgliches Schamgefühl zurückbleiben. Dennoch machte die Lage, in der ich mich nun fand, mich schaudern und ich hätte meinen ganzen Besitz dafür gegeben, auf ehrenvolle Weise wieder aus dieser Unternehmung herauszukommen.

Die Bäume standen so dicht und ihre Zweige waren so dick verfilzt, dass ich vom Mondlicht nichts sehen konnte. Nur hier und dort bildeten die hohen Bäume vor dem Hintergrund des bestirnten Himmels ein wirres Filigran. Als meine Augen sich an die Finsternis gewöhnt hatten, lernte ich verschiedene Grade der Dunkelheit unter den Bäumen unterscheiden. An einzelnen Stellen konnte man undeutliche Umrisse sehen. Dazwischen lagen wie Höhlenöffnungen kohlschwarze Schatten, vor denen ich voller Schrecken zurückzuckte, wenn ich vorbeikam. Ich musste an den verzweifelten Schrei des gemarterten *Iguanodon* denken, jenen entsetzlichen Schrei, der die Wälder erzittern ließ. Ich musste auch an die warzige, von Blut triefende Schnauze denken, die ich im Schein von Lord Johns Fackel erblickt hatte. In ihrem Jagdgebiet befand ich mich jetzt. Jeden Augenblick konnte es sich aus dem Schatten auf mich stürzen – dieses namenlose, schreckliche Ungeheuer. Ich hielt an, nahm eine Patrone aus der Tasche und öffnete die Kammer meines Gewehrs. Als ich den Hebel berührte, setzte mein Herz aus. Was ich mitgenommen hatte, war die Schrotflinte und nicht mein Gewehr!

Wieder war ich nahe daran, umzukehren. Hier hatte ich gewiss eine ausgezeichnete Entschuldigung für mein Versagen. Aber wieder wehrte sich dieser verrückte Stolz gegen den Gedanken. Ich konnte nicht, durfte einfach nicht versagen. Letzten Endes war mein Gewehr wahrscheinlich gegenüber den Gefahren, die mir begegnen konnten, ebenso nutzlos wie die Schrotflinte.

War schon die Dunkelheit im Walde erschreckend gewesen, so wirkte das stille weiße Mondlicht auf der Wiese der *Iguanodons* noch unheimlicher. Im Gebüsch versteckt, blickte ich lange Zeit hinüber. Keins der riesigen Tiere war zu sehen. Vielleicht hatte die Tragödie, der eines von ihnen zum Opfer gefallen war, sie von ihrer Weide vertrieben. Im dunstigen silbrigen Licht konnte ich keine Spur von irgendeinem Lebewesen entdecken. Ich raffte mich deshalb auf und schlüpfte rasch über die Lichtung. Im Dschungel auf der anderen Seite fand ich den Bach wieder, der mein Wegweiser sein sollte. Er war ein lustiger Geselle, er gurgelte und kicherte wie der gute alte Forellenbach im Westland, in dem ich als Junge nachts gefischt hatte. Wenn ich ihm abwärts folgte, musste ich zum See kommen, und wenn ich an ihm entlang zurückging, konnte ich unser Lager nicht verfehlen. Das verfilzte Gestrüpp zwang mich oft, ihn aus den Augen zu lassen; aber ich blieb stets in Hörweite seines Plätscherns und Rauschens.

Auf meinem Weg den Hang hinab lichtete sich der Wald und Büsche mit einzelnen hohen Bäumen dazwischen traten an seine Stelle. Hier kam ich gut vorwärts und konnte sehen, ohne selbst gesehen zu werden. Ich ging dicht am Sumpf der *Pterodactylen* vorbei. Da stieg eines dieser riesigen Untiere mit trockenem, knisterndem, ledernem Flügelgerassel ganz in meiner Nähe auf (es maß wenigstens zwanzig Fuß von einer Flügelspitze zur anderen) und schoss in die Lüfte empor. Als es vor dem Mond vorbeiflog, schien das Licht durch seine Hautflügel und es sah wie ein fliegendes Gerippe aus. Ich duckte mich tief zwischen die Büsche; denn ich wusste, dass die Kreatur mit einem einzigen Schrei Hunderte ihrer abscheulichen Genossen auf mich hetzen konnte. Erst als die Bestie sich wieder zur Ruhe begeben hatte, wagte ich, mich vorsichtig zu entfernen.

Die Nacht war bisher außerordentlich still gewesen. Aber beim Weitergehen vernahm ich jetzt ein leises, polterndes Geräusch,

ein unaufhörliches Gemurmel, irgendwo vor mir. Je weiter ich kam, desto lauter wurde es, bis es endlich unmittelbar in meiner Nähe war. Als ich stehen blieb, hörte ich das Geräusch gleichmäßig laut. Also kam es anscheinend immer von derselben Stelle her. Es klang wie ein überkochender Kessel oder wie das Brodeln in einem großen Topf. Bald entdeckte ich seine Ursache. Ich fand in der Mitte einer kleinen Lichtung einen Teich aus einer schwarzen, teerigen Masse, deren Oberfläche sich in großen Blasen hob und senkte. Die Luft darüber zitterte vor Hitze und der Boden in der Umgebung war so heiß, dass ich ihn nicht anfassen konnte. Es erwies sich also, dass der große vulkanische Ausbruch, der vor so vielen Jahren dieses ganze Plateau emporgehoben hatte, noch nicht am Ende seiner Kraft war. Überall hatte ich schon geschwärzte Felsen und Lavahügel unter der üppigen Vegetation hervorlugen sehen. Aber dieser Asphaltteich im Dschungel war für mich das erste Anzeichen dafür, dass dieser alte Krater noch aktiv war. Für eine eingehende Untersuchung hatte ich aber keine Zeit; denn ich musste mich beeilen, wenn ich bis zum Morgen wieder im Lager sein wollte.
In den großen, mondbeschienenen Lichtungen schlich ich mich im Schatten an den Rändern entlang. Im Dschungel tastete ich mich vorwärts und verhielt jedes Mal mit pochendem Herzen, wenn – was häufig geschah – brechende Zweige ein vorbeikommendes großes Tier ankündigten. Ab und zu tauchten für einen Augenblick riesige Schatten auf und waren sofort wieder verschwunden – große, schweigende Schatten, die auf weichen Sohlen dahinschlichen. Wie oft hielt ich an, in der Absicht, umzukehren. Aber jedes Mal besiegte mein Stolz die Furcht und befahl mir unerbittlich weiterzugehen.
Endlich, um ein Uhr früh, sah ich Wasser durch die Lichtungen

im Dschungel schimmern. Und nach weiteren zehn Minuten stand ich im Schilf am Ufer des Gladys-Sees. Ich war sehr durstig und so legte ich mich zunächst auf den Bauch und trank in langen Zügen von seinem frischen, kalten Wasser. An der Stelle, die ich gefunden hatte, war ein breit ausgetretener Pfad mit vielen Fußspuren, der erkennen ließ, dass dies eine Tränke der Tiere war. Dicht am Seeufer lag ein riesiger einzelner Lavablock. Dort hinauf stieg ich und flach auf seiner Oberfläche ausgestreckt, hatte ich nach allen Richtungen einen ausgezeichneten Ausblick.

Schon meine erste Wahrnehmung erfüllte mich mit Erstaunen. Als ich das Panorama von der Spitze des großen Baumes beschrieb, habe ich gesagt, dass ich an der gegenüberliegenden Seite der Klippen eine Anzahl dunkler Flecken bemerkt hatte, die ich für Höhlenöffnungen hielt. Als ich nun zu diesen Klippen hinaufblickte, sah ich dort überall Lichtkreise, scharf begrenzte, rötliche Flecken ähnlich den Bullaugen eines Dampfers bei Nacht. Einen Augenblick lang dachte ich, es wäre glühende Lava von einem tätigen Vulkan. Aber jede vulkanische Tätigkeit konnte sich nur unten im Krater abspielen, nicht jedoch oben an seinen Rändern. Was war also die Alternative? Es klang wie ein Märchen und dennoch konnte es nicht anders sein. Diese rötlichen Flecken waren der Widerschein von Feuern, die in den Höhlen brannten – von Feuern, die nur Menschenhand entzündet haben konnte. Dann gab es also Menschen auf dem Plateau. Wie großartig war mein Erkundungsgang gerechtfertigt! Hier hatten wir eine Neuigkeit, die wir mit nach London zurücknehmen konnten!

Lange Zeit lag ich auf meinem Lavablock und beobachtete diese roten zitternden Lichttupfen. Ich schätzte, dass sie zehn Meilen von mir entfernt waren. Doch sogar auf die Entfernung konnte man noch erkennen, dass sie von Zeit zu Zeit flackerten oder verdeckt wurden, wenn jemand daran vorbeikam. Was gäbe ich darum, könnte ich hinaufkriechen, hineinspähen und meinen Kameraden eine Beschreibung von Aussehen und Charakter der Rasse mitbringen, die einen so einzigartigen Ort bewohnte! Im Augenblick war es ausgeschlossen; bestimmt durften wir aber das Plateau nicht verlassen, ohne uns in dieser Hinsicht Gewissheit verschafft zu haben.

Der Gladys-See – mein See – lag vor mir wie eine Quecksilberfläche und das Spiegelbild des Mondes leuchtete hell aus seiner Mitte. Er war flach; an vielen Stellen sah ich niedrige Sandbänke aus dem Wasser ragen. Überall auf seiner Oberfläche bemerkte ich Lebenszeichen; manchmal nur Ringe und kleine Wellen im Wasser, manchmal glitzerte ein großer Fisch mit silbernen Flanken in der Luft und zuweilen tauchte der gewölbte, schieferfarbene Rücken eines schwimmenden Ungeheuers auf. Einmal sah ich auf einer gelben Sandbank ein Wesen, das wie ein riesiger Schwan aussah, mit klobigem Körper und einem langen, biegsamen Hals, das am Rand entlangwatschelte. Gleich darauf glitt es ins Wasser und für kurze Zeit sah ich den gebogenen Hals und den schnellenden Kopf sich über dem Wasser entlangwinden. Dann tauchte das Tier unter und war nicht mehr zu sehen.

Bald wurde meine Aufmerksamkeit jedoch von diesen fernen Erscheinungen abgelenkt und wandte sich dem zu, was sich direkt zu meinen Füßen abspielte. Zwei Wesen, die riesigen Gürteltieren glichen, waren zur Tränke herabgekommen und hockten am Ufer. Ihre langen, biegsamen Zungen bewegten sich beim Trinken wie rote Bänder. Ein riesenhafter Hirsch mit weit verzweigtem Geweih, ein prachtvolles Geschöpf von königlicher

Haltung, kam mit seiner Hirschkuh und zwei Kitzen und trank neben den Gürteltieren. Ein solcher Hirsch existiert sicher sonst nirgendwo auf Erden. Die größten Elche, die ich jemals sah, hätten ihm nicht bis zur Schulter gereicht. Plötzlich schnaufte er warnend und verschwand mit seiner Familie im Schilf und auch die Gürteltiere flohen Hals über Kopf. Ein Neuankömmling, ein ganz ungeheuerliches Tier, stampfte den Pfad herab.

Einen Augenblick überlegte ich, wo ich diese abenteuerliche Gestalt schon gesehen haben könnte: diesen gewölbten, mit dreieckigen Platten besetzten Rücken, diesen seltsamen, vogelartigen Kopf, der sich dicht über dem Boden dahinschob. Dann fiel es mir wieder ein. Das war der *Stegosaurus* – die gleiche Kreatur, die Maple White in seinem Skizzenbuch festgehalten hatte und die zuerst Challengers Aufmerksamkeit gefesselt hatte. Da stand er – vielleicht sogar derselbe, der dem Amerikaner begegnet war. Die Erde erzitterte unter seinem unheimlichen Gewicht und sein geräuschvolles Saufen erklang weit in die stille Nacht hinein. Fünf Minuten lang stand er so dicht neben meinem Felsen, dass ich die scheußlichen wackelnden Kämme auf seinem Rücken mit der ausgestreckten Hand hätte berühren können. Dann schwankte er davon und verschwand hinter den Felsen.

Ich sah auf die Uhr und stellte fest, dass es schon halb drei war und damit höchste Zeit für mich, den Rückzug anzutreten. Die Orientierung bereitete keine Schwierigkeiten; denn auf meinem ganzen Hinweg hatte ich den kleinen Bach zu meiner Linken gehabt und dieser mündete keinen Steinwurf von meinem Lavablock entfernt in den See. Ich machte mich also frohgemut auf den Weg; nun konnte ich meinen Gefährten einen schönen Sack voller Neuigkeiten mitbringen. Das Wichtigste davon war

natürlich die Entdeckung der erleuchteten Höhlen und die Gewissheit, dass sie von Menschen bewohnt waren. Aber darüber hinaus konnte ich aus eigener Anschauung über den Gladys-See berichten. Ich konnte bezeugen, dass er voller seltsamer Lebewesen steckte. Auch hatte ich einige Formen urzeitlicher Geschöpfe gesehen, denen wir bisher noch nicht begegnet waren.
Ich stapfte den Abhang hinauf und hatte schon etwa den halben Weg zum Lager zurückgelegt, als meine Gedanken durch ein sonderbares Geräusch hinter mir wieder auf meine augenblickliche Lage gelenkt wurden. Es klang wie ein Schnarchen oder Grollen, tief und überaus bedrohlich. Irgendeine absonderliche Kreatur befand sich offenbar in meiner Nähe. Sie war aber nicht zu sehen und so beeilte ich mich weiterzukommen. Ich hatte ungefähr eine halbe Meile zurückgelegt, als das Geräusch sich plötzlich wiederholte, immer noch hinter mir, aber viel lauter und bedrohlicher als vorher.
Mein Herz stand still, als der Gedanke mich durchfuhr, dass die Bestie hinter mir her sein musste. Es überlief mich kalt und die Haare sträubten sich mir bei dieser Überlegung. Dass diese Ungeheuer sich gegenseitig in Stücke rissen, erschien im Rahmen ihres Daseinskampfes nicht verwunderlich; aber dass sie sich auch gegen mich wenden könnten, diese Vorstellung war einfach ungeheuerlich.
Wieder fiel mir die blutbeschmierte Fratze ein, die wir im Schein von Lord Johns Fackel erblickt hatten, gleich einer Vision aus Dantes Inferno. Mit wankenden Knien blieb ich stehen und starrte mit aufgerissenen Augen den mondbeschienenen Pfad hinter mir entlang. Alles war still wie in einer Traumlandschaft, silbrige Lichtungen und die schwarzen Flecke der Büsche waren alles, was ich sah. Und dann erscholl unvermittelt in dieser tie-

fen Stille, Furcht erregend und drohend, wieder das tiefe, kehlige Krächzen, jetzt viel lauter und näher als zuvor. Es gab keinen Zweifel mehr. Irgendetwas war hinter mir her und kam mir in jeder Minute näher.

Ich stand wie gelähmt und starrte immer noch auf das Gelände, das ich durchquert hatte. Und dann sah ich es plötzlich! Das Gebüsch auf der gegenüberliegenden Seite der Lichtung geriet in Bewegung. Ein großer dunkler Schatten tauchte daraus hervor und hüpfte heraus in das helle Mondlicht. Ich sage bewusst »hüpfte«; denn das Ungeheuer bewegte sich wie ein Känguru und sprang aufrecht auf seinen mächtigen Hinterbeinen vorwärts; die Vorderpfoten hielt es angewinkelt vor der Brust. Es sah größer aus als ein aufgerichteter Elefant. Aber trotz seiner ungeheuren Massigkeit waren seine Bewegungen außerordentlich behände.

Als ich seine Gestalt erblickte, hoffte ich für einen Augenblick, es handelte sich um ein *Iguanodon*, das ich als harmlos kannte. Aber das war nicht der sanfte, rehartige Kopf des großen, dreizehigen Blattfressers, sondern ein breites, gedrungenes, krötenartiges Gesicht, ähnlich dem Ungeheuer, das uns in unserem Lager aufgeschreckt hatte. Sein grausiger Schrei und die unbändige Energie seiner Verfolgung gaben mir vollends die Gewissheit, dass dies ganz sicher einer der großen fleischfressenden Dinosaurier war, eine der schrecklichsten Bestien, die je auf Erden wandelten. Mitten in seinem leichtfüßigen Vorwärtsspringen ließ sich das Untier etwa alle zwanzig Meter auf die Vorderpfoten nieder und schnupperte am Boden. Es schnüffelte meiner Spur nach. Manchmal verlor es sie für ein paar Sekunden. Dann fand es sie aber wieder und sprang in riesigen Sätzen weiter auf dem Weg, den ich genommen hatte.

Was sollte ich tun? Meine nutzlose Vogelflinte fiel mir ein. Wie konnte sie mir wohl helfen? Ich sah mich verzweifelt nach einem Felsen oder Baum um. Aber ich befand mich in einem buschigen Dschungel, wo nichts Höheres zu sehen war. Außerdem wusste ich auch, dass die Bestie einen ausgewachsenen Baum wie einen Strohhalm umreißen konnte. Meine einzige Chance lag in der Flucht. Auf dem unebenen, rissigen Boden konnte ich nicht schnell vorwärtskommen. Aber als ich mich voller Verzweiflung umblickte, sah ich einen gut abgegrenzten, hart getretenen Pfad quer vor mir entlanglaufen. Auf unseren Erkundungen hatten wir schon mehrere solcher Wildwechsel angetroffen. Dort konnte ich vielleicht meinen Vorsprung halten; denn ich war ein guter Läufer und in ausgezeichneter Form.
Ich warf meine wertlose Flinte fort und lief eine halbe Meile so schnell, wie ich sie nie zuvor geschafft hatte. Meine Glieder schmerzten, meine Brust keuchte. Und ich hatte das Gefühl, als ob meine Kehle vor Luftmangel zerspringen wollte. Dennoch rannte ich weiter, mit diesem Schreckgespenst im Nacken. Schließlich musste ich anhalten, kaum mehr fähig, auf den Beinen zu stehen. Für einen Augenblick dachte ich schon, ich hätte das Ungeheuer abgeschüttelt. Ruhig lag der Pfad da. Und dann war plötzlich mit Krachen und Splittern, mit dem Getrappel riesiger Füße und dem Keuchen gigantischer Lungen der Drache wieder hinter mir her, mir unmittelbar auf den Fersen.
Was für ein Narr war ich gewesen, so lange zu überlegen, ehe ich die Flucht ergriff! Bis dahin hatte er mich nur nach dem Geruch verfolgt und war verhältnismäßig langsam vorangekommen. Aber als ich anfing zu rennen, hatte er mich gesehen. Und von da ab sprang er in gewaltigen Sätzen. Das Mondlicht schien auf seine riesigen vorstehenden Augen, auf die gewaltigen Zahnreihen

in seinem offenen Maul und die blanken Krallen an seinen kurzen, mächtigen Vorderarmen. Mit einem Entsetzensschrei warf ich mich herum und stürzte kopflos weiter den Pfad entlang. Hinter mir erklang der schwere, keuchende Atem des Ungeheuers lauter und lauter. Schon waren seine schweren Tritte neben mir und ich erwartete jeden Augenblick, seinen Würgegriff im Nacken zu verspüren. Da gab es plötzlich einen Krach – ich stürzte ins Leere und danach versank alles in wohltuende Stille und Dunkelheit.

Als ich aus meiner Bewusstlosigkeit erwachte – sie konnte nach meiner Empfindung nur einige Minuten gedauert haben –, bemerkte ich als Erstes einen furchtbaren, durchdringenden Gestank. Ich tastete umher und griff mit der einen Hand in etwas, das sich wie ein riesiges Stück Fleisch anfühlte, während die andere an einen großen Knochen stieß. Oben über meinem Kopf war ein kreisförmiger Ausschnitt des Sternenhimmels zu sehen, der mir zeigte, dass ich auf dem Boden einer tiefen Grube lag. Taumelnd stellte ich mich auf die Beine und betastete mich vorsichtig von oben bis unten. Jede einzelne Stelle meines Körpers schmerzte; aber ich konnte alle Glieder und Gelenke bewegen. Als ich mich allmählich auf die näheren Umstände meines Sturzes besann, blickte ich voller Schrecken nach oben und erwartete dort die Silhouette eines fürchterlichen Kopfes vor dem heller werdenden Himmel zu sehen. Es fehlte jedoch jede Spur von dem Ungeheuer und ich vernahm auch keinen Ton von oben. Langsam begann ich, mich nach allen Richtungen zurechtzutasten, um herauszufinden, wo ich zur rechten Zeit hineingestürzt sein mochte.

Es war wie gesagt eine Grube mit schräg abfallenden Wänden und einem ebenen Boden von etwa zwanzig Fuß Durchmesser.

Der Boden lag voller großer Fleischklumpen, meist im Stadium weit fortgeschrittener Verwesung. Die Luft war verpestet und ekelerregend. Nachdem ich über diese verfaulten Fetzen gerutscht und gestolpert war, stieß ich plötzlich an etwas Hartes und entdeckte, dass ein aufrechter Pfahl im Mittelpunkt der Grube fest aufgestellt war. Er war so hoch, dass ich seine Spitze mit meiner ausgestreckten Hand nicht erreichen konnte, und er schien mit Fett eingerieben zu sein.

Plötzlich fiel mir ein, dass ich eine Schachtel Streichhölzer in der Tasche hatte. Ich zündete eines an und gewann so endlich einen Eindruck von der Grube. Es war eine Falle – von Menschenhand erbaut. Der Pfahl in der Mitte, etwa neun Fuß hoch, war am oberen Ende zugespitzt und schwarz vom Blut der Kreaturen, die sich darauf aufgespießt hatten. Die verstreuten Fleischreste waren Teile der Opfer, die man heruntergeschnitten hatte, um für das nächste Platz zu machen, das hineinstolpern würde. Ich erinnerte mich an Challengers Worte, dass Menschen sich auf dem Plateau nicht behaupten können, weil sie mit ihren schwachen Mitteln den Ungeheuern, die dort herumstreiften, wehrlos ausgeliefert wären. Hier aber hatte ich den Beweis dafür, wie dies dennoch möglich war. In ihren Höhlen mit den engen Eingängen hatten die Eingeborenen – wer sie auch sein mochten – Zufluchtsorte, in die die riesigen Saurier ihnen nicht folgen konnten. Und dank ihrer überlegenen Hirne vermochten sie mit Zweigen verdeckte Fallen auf den Wegen aufzustellen, in denen die Ungeheuer trotz ihrer Kraft und Schnelligkeit umkommen mussten.

Für einen gewandten Mann war die schräge Wand der Grube nicht schwer zu erklettern. Aber ich zögerte lange, bevor ich mich wieder in Reichweite jenes fürchterlichen Dinosauriers wagte, dem ich so knapp entkommen war. Wie konnte ich wissen, ob er nicht hinter dem nächsten Gebüsch lauerte und nur auf mich wartete? Ich fasste jedoch Mut beim Gedanken an ein Gespräch, das Challenger und Summerlee über die Lebensgewohnheiten der großen Saurier geführt hatten. Beide waren sich darin einig, dass die Ungeheuer praktisch kein Gehirn hätten, weil in ihren winzigen Schädelhöhlen kein Platz war. So sei ihr Verschwinden in der Welt in erster Linie auf ihre Dummheit zurückzuführen, die es ihnen nicht ermöglichte, sich veränderten Umweltbedingungen anzupassen.

Wenn also die Bestie mir auflauerte, so müsste sie begriffen haben, was mit mir passiert war. Und das erforderte immerhin eine gewisse Fähigkeit, Ursache und Wirkung zu erfassen. War es da nicht wahrscheinlicher, dass ein hirnloses Geschöpf, das nur seinen unbestimmten Raubinstinkten folgte, bei meinem plötzlichen Verschwinden die Jagd aufgeben und sich nach einer Pause der Überraschung davontrollen würde, um ein neues Opfer zu suchen? Ich kroch bis an den Rand der Grube und spähte hinüber. Die Sterne verblassten, der Himmel färbte sich weißlich und der kühle Morgenwind blies mir erfrischend ins Gesicht. Von meinem Feind sah und hörte ich nichts. Langsam kletterte ich ganz heraus und setzte mich für einige Zeit auf den Boden, bereit, beim ersten Anzeichen einer Gefahr in meinen Zufluchtsort zurückzuspringen. Von der absoluten Stille und der zunehmenden Helligkeit ermutigt, gab ich meinem Herzen einen Stoß und stahl mich auf dem Weg, den ich gekommen war, zurück. In einiger Entfernung las ich meine Flinte wieder auf und kurz darauf stieß ich auf den Bach, der mir die Richtung wies. Und so machte ich mich mit manchem ängstlichen Blick nach hinten auf den Heimweg.

Plötzlich vernahm ich etwas, das mich an meine fernen Gefährten mahnte. Von weit her erscholl durch die klare, stille Morgenluft der scharfe, peitschende Ton eines einzelnen Gewehrschusses. Ich blieb stehen und lauschte. Aber es folgte nichts darauf. Einen Moment erschreckte mich der Gedanke, irgendeine akute Gefahr könnte über die Freunde hereingebrochen sein. Aber dann fiel mir eine einfachere und natürlichere Erklärung ein. Es war schon heller Tag. Sie hatten nun ohne Zweifel meine Abwesenheit bemerkt. Sie hatten angenommen, dass ich mich im Wald verirrt hätte, und diesen Schuss abgefeuert, um mir die Richtung zu weisen. Wir hatten uns zwar strikt gegen jedes Schießen entschieden. Wenn sie jedoch glaubten, dass ich in Lebensgefahr schwebte, würden sie nicht zögern. Ich musste also so schnell wie möglich zurückeilen und sie beruhigen.

Ich war müde und erschöpft und so kam ich nicht so rasch voran, wie ich gern wollte. Aber endlich gelangte ich in bekannte Gefilde. Dort zu meiner Linken lag der Sumpf der *Pterodactylen*; dort vor mir war die *Iguanodon*-Wiese. Und jetzt war ich schon im letzten Waldgürtel, der mich noch vom Fort Challenger trennte. Mit lauter Stimme rief ich meine Gefährten, um ihre Befürchtungen zu zerstreuen. Keine Antwort kam. Diese Stille schien mir nichts Gutes zu verheißen. Ich beschleunigte meine Schritte und rannte das letzte Stück. Die Schutzhecke erhob sich vor mir genauso, wie ich sie verlassen hatte; aber das Tor stand offen. Ich stürzte mich hinein. Ein furchtbarer Anblick bot sich mir im kalten Morgenlicht. Unsere Ausrüstung lag in weitem Durcheinander über den Boden verstreut. Meine Kameraden waren verschwunden und neben der verglühten Asche unseres Feuers war das Gras rot gefärbt von einer scheußlichen Blutlache.

Von diesem plötzlichen Schock war ich so betäubt, dass ich für

kurze Zeit ganz von Sinnen gewesen sein muss. Ich erinnere mich dunkel, so wie man sich auf einen bösen Traum besinnt, dass ich planlos rund um das verlassene Lager durch den Wald irrte und immer wieder laut nach meinen Kameraden rief. Die schweigenden Schatten gaben keine Antwort. Der schreckliche Gedanke, dass ich sie nie wieder sehen würde, dass ich von jetzt an allein und verlassen an diesem entsetzlichen Ort wäre, ohne Aussicht, je wieder in die Außenwelt zu gelangen, trieb mich zur Verzweiflung. Ich hätte mir die Haare ausreißen und mit dem Kopf gegen die Bäume rennen mögen. Jetzt begriff ich, wie sehr ich mich auf meine Gefährten verlassen hatte, auf Challengers unerschütterliches Selbstvertrauen und auf Lord Johns überlegene, humorvolle Kühle. Ohne sie war ich wie ein Kind im Dunkeln, hilflos und ohnmächtig. Ich wusste nicht, wohin ich mich wenden oder was ich zuerst tun sollte.
Nachdem ich eine geraume Zeit in Verwirrung dagesessen hatte, machte ich mich daran, zu untersuchen, was für ein plötzliches Missgeschick meine Gefährten ereilt haben könnte. Der unordentliche Zustand des Lagers sprach dafür, dass sie angegriffen worden waren, und der Gewehrschuss gab ohne Zweifel den Zeitpunkt an. Da nur ein einziger Schuss gefallen war, musste man annehmen, dass alles in Sekundenschnelle vorüber gewesen war. Die Gewehre lagen noch am Boden und eines davon – Lord Johns – enthielt eine leere Patronenhülse. Challengers und Summerlees Decken neben dem Feuer sprachen dafür, dass sie zu der Zeit noch geschlafen hatten. Die Kisten mit Munition und Lebensmitteln sowie unsere Kameras und Plattenkästen lagen in wüstem Haufen durcheinander. Aber nichts davon fehlte. Andererseits waren alle unsere unverpackten Nahrungsmittel – und ich erinnerte mich, dass wir eine ganze Menge da-

von hatten – verschwunden. Dann mussten also Tiere diesen Überfall verübt haben und keine Menschen.
Waren es aber Tiere – oder vielleicht ein einziges ungeheuerliches Tier –, was mochte dann aus meinen Kameraden geworden sein? Ein wildes Tier hätte sie gewiss zerrissen und ihre Überreste liegen lassen. Wohl war eine grässliche Blutlache vorhanden, die für Gewaltanwendung sprach. Ein Ungeheuer wie jenes, das mich in der Nacht verfolgt hatte, könnte sicherlich sein Opfer so leicht wie eine Katze eine Maus davontragen. In diesem Fall hätten die anderen die Verfolgung aufgenommen. Dann hätten sie aber ganz bestimmt ihre Gewehre mitgenommen. Je länger ich mich bemühte, die Zusammenhänge in meinem verwirrten und übermüdeten Hirn zu ergründen, desto rätselhafter erschien mir alles. Ich suchte den Wald ab, konnte jedoch keine Spuren finden. Einmal verirrte ich mich dabei und fand erst nach langem Suchen das Lager wieder.
Plötzlich kam mir ein Gedanke, der einen kleinen Trost brachte. Ich war nicht ganz allein auf der Welt. Unten am Fuß der Klippen und in Rufweite wartete der treue Zambo. Ich ging zum Rand des Plateaus und blickte hinunter. Da hockte er auf seinen Decken neben dem Feuer in seinem kleinen Lager. Zu meiner Überraschung saß ihm aber ein zweiter Mann gegenüber. Einen Augenblick hüpfte mein Herz vor Freude; denn ich dachte schon, einer meiner Kameraden wäre heil nach unten gelangt. Aber ein zweiter Blick zerstörte diese Hoffnung. Im Schein der aufgehenden Sonne leuchtete die Haut des Mannes rötlich auf. Er war ein Indianer. Ich rief laut und schwenkte mein Taschentuch. Zambo blickte sofort hoch, winkte mit der Hand und wandte sich zur Felsenzinne. Kurz darauf stand er oben nahe bei mir und hörte sich bekümmert meine Geschichte an.

»Bestimmt der Teufel sie alle holen, Massa Malone«, sagte er. »Sie gehen in Teufelsland und er Sie alle holen. Sie auf mich hören, Massa Malone, und kommen schnell runter, sonst er Sie auch noch kriegen.«

»Wie kann ich denn nach unten kommen, Zambo?«

»Sie nehmen Kletterpflanzen von Bäumen, Massa Malone. Werfen hier herüber. Ich binden fest an diesem Stumpf, dann Sie haben Brücke.«

»Wir haben schon längst daran gedacht. Es gibt hier keine Kletterpflanzen, die uns tragen könnten.«

»Schicken nach Seilen, Massa Malone. Schicken nach Indianerdörfern, viele Lederriemen in Indianerdorf. Indianer unten, ihn hinschicken.«

»Wer ist er?«

»Einer von unseren Indianern. Die anderen ihn geschlagen und nehmen Lohn weg. Er kommen zu uns zurück. Jetzt wollen nehmen Brief, bringen Seil – tun alles.«

Einen Brief abschicken! Warum nicht? Vielleicht konnte er Hilfe bringen; auf alle Fälle aber konnte er dafür sorgen, dass unser Leben nicht umsonst geopfert würde und dass die Nachricht von unseren Entdeckungen unsere Freunde daheim erreichte. Zwei abgeschlossene Briefe hatte ich schon fertig. Ich wollte diesen Tag nutzen, noch einen dritten zu schreiben, der meine jüngsten Erlebnisse bis zu dieser Stunde enthielt. Das konnte der Indianer dann in die Welt zurückbringen. Ich wies Zambo an, am Abend wiederzukommen, und verbrachte einen trübsinnigen einsamen Tag damit, meine Abenteuer seit der vergangenen Nacht niederzuschreiben. Außerdem verfasste ich einen Hilferuf, der an irgendeinen weißen Händler oder Dampferkapitän, dem der Indianer begegnen mochte, gerichtet war. Ich bat darin, uns Seile zu schicken, da unser Leben davon abhinge. Diese Dokumente warf ich Zambo am Abend hinüber, dazu meine Geldbörse mit drei Goldstücken. Diese sind für den Indianer bestimmt und ich verspreche ihm doppelt so viel, wenn er mit Stricken zurückkommt.

Sie werden also jetzt verstehen, lieber Mr McArdle, wie diese Botschaft zu Ihnen gelangt, und Sie werden ferner wissen, was passiert ist, falls Sie nie wieder etwas von Ihrem unglückseligen Korrespondenten hören. Heute Abend bin ich zu müde und deprimiert, um noch irgendwelche Pläne zu machen. Morgen muss ich mir eine Möglichkeit einfallen lassen, wie ich nach den Spuren meiner unglückseligen Freunde suchen kann, ohne die Verbindung mit dem Lager zu verlieren.

12. Kapitel

Als an jenem trübseligen Abend die Sonne unterging, erblickte ich die einsame Gestalt des Indianers auf der weißen Ebene unter mir. Ich beobachtete ihn – unsere einzige schwache Hoffnung auf Rettung –, bis er in den Abendnebeln verschwunden war.

Als ich endlich wieder in unser verwüstetes Lager zurückkehrte, war es bereits ganz dunkel und mein letzter Blick galt dem Schein von Zambos Feuer, dem einzigen Lichtblick in der weiten Welt dort unten – dem einzigen Lichtblick auch für meine verdüsterte Seele. Und doch fühlte ich mich jetzt erleichtert; denn der Gedanke war tröstlich, dass die Welt erfahren würde, was wir hier erforscht hatten. Im schlimmsten Fall würden unsere Namen nicht zusammen mit unserem Leben ausgelöscht, sondern gemeinsam mit dem Ergebnis unserer Bemühungen der Nachwelt überliefert.

Es war eine schaurige Angelegenheit, in diesem verwüsteten Lager zu schlafen, und dennoch erschien es noch unmöglicher, im Dschungel zu übernachten. Die Vorsicht riet mir, wachsam zu bleiben; doch mein erschöpfter Körper forderte unwiderstehlich sein Recht. Ich kletterte auf den Ast des Ginkgobaumes. Aber auf seiner runden Oberfläche konnte ich nicht sicher genug sitzen und wäre bestimmt hinabgestürzt und hätte mir das Genick gebrochen, sobald ich eingenickt wäre. Ich stieg also wieder hinab und überlegte, was ich tun sollte. Endlich verschloss ich den Eingang der Hecke, entfachte drei Feuer, aß ein kräftiges Abendbrot und versank in tiefen Schlaf, aus dem ich auf sonderbare und höchst willkommene Weise geweckt wurde. Am frühen Morgen, als der Tag eben anbrach, fasste eine Hand nach meinem Arm. Ich fuhr hoch, alle Nerven wie elektrisiert, griff mit der Hand nach einem Gewehr und stieß einen Freudenschrei aus, als ich im grauen Licht Lord John neben mir knien sah.

Er war es – aber er war verändert. Ich kannte ihn beherrscht, korrekt und sorgfältig gekleidet. Jetzt war er bleich, hatte einen wilden Ausdruck im Blick und atmete schwer wie jemand, der schnell und weit gelaufen ist. Sein hageres Gesicht war zerkratzt und blutig, seine Kleidung hing in Fetzen herunter. Seinen Hut hatte er verloren. Ich starrte ihn erstaunt an; aber er ließ mir keine Zeit zum Fragen. Er wühlte in unseren Vorräten, während er sprach.

»Schnell, Jungchen, schnell!«, rief er. »Nehmen Sie diese beiden Gewehre und alle Patronen, die Sie einstecken können. Die beiden anderen habe ich schon. So, jetzt ein paar Lebensmittel. Ein halbes Dutzend Büchsen wird reichen. Nicht erst lange reden oder überlegen. Los, weg von hier oder wir sind erledigt!«

Noch halb im Schlaf und unfähig zu begreifen, was das alles bedeuten sollte, jagte ich hinter ihm drein, unter jedem Arm ein Gewehr und verschiedene Vorräte in den Händen. Er schlüpfte durch das Unterholz, bis er an ein dichtes Gebüsch kam. Dort hinein stürzte er sich kopfüber, ohne auf die Dornen zu achten, und kroch weiter zur Mitte. Mich zerrte er neben sich.

»So!«, keuchte er. »Ich denke, hier sind wir erst mal in Sicherheit. Sie kommen todsicher zum Lager zurück. Aber hier werden sie uns kaum vermuten.«

»Aber was ist denn überhaupt los?«, fragte ich, als ich wieder etwas zu Atem gekommen war. »Wo sind die Professoren? Und wer ist hinter uns her?«
»Die Affenmenschen!«, sagte er. »Mein Gott, was für Bestien! Sprechen Sie nicht so laut. Sie haben empfindliche Ohren, auch gute Augen, aber keinen scharfen Geruchssinn, soweit ich es beurteilen kann. Ich glaube also nicht, dass sie uns hier aufspüren werden. Wo sind Sie gewesen, junger Bursche? Sie können froh sein, dass Sie nicht dabei waren.«
In wenigen Sätzen flüsterte ich ihm zu, was ich erlebt hatte.
»Recht unangenehm«, sagte er, als er von dem Dinosaurier und der Grube hörte. »Nicht ganz der Ort für eine Erholungskur, was? Aber ich hatte noch keine Ahnung, was hier alles möglich ist, bis diese Teufel uns erwischten. Die menschenfressenden Papuas hatten mich mal gefangen; aber das sind Waisenknaben im Vergleich zu dieser Bande.«
»Wie kam es denn dazu?«, fragte ich.
»Es war früh am Morgen. Unsere gelehrten Freunde waren eben aufgewacht. Hatten noch nicht mal angefangen, sich zu zanken. Auf einmal regnete es Affen. Wie die Äpfel fielen sie aus dem Baum. Sie müssen sich da in der Dunkelheit versammelt haben, vermute ich, bis der große Baum über uns von ihnen wimmelte. Einen von ihnen habe ich in den Bauch geschossen. Aber ehe wir wussten, was hinten und vorn war, hatten sie uns schon aufs Kreuz gelegt. Ich habe sie Affen genannt; aber sie trugen Stöcke und Steine in den Händen und schnatterten miteinander und fesselten uns schließlich die Hände mit Schlingpflanzen. Sie sind also jedem Tier, das mir bisher auf meinen Wanderungen begegnet ist, weit überlegen. Affenmenschen sind sie, ›fehlende Bindeglieder‹.

Ich wollte, sie fehlten immer noch! Sie schleppten ihren verwundeten Kollegen weg – er blutete wie ein Schwein – und dann setzten sie sich um uns herum. Aus ihren Gesichtern blickte die nackte Mordgier. Es waren große Burschen, so groß wie Menschen und ein gut Teil stärker. Komische, glasige graue Augen hatten sie unter roten Büscheln. Sie saßen einfach da und glotzten und glotzten.

Challenger ist bestimmt kein Hasenfuß; aber sogar er war eingeschüchtert. Er schaffte es schließlich, sich auf die Beine zu stellen. Dann brüllte er sie an, sie sollten doch ruhig tun, was sie mit uns vorhätten. Dann hätten wir's wenigstens hinter uns. Ich glaube, er wurde durch den unerwarteten Unfall ein bisschen verrückt, denn er schimpfte und tobte wie ein Wahnsinniger. Auch wenn es eine Versammlung von seinen geliebten Journalisten gewesen wäre, hätte er nicht schlimmer fluchen können.«

»Na, und was taten sie dann?«

»Ich dachte, jetzt wäre alles vorbei; aber stattdessen brachte er sie auf etwas Neues. Sie nuschelten und schnatterten alle gleichzeitig. Dann stellte sich einer von ihnen neben Challenger. Sie werden lachen, Bürschchen; aber die beiden hätten Verwandte sein können. Wenn ich's nicht mit eigenen Augen gesehen hätte, würde ich's nicht glauben. Dieser alte Affenmensch – er war ihr Häuptling – war eine Art Challenger in Rot, mit jedem einzelnen Schönheitsmerkmal unseres Freundes, nur noch ein bisschen stärker ausgeprägt. Er hatte den gleichen untersetzten Körper, die breiten Schultern, den mächtigen Brustkasten, keinen Hals, einen großen rötlichen Zottelbart, die buschigen Augenbrauen, denselben Komm-doch-her-Ausdruck in den Augen.

Als der Affenmensch neben Challenger stand und ihm seine Pfote auf die Schulter legte, lachte Summerlee, bis ihm die Tränen kamen. Die Affenmenschen lachten auch – oder sie stimmten wenigstens ein höllisches Gegacker an. Dann schleppten sie uns durch den Wald. Unsere Gewehre und die Ausrüstung rührten sie nicht an. Sie hielten sie wohl für gefährlich. Aber all unsere Lebensmittel nahmen sie mit.

Summerlee und ich wurden recht unsanft behandelt – meine Haut und meine Kleidung beweisen es. Sie zerrten uns geradewegs durch die Brombeeren. Sie selbst haben ein Fell wie Leder. Aber Challenger konnte sich nicht beklagen. Vier von ihnen trugen ihn in Schulterhöhe und er zog dahin wie ein römischer Kaiser. – Was ist das?« Wir hörten in der Ferne ein eigenartiges, klickendes Geräusch, so ähnlich wie Kastagnetten.

»Da ziehen sie hin«, sagte mein Begleiter und lud beide Läufe des zweiten Gewehres. »Laden Sie alles durch, junger Bursche; denn lebendig sollen die uns nicht erwischen. Diesen Krach machen sie, wenn sie aufgeregt sind. Bei Zeus! Sie sollen Grund zur Aufregung haben, wenn sie uns kriegen wollen. Können Sie sie noch hören?«

»Ganz weit weg.«

»Der kleine Haufen wird nicht viel ausrichten. Aber ich glaube, sie haben Suchkommandos durch den ganzen Wald geschickt. – Also, ich erzählte gerade meine Geschichte: Sie brachten uns rasch in ihr Dorf, ungefähr tausend Hütten aus Laub und Zweigen in einem großen Hain, dicht am Rand der Klippen. Es liegt drei oder vier Meilen von hier entfernt. Die dreckigen Biester haben mich überall angefasst und ich habe das Gefühl, als ob ich in meinem Leben nicht mehr sauber werden könnte. Sie fesselten uns (der Kerl, der mich vorhatte, konnte knoten wie ein alter Seebär) und ein großes Vieh mit einer Keule in der Pfote bewachte uns. Wenn ich von ›wir‹ rede, dann meine ich Summerlee und mich.

Der alte Challenger hockte auf einem Baum, aß Ananas und lebte wie Gott in Frankreich. Ich darf aber nicht verschweigen, dass er uns Obst zusteckte und eigenhändig unsere Fesseln lockerte. Wenn Sie ihn gesehen hätten, wie er da im Baum saß neben seinem Zwillingsbruder und in seinem Bierbass sang ›Klinget laut, ihr wilden Glocken‹, um die Affen bei guter Laune zu halten – dann hätten Sie gelacht. Aber uns war nicht so sehr zum Lachen zumute, das dürfen Sie mir glauben. Sie ließen ihn innerhalb bestimmter Grenzen tun, was er wollte. Aber uns hielten sie scharf unter Kontrolle. Es war eine große Beruhigung für uns alle, zu wissen, dass Sie noch frei herumliefen und unser Tagebuch in Verwahrung hatten.
So, junger Mann, und jetzt will ich Ihnen mal etwas erzählen, was Sie überraschen wird. Sie sagten, dass Sie Spuren von Menschen entdeckt haben und Feuer, Fallen und dergleichen. Nun, wir haben die Eingeborenen selbst gesehen. Arme Teufel waren das, kleine Kerle, die den Kopf hängen ließen. Sie hatten ja auch allen Grund dazu. Es sieht aus, als ob sie nur eine Seite des Plateaus beherrschten – drüben, wo Sie die Höhlen gesehen haben. Die Affenmenschen aber halten diese Seite besetzt. Zwischen ihnen herrscht ein ständiger blutiger Krieg. Das ist die Lage, soweit ich sie übersehe. Ja, und gestern haben die Affenmenschen ein Dutzend Indianer gefangen und sie im Triumphzug in ihr Dorf geschleppt. In ihrem Leben haben Sie bestimmt noch kein solches Geschnatter und Gekreisch gehört! Die Indianer waren kleine rothäutige Burschen. Man hat sie so zerbissen und zerkratzt, dass sie kaum gehen konnten. Die Affenmenschen brachten zwei von ihnen an Ort und Stelle um und rissen dem einen glatt den Arm aus. Es war einfach bestialisch. Tapfere kleine Burschen! Gaben kaum einen Laut von sich. Aber

uns wurde ganz schlecht dabei. Sogar Challenger hatte genug. – Ich denke, jetzt sind sie weg, meinen Sie nicht auch?«

Wir lauschten angespannt; aber nur Vogelgezwitscher war in dem friedlichen Wald zu hören. Lord John fuhr in seiner Erzählung fort.

»Ich glaube, Sie hatten unverschämtes Glück, mein Junge. Nur weil die Affenmenschen gerade die Indianer gefangen hatten, haben sie Sie vorübergehend vergessen. Sonst wären sie todsicher zum Lager gekommen und hätten Sie einkassiert. Sie haben uns nämlich von Anfang an vom Baum aus beobachtet und wussten genau, dass einer von uns fehlte. Jetzt dachten sie aber nur an ihre neue Jagdbeute. Nur daher kommt es, dass ich heute Morgen als Erster bei Ihnen hereingeschneit bin und nicht eine Horde Affen.

Wir haben hinterher noch eine scheußliche Geschichte mit ansehen müssen. Mein Gott, was für ein Albtraum ist diese ganze Sache! Sie erinnern sich doch an das große Dickicht aus scharfen Bambusstämmen unten, wo wir das Skelett des Amerikaner gefunden haben? Es liegt genau unter dem Affendorf und das ist der Absprungplatz für ihre Gefangenen! Es wird da unten haufenweise Skelette geben. Einer nach dem andern müssen die armen Teufel runterspringen. Die Affenmenschen machen sich einen Sport daraus, zu beobachten, ob sie auf dem Boden zerschmettern oder ob sie von Bambus aufgespießt werden. Uns nahmen sie mit nach vorn, damit wir zusehen konnten. Der ganze Stamm hatte sich am Rand aufgestellt. Vier Indianer sprangen und die Bambusrohre bohrten sich durch sie hindurch wie Stricknadeln durch ein Stück Butter. Kein Wunder, dass bei dem Skelett des armen Yankees die Stäbe durch die Rippen wuchsen. Wir waren alle wie hypnotisiert,

sie springen zu sehen, und glaubten, wir müssten als Nächste das Sprungbrett besteigen.
Wir brauchten es jedoch noch nicht. Sie haben sechs Indianer für heute aufgehoben – so habe ich es jedenfalls aufgefasst. Aber ich glaube, die Hauptakteure der heutigen Vorstellung sollen wir sein. Challenger mag vielleicht davonkommen. Aber Summerlee und ich stehen auf dem Programm. Ihre Sprache besteht zu mehr als der Hälfte aus Zeichen und es war gar nicht so schwer, sie zu verstehen. So war die Zeit für einen Ausbruch reif. Ich hatte mir schon einen kleinen Plan gemacht. Alles hing von mir ab, denn mit Summerlee ließ sich nichts anfangen und Challenger war auch nicht mehr viel wert. Als sie einmal zusammenkamen, haben sie sich schon wieder gezankt, weil sie sich über die wissenschaftliche Klassifizierung dieser Teufel, die uns gefangen hielten, nicht einig waren. Einer sagte *Dryopithecus von Java,* der andere *Pithecanthropus.* Wahnsinn nenne ich so was. Verrückt sind alle beide!
Aber wie gesagt ich hatte mir zwei Punkte überlegt, die uns helfen könnten. Der eine davon war, dass diese Viecher in ebenem Gelände nicht so schnell wie Menschen laufen können. Sie haben nämlich kurze krumme Beine und einen plumpen Körper. Sogar Challenger hätte im Hundertmeterlauf dem Besten von ihnen noch ein paar Meter Vorsprung geben können und Sie oder ich wären regelrechte Champions. Ein weiterer Punkt war, dass sie keine Ahnung von Gewehren haben. Ich glaube, sie wissen nicht einmal, wie der Kerl, den ich angeschossen habe, zu seiner Verletzung kam. Wenn wir also nur an unsere Gewehre kämen, dann ließe sich gar nicht absehen, was wir damit alles schaffen könnten.
So riss ich mich am Morgen los, gab meinem Bewacher einen

Tritt in den Bauch, dass er sich langlegte, und spurtete los zum Lager. Dort habe ich Sie und die Gewehre erwischt und das Weitere wissen Sie.«

»Aber die Professoren?«, rief ich betroffen.

»Ja, wir müssen noch mal dorthin und sie rausholen. Ich konnte sie ja nicht mitbringen. Challenger saß oben auf dem Baum und Summerlee war der Anstrengung nicht gewachsen. Die einzige Chance lag darin, die Gewehre zu holen und dann ihre Rettung zu versuchen. Es ist natürlich möglich, dass sie zur Vergeltung sofort massakriert wurden. Ich glaube zwar nicht, dass sie Challenger etwas tun wollen. Aber für Summerlee kann ich mich nicht verbürgen. Den erledigen sie auf alle Fälle. Dessen bin ich sicher. So habe ich also mit meiner Flucht nichts verschlimmert. Es ist natürlich jetzt Ehrensache, dass wir zurückgehen und sie entweder rausholen oder mit ihnen zusammen ins Gras beißen. Bereiten Sie sich schon langsam darauf vor, mein Jungchen; denn eine von diesen beiden Möglichkeiten gibt's nur für uns; und zwar noch bis zum Abend.«

Ich habe mich bemüht, Lord Johns Sprechweise, seine kurzen, kräftigen Sätze und den halb scherzhaften, halb schnodderigen Ton hier wiederzugeben. Aber er war der geborene Führer. Sobald die Gefahr zunahm, wurde sein Benehmen noch unbekümmerter, seine Rede noch origineller. Seine kühlen Augen blitzten vor Begeisterung und sein Don-Quichotte-Schnurrbart sträubte sich in freudiger Erregung. Seine Liebe zur Gefahr, seine starke Empfänglichkeit für den Reiz des Abenteuers, seine Auffassung, dass jedes Wagnis im Leben eine Art Sport sei, mit dem Leben als Einsatz, machten ihn in solchen entscheidenden Stunden zu einem wundervollen Gefährten. Hätten wir nicht um unsere Kameraden in Sorge sein müssen, so wäre es ein regelrechtes Vergnügen gewesen, mich an seiner Seite in dieses Abenteuer zu stürzen.

Wir richteten uns in unserem Versteck auf, als ich plötzlich seinen festen Griff auf meinem Arm spürte.

»Aufgepasst!«, flüsterte er. »Da kommen sie!«

Von unserem Schlupfwinkel aus überblickten wir einen braunen, grün überdachten Gang aus Baumstämmen und Zweigen. Darin bewegte sich eine Gruppe von Affenmenschen vorbei. Mit krummen Beinen und gebeugtem Rücken gingen sie im Gänsemarsch. Ihre Hände schleiften gelegentlich auf dem Boden und sie drehten die Köpfe ständig nach rechts und links. Durch ihren gebückten Gang wirkten sie kleiner, als sie tatsächlich waren. Aber ich würde sie auf ungefähr fünf Fuß schätzen. Sie hatten sehr lange Arme und gewaltige Brustkörbe. Viele von ihnen waren mit Stöcken bewaffnet und aus der Entfernung sahen sie aus wie eine Reihe stark behaarter und missgestalteter Menschen. Ich konnte sie nur einen Moment lang so deutlich sehen. Dann wurden sie wieder vom Gebüsch verdeckt.

»Jetzt geht's noch nicht«, sagte Lord John, der sein Gewehr entsichert hatte. »Unsere einzige Chance liegt darin, dass wir uns ruhig verhalten, bis sie die Suche aufgeben. Dann wollen wir aber mal sehen, ob wir nicht zu ihrem Dorf kommen und sie da treffen können. Wir werden noch eine Stunde warten; dann marschieren wir ab.«

Wir benutzten die Zeit dazu, eine unserer Konservendosen aufzumachen und etwas zum Frühstück zu essen. Lord John hatte seit dem vorigen Morgen fast nichts zu sich genommen und aß wie ein Verhungernder. Dann brachen wir endlich zu unserer Expedition auf, die Taschen voller Patronen und in jeder Hand ein Gewehr. Vor dem Abmarsch markierten wir unser kleines

Versteck im Gebüsch und merkten uns seine Lage zu Fort Challenger, damit wir es wiederfinden konnten. Leise schlichen wir uns durch die Büsche, bis wir unmittelbar am Rand der Klippen, ganz in der Nähe unseres alten Lagers waren. Dort hielten wir an und Lord John erklärte mir kurz seinen Feldzugsplan.

»Solange wir im dichten Wald gehen, sind diese Burschen uns gegenüber im Vorteil«, sagte er. »Sie sehen uns; aber wir können sie nicht sehen. Im Freien ist das anders. Wir müssen uns also im offenen Gelände bewegen, soweit wir können. An der Kante des Plateaus gibt es weniger hohe Bäume als weiter drinnen. Daran entlang müssen wir vorrücken. Gehen Sie langsam, halten Sie die Augen offen und Ihr Gewehr schussbereit! Vor allem lassen Sie sich nicht von ihnen gefangen nehmen, solange Sie noch eine Patrone übrig haben – das ist mein letztes Wort für Sie, Jungchen.«

Als wir an den Rand der Klippen kamen, blickte ich hinab und sah unseren guten alten schwarzen Zambo rauchend auf einem Felsblock unter uns sitzen. Ich hätte viel darum gegeben, ihn rufen und ihm sagen zu können, wie es um uns stand. Aber es war zu gefährlich; man hätte uns hören können. Die Wälder schienen voller Affenmenschen zu stecken. Wieder und wieder hörten wir ihr sonderbares Geschnatter. Dann stürzten wir uns jedes Mal ins nächste Gebüsch und lagen still, bis nichts mehr zu vernehmen war. Wir kamen deshalb nur sehr langsam weiter und es dauerte wenigstens zwei Stunden, bis ich aus Lord Johns vorsichtigen Bewegungen ersah, dass wir uns nahe am Ziel befinden mussten. Er machte mir ein Zeichen, ruhig liegen zu bleiben, während er weiter vorwärtskroch. Innerhalb einer Minute war er wieder zurück und sein Gesicht zuckte vor Ungeduld.

»Kommen Sie!«, sagte er. »Kommen Sie schnell! Ich bete zu Gott, dass es nicht schon zu spät ist!«

Ich zitterte vor Erregung, als ich vorwärtskroch, mich neben ihn legte und zwischen den Büschen hindurch auf eine Lichtung spähte, die sich vor uns ausdehnte.
Es war ein Anblick, den ich nie vergessen werde, bis an meinen letzten Tag nicht – so unwirklich, so unmöglich, dass ich nicht weiß, wie ich ihn beschreiben soll. Falls es mir vergönnt ist, noch einmal auf dem Sofa im Savage-Klub zu sitzen und auf die eintönige Realität der Uferpromenade hinauszublicken, wird mir dies alles wie ein schlechter Traum, wie ein Fieberdelirium vorkommen. So will ich es jetzt aufschreiben, solange ich es noch frisch im Gedächtnis habe. Lord John, der an meiner Seite im feuchten Gras gelegen hat, wird bezeugen können, dass ich die Wahrheit gesagt habe.
Ein weiter freier Platz lag vor uns – einige hundert Meter im Durchmesser. Er reichte bis unmittelbar an den Rand der Klippen und war ganz mit grünem Rasen und Farnkräutern bewachsen. Darum stand ein Halbkreis von Bäumen, in deren Zweigen, übereinander gebaut, merkwürdige Hütten aus Laub steckten. In den Eingängen der Hütten und auf den Ästen der Bäume drängte sich eine dichte Menge von Affenmenschen, die ich nach ihrer Größe für Frauen und Kinder des Stammes hielt. Sie bildeten den Hintergrund des Bildes und blickten alle mit gespanntem Interesse auf die gleiche Szene, die auch uns faszinierte und verstörte.
Im Freien, dicht am Rand der Klippen, hatte sich eine Horde von ein paar Hundert dieser zottigen, rothaarigen Kreaturen versammelt. Sie beachteten eine gewisse Ordnung. Vorn stand eine Gruppe Indianer – kleine, wohlproportionierte rothäutige Burschen, deren Haut im hellen Sonnenlicht wie polierte Bronze leuchtete. Ein langer, dünner weißer Mann stand neben ih-

nen, den Kopf gesenkt, die Arme verschränkt. Seine ganze Haltung drückte Verzweiflung und Niedergeschlagenheit aus. Diese eckige Gestalt gehörte unverkennbar Professor Summerlee.
Vor dieser kläglichen Gruppe Gefangener und um sie herum sahen wir mehrere Affenmenschen, die sie scharf bewachten und jede Flucht unmöglich machten. Etwas abseits standen zwei Gestalten dicht am Rand der Klippen, die derart merkwürdig und trotz der ernsten Lage so lächerlich wirkten, dass sie meine ganze Aufmerksamkeit beanspruchten. Der eine davon war unser Kamerad, Professor Challenger. Die Überreste seiner Jacke hingen ihm noch in Fetzen von den Schultern. Aber sein Hemd war ganz herausgerissen und sein großer Bart ging unmittelbar in das schwarze Gestrüpp auf seiner Brust über. Seinen Hut hatte er verloren und seine Haare, die auf unserer Reise tüchtig gewachsen waren, hingen ihm wild ins Gesicht. Es sah aus, als ob ein einziger Tag genügt hätte, um ihn aus dem höchsten Produkt moderner Zivilisation in einen Wilden zu verwandeln. Neben ihm stand sein Herr und Meister, der Häuptling der Affenmenschen. In allen Zügen war er, wie Lord John gesagt hatte, das getreue Ebenbild unseres Professors, nur dass seine Hautfarbe nicht Weiß, sondern Rot war. Die gleiche kurze, untersetzte Gestalt, die gleichen massigen Schultern, die gleichen nach vorn hängenden Arme, der gleiche struppige Bart, der auf die haarige Brust fiel. Nur oberhalb der Augenbrauen bildeten die flache Stirn und der niedrige, runde Schädel des Affenmenschen zu der gewölbten Stirn und dem hohen Schädel des Europäers einen scharfen Kontrast.
Ein blutiges Drama spielte sich jetzt vor uns ab. Zwei Affenmenschen hatten einen der Indianer gepackt und schleppten ihn an den Rand der Klippen. Der Häuptling erhob die Hand. Sie ergrif-

fen den Mann von jeder Seite an Arm und Bein und schwenkten ihn dreimal mit unglaublicher Kraft vor und zurück. Dann warfen sie den armen Teufel mit gewaltigem Schwung über den Abgrund, dass er in hohem Bogen durch die Luft flog, ehe er abzustürzen begann. Als er verschwand, stürzte die ganze Meute mit Ausnahme der Wachen nach vorn. Es folgte eine lange Pause, die schließlich von einem irren Freudengebrüll zerrissen wurde. Sie sprangen umher und schwenkten ihre langen behaarten Arme. Dann traten sie vom Rand zurück, stellten sich wieder in ihrer alten Ordnung auf und warteten auf das nächste Opfer.

Das war Summerlee. Zwei seiner Bewacher packten ihn an den Handgelenken und zerrten ihn brutal nach vorn. Mit seiner ganzen dürren Gestalt und seinen langen Gliedern zappelte und flatterte er verzweifelt wie ein Huhn, das aus dem Käfig gerissen wird. Challenger hatte sich dem Häuptling zugewandt und fuchtelte erregt mit den Händen. Er bat und flehte um das Leben seines Kameraden. Der Affenmensch stieß ihn roh beiseite und schüttelte den Kopf. Da krachte Lord Johns Flinte und der Häuptling sank zu Boden.

»Schießen Sie mittenrein! Schieß! Söhnchen, schieß!«, schrie mein Gefährte.

Auch im Herzen des alltäglichsten Menschen gibt es unergründliche Tiefen. Ich habe schon beim Schrei eines verwundeten Hasen feuchte Augen bekommen. Jetzt aber hatte mich die Blutgier gepackt. Ich war aufgesprungen, schoss das ganze Magazin leer, dann das andere, riss die Kammer auf, lud durch, schoss wieder. Während der ganzen Zeit schrie und lachte ich in purer Kampfeswut und Mordlust. Wir beide richteten mit unseren vier Gewehren eine schreckliche Verwüstung an. Die beiden Wachtposten, die Summerlee festgehalten hatten, lagen am Boden. In

seiner Verwunderung wankte der Gefangene umher wie ein Betrunkener und konnte noch nicht fassen, dass er frei war. Die dichte Horde der Affenmenschen rannte kopflos durcheinander und versuchte zu ergründen, wo dieser Todessturm herkommen könnte und was er bedeuten sollte. Sie winkten, gestikulierten, schrien und stolperten über die Gefallenen. Dann rasten sie in einer plötzlichen Eingebung mit Geheul zu den Bäumen, um Deckung zu suchen. Die Gefangenen ließen sie für den Augenblick allein in der Mitte der Wiese stehen.
Challengers flinker Verstand hatte die Situation erfasst. Er griff den verwirrten Summerlee am Arm und rannte mit ihm zu uns herüber. Zwei Affenmenschen sprangen ihnen nach und brachen unter zwei Schüssen von Lord John zusammen. Wir stürzten unseren Freunden entgegen und drückten jedem ein geladenes Gewehr in die Hand. Aber Summerlee war am Ende seiner Kraft. Er konnte sich kaum noch auf den Beinen halten. Die Affenmenschen hatten sich inzwischen von ihrer ersten Panik erholt. Sie drangen im Gebüsch vor und drohten, uns den Rückweg abzuschneiden. Challenger und ich schleiften Summerlee mit, jeder an einem Ellbogen, Lord John deckte unseren Rückzug, wieder und wieder feuernd, sobald eine wilde Fratze aus dem Gebüsch auftauchte. Für mindestens eine Meile blieben die schnatternden Bestien uns auf den Fersen. Dann ließ die Verfolgung nach; denn sie wollten sich nicht länger dem vernichtenden Gewehrfeuer aussetzen. Als wir endlich das Lager erreichten, sahen wir zurück und fanden uns allein.
So dachten wir; aber wir irrten uns. Kaum hatten wir die Dornentür unsrer Hecke verschlossen, einander die Hände geschüttelt und uns keuchend neben unserer Quelle zu Boden geworfen, als wir ein Getrappel nackter Füße hörten und dann leise,

klagende Rufe vor unserem Eingang vernahmen. Lord John sprang mit der Flinte in der Hand vor und öffnete. Hingestreckt, das Gesicht auf dem Boden, lagen dort die vier überlebenden Indianer, die aus Furcht vor uns zitterten und uns dennoch um Schutz anflehten. Mit einer ausdrucksvollen Gebärde deutete einer von ihnen auf den Wald ringsum, um zu sagen, dass er voller Gefahren steckte. Dann stürzte er vor, schlang seine Arme um Lord Johns Füße und legte sein Gesicht darauf.

»Donnerwetter!«, rief unser Edelmann und zupfte sich ratlos am Schnurrbart. »Was, zum Teufel, sollen wir jetzt mit diesen Leuten anfangen? Steh auf, kleines Kerlchen, und nimm dein Gesicht von meinen Stiefeln!«

Summerlee setzte sich und stopfte seine alte Pfeife.

»Wir müssen die Indianer in Sicherheit bringen«, sagte er. »Sie beide haben uns alle dem Tod entrissen. Auf mein Wort! Das war ein sauberes Stück Arbeit!«

»Bewundernswert!«, rief Challenger. »Bewundernswert! Nicht nur wir allein schulden Ihnen unseren Dank für das, was Sie getan haben. Ich stehe nicht an zu erklären, dass das Verschwinden von Professor Summerlee und mir eine schmerzliche Lücke in der modernen zoologischen Forschung hinterlassen hätte. Unser junger Freund hier und Sie haben eine großartige Leistung vollbracht.«

Er strahlte uns mit seinem väterlichen Lächeln an. Aber die europäischen Wissenschaftler wären erstaunt gewesen, hätten sie ihren auserwählten Sohn mit seinen verfilzten, ungekämmten Haaren, seiner bloßen Brust und seiner zerfetzten Kleidung sehen können. Er saß da, eine Fleischdose zwischen die Knie geklemmt, und hielt ein großes Stück australisches Hammelfleisch in der Hand. Der Indianer blickte zu ihm hinüber, warf sich dann mit leisem Winseln zu Boden und klammerte sich an Lord Johns Bein.

»Aber du brauchst doch keine Angst zu haben, mein Junge«, sagte Lord John und tätschelte den Kopf zu seinen Füßen. »Er kann Ihren Anblick nicht ertragen, Challenger! Und alles, was recht ist! Das wundert mich nicht sehr. Schon gut, kleiner Bursche, er tut dir nichts, er ist auch nur ein Mensch, so wie wir.«

»Ich muss doch sehr bitten, mein Herr!«, rief nun der Professor.

»Die Frage ist, was wir mit den Indianern anfangen sollen. Die nächstliegende Antwort wäre, sie nach Hause zu bringen, wenn wir nur wüssten, wohin.«

»Das ist schnell gesagt«, bemerkte ich. »Sie wohnen in den Höhlen auf der anderen Seite des Gladys-Sees.«

»Unser junger Freund weiß also, wo sie wohnen. Ich vermute, es ist weit bis dahin.«

»Gut zwanzig Meilen«, sagte ich.

Summerlee stöhnte. »Ich könnte das nie schaffen. – Heulen da nicht noch immer diese Bestien?«

Während er sprach, hörten wir von weit her aus der dunklen Tiefe des Waldes die unartikulierten Schreie der Affenmenschen. Die Indianer stimmten erneut ein schwaches Angstgewimmer an.

»Wir müssen hier weg, und zwar ganz schnell!«, sagte Lord John.

»Sie helfen Summerlee, junger Bursche! Diese Indianer hier werden Vorräte tragen. Los jetzt, kommen Sie, bevor sie uns sehen können.«

In weniger als einer halben Stunde hatten wir unseren Zufluchtsort im Gebüsch erreicht und uns versteckt. Während des ganzen Tages hörten wir das aufgeregte Geschrei der Affenmenschen aus der Richtung unseres alten Lagers. Aber keiner von ihnen kam in unsere Nähe und wir müden Flüchtlinge, rote wie weiße, konnten uns einen langen, tiefen Schlaf gönnen. Ich döste am Abend vor mich hin, als mich jemand am Ärmel zupfte und ich Challenger neben mir knien sah.

»Sie führen doch über alle diese Ereignisse Tagebuch, Mr Malone, und Sie möchten es doch eines Tages veröffentlichen«, sagte er feierlich.

»Ich bin ja ausschließlich als Presseberichterstatter mitgekommen«, antwortete ich.

»Richtig. Sie haben vielleicht einige ziemlich dumme Bemerkungen gehört, die Lord John Roxton machte und die anzudeuten schienen, dass eine – eine gewisse Ähnlichkeit . . .«

»Ja, das habe ich gehört.«

»Ich brauche wohl nicht besonders zu betonen, dass eine Veröffentlichung derartiger Gedanken in irgendeiner Form äußerst beleidigend für mich wäre.«

»Ich will streng bei der Wahrheit bleiben.«

»Lord Johns Beobachtungen sind manchmal etwas zu phantasievoll und er ist imstande, dem Respekt, den auch die niedrigsten Rassen für menschliche Würde und Charakter empfinden, die unsinnigsten Beweggründe zu unterstellen. Sie verstehen, was ich meine?«

»Vollkommen.«

»Dann überlasse ich die Angelegenheit Ihrer Diskretion.« Nach einer langen Pause fügte er hinzu: »Der Häuptling der Affenmenschen war übrigens ein Geschöpf von hervorragender Bedeutung, eine bemerkenswert gut aussehende und intelligente Persönlichkeit. Ist Ihnen das nicht auch aufgefallen?«

»Ein höchst beachtenswertes Geschöpf«, sagte ich.

Und der Professor legte sich mit sichtlich erleichtertem Herzen wieder zum Schlummer nieder.

13. Kapitel

Wir hatten uns eingebildet, dass unsere Verfolger, die Affenmenschen, von unserem Versteck im Gebüsch nichts wüssten. Aber wir sollten bald unseren Irrtum erfahren. Man hörte keinen Laut im Wald. Nicht ein Blatt regte sich an den Bäumen, alles war friedlich um uns. Aber durch unsere früheren Erlebnisse hätten wir eigentlich wissen müssen, wie schlau und geduldig diese Kreaturen beobachten und abwarten konnten, bis ihre Chance kam.

Wir alle waren beim Erwachen erschöpft von den furchtbaren Strapazen und dem unzureichenden Essen am Vortag. Summerlee fühlte sich noch immer so schwach, dass er sich nur mit Mühe auf den Beinen halten konnte. Aber der alte Mann besaß eine verbissene Energie und wollte sich nie geschlagen geben. Wir hielten eine Lagebesprechung ab. Es herrschte Übereinstimmung, noch für ein oder zwei Stunden hierzubleiben und unser dringend notwendiges Frühstück einzunehmen. Danach wollten wir uns über das Plateau und um den Gladys-See herum zu den Höhlen begeben, wo nach meinen Beobachtungen die Indianer wohnten. Wir rechneten damit, dass unsere Schützlinge ein gutes Wort einlegen und uns einen herzlichen Empfang bei ihren Genossen sichern würden. Und dann, nach Erfüllung unserer Aufgabe und im Besitz wertvoller Kenntnisse über dieses Land, wollten wir unsere ganze Energie auf die lebenswichtige Frage unseres Abstiegs richten. Sogar Challenger war jetzt bereit zuzugeben, dass wir danach nur noch die eine Aufgabe hätten, unsere erstaunlichen Entdeckungen zurück in die Zivilisation zu tragen.

Wir konnten uns jetzt die Indianer, die wir gerettet hatten, in Ruhe etwas näher ansehen. Sie waren kleine Männer, drahtig, gelenkig und gut gebaut. Ihre langen schwarzen Haare waren am Hinterkopf mit Lederriemen zu einem Knoten gebunden und auch ihre Lendenschurze bestanden aus Leder. Sie hatten bartlose, gut geschnittene und gutmütige Gesichter. Ihre zerfetzten, blutigen Ohrläppchen ließen erkennen, dass sie darin Schmuckstücke getragen hatten, die ihre Peiniger herausgerissen hatten. Ihre Unterhaltung war fließend, wenn wir auch nichts verstehen konnten. Als sie aufeinander zeigten und mehrmals das Wort »Accala« wiederholten, vermuteten wir, dass das der Name ihres Volkes war. Zuweilen, die Gesichter von Furcht und Hass verzerrt, schüttelten sie die geballten Fäuste gegen den Wald und riefen: »Doda! Doda!«, was offenbar ihre Bezeichnung für ihre Feinde war.

»Was halten Sie von ihnen, Challenger?«, fragte Lord John. »Für mich steht jedenfalls fest, dass der kleine Bursche, der den Kopf vorn rasiert hat, ein Häuptling ist.«

In der Tat musste dieser Mann eine bevorzugte Stelle einnehmen; denn die anderen wagten nur mit allen Anzeichen tiefen Respekts das Wort an ihn zu richten. Er schien von ihnen der Jüngste zu sein, war aber dennoch von so stolzer, hochmütiger Haltung, dass er sich wie ein ungezähmtes Pferd aufbäumte und sich mit blitzenden Augen entfernte, als Challenger ihm seine große Pranke auf den Kopf legte. Dann hielt er sich die Hand vor die Brust und äußerte in würdevoller Haltung mehrere Male das

Wort »Maretas«. Der Professor packte unbeeindruckt den nächsten Indianer bei der Schulter und machte sich daran, über ihn zu dozieren, als hätte er ein ausgestopftes Exemplar vor sich.

»Man kann die Entwicklungsstufe dieser Leute«, sagte er mit seiner dröhnenden Stimme, »gleichviel, ob man nach Schädelkapazität, Stirnwinkel oder einer anderen Methode urteilt, durchaus nicht als niedrig bezeichnen. Wir müssen im Gegenteil annehmen, dass sie bedeutend höher stehen als viele mir bekannte südamerikanische Stämme. Mit keiner glaubhaften Theorie könnten wir erklären, wie eine solche Rasse sich hier an diesem Ort entwickelt hat. Auch die Affenmenschen sind durch eine so breite Lücke von den primitiven Tieren getrennt, die auf diesem Plateau erhalten geblieben sind, dass es sich von selbst verbietet anzunehmen, sie könnten sich hier entwickelt haben.«

»Wo, zum Teufel, sind sie denn sonst hergekommen?«, fragte Lord John.

»Eine Frage, die ohne Zweifel noch einmal in allen wissenschaftlichen Gesellschaften ganz Europas und Amerikas heftige Diskussionen auslösen wird«, antwortete der Professor. »Meine eigene Erklärung ist die, dass die Entwicklung unter den besonderen Verhältnissen dieses Landes bis zu den Wirbeltieren hinauf fortgeschritten ist, wobei die älteren Formen erhalten bleiben und zusammen mit den neueren weiterleben. Daher finden wir so neuzeitliche Geschöpfe wie den Tapir – ein Tier mit einer stattlichen, langen Ahnenreihe –, den großen Hirsch und den Ameisenbären in der Gesellschaft von Reptilformen des Jura. Und nun kommen der Affenmensch und der Indianer. Wie soll der wissenschaftliche Geist ihre Anwesenheit hier erklären? Ich kann dafür nur eine Invasion von außen anführen. Es ist wahrscheinlich, dass ein anthropoider Affe in Südamerika existierte, der in vergangenen Zeitaltern seinen Weg hierher gefunden hat. Er hat sich dann zu den Wesen weiterentwickelt, die wir sahen und von denen einige« – hierbei blickte er mich scharf an – »bei entsprechender Intelligenz jeder menschlichen Rasse zu Ehren gereichen würden. Und was die Indianer betrifft, so zweifle ich nicht, dass sie vor noch kürzerer Zeit von außen eingewandert sind. Unter dem Zwang einer Hungersnot oder auf der Flucht vor fremden Eroberern sind sie hier heraufgekommen. Angesichts wütender Bestien, wie sie ihnen zuvor nie begegnet waren, suchten sie Zuflucht in jenen Höhlen, die unser junger Freund beschrieben hat. Aber sie haben bestimmt erbittert kämpfen müssen, um sich gegen die wilden Tiere zu behaupten, vor allem aber gegen die Affenmenschen, die sie als Eindringlinge betrachteten. Daher kommt es, dass sie nur in geringer Anzahl hier leben. So, meine Herren, sind Sie mit meiner Lösung des Rätsels einverstanden oder wünschen Sie noch zu irgendeinem Punkt Erläuterungen?«

Professor Summerlee war noch zu abgespannt für eine längere Auseinandersetzung, wenn er auch zum Zeichen seiner grundsätzlich anderen Meinung heftig den Kopf schüttelte. Lord John kratzte sich seine spärlichen Locken und bemerkte, dies sei nicht seine Gewichtsklasse und so könne er sich keine Auseinandersetzung leisten. Ich dagegen erfüllte meine Aufgabe, die Diskussion auf ein prosaisches und praktisches Thema abzulenken – diesmal mit der Feststellung, dass einer der Indianer fehlte.

»Er ist zum Wasserholen gegangen«, sagte Lord John.

»Wir haben ihm eine leere Fleischbüchse in die Hand gedrückt und er ist abgehauen.«

»Zum alten Lager?«, fragte ich.

»Nein, zum Bach. Der fließt hier vorbei. Kann nicht weiter als ein paar Hundert Meter sein. Aber der Mensch lässt sich wirklich Zeit.«

»Ich gehe mal und sehe nach«, sagte ich, nahm mein Gewehr und schlenderte zum Bach. Meine Freunde blieben zurück, um unseren spärlichen Frühstückstisch zu decken. Es mag unbesonnen erscheinen, dass ich die Deckung unseres Dickichts aufgab, und sei es auch nur für so ein kurzes Stück. Man muss jedoch bedenken, dass wir viele Meilen vom Affendorf entfernt waren, dass die Bestien offenbar unseren Schlupfwinkel noch nicht entdeckt hatten und dass ich mit meinem Gewehr in der Hand keine Angst vor ihnen hatte.

Irgendwo vor mir hörte ich schon das Gemurmel unseres Bachs, aber ein Gestrüpp aus Bäumen und Unterholz verdeckte ihn noch. An einer Stelle, die eben außerhalb des Gesichtsfeldes meiner Gefährten lag, bahnte ich mir einen Weg hindurch. Da bemerkte ich etwas Rotes, das zusammengekrümmt zwischen den Büschen lag. Als ich näher kam, stellte ich voller Schrecken fest, dass es die Leiche des vermissten Indianers war. Er lag auf der Seite, die Knie an den Leib gezogen, den Kopf unnatürlich verdreht, sodass er über seine eigene Schulter zu blicken schien.

Ich rief nach meinen Freunden, rannte vorwärts und beugte mich über den Toten. Mein Schutzengel muss in diesem Augenblick ganz in meiner Nähe gewesen sein; denn irgendeine instinktive Furcht oder vielleicht auch ein leises Geraschel der Blätter ließ mich hochblicken. Aus dem dichten grünen Laub, das über meinem Kopf herabhing, streckten sich langsam zwei lange muskulöse, mit roten Haaren bedeckte Arme herab. Noch einen Augenblick länger, und die großen schleichenden Hände hätten meine Kehle umklammert. Ich sprang zurück. Aber so schnell ich auch reagierte, die Hände waren noch flinker. Wohl verfehlten sie durch meinen plötzlichen Sprung ihren tödlichen Griff; aber die eine packte mich im Genick und die andere am Gesicht.

Ich riss meine Hände empor, um meine Kehle zu schützen. Im nächsten Moment war die riesige Pfote von meinem Gesicht auf den Hals herabgeglitten. Mühelos wurde ich vom Boden hochgehoben und fühlte, wie ein unwiderstehlicher Druck meinen Kopf weiter und weiter nach hinten zwang, bis die Spannung in meiner Halswirbelsäule unerträglich war. Mit letzter Kraft zerrte ich an der würgenden Hand und konnte sie von meinem Kinn wegdrücken. Ich blickte hoch und sah ein furchtbares Gesicht, dessen erbarmungslose hellblaue Augen direkt in die meinen hinunterblickten. Eine hypnotische Kraft lag in diesen schrecklichen Augen. Ich konnte mich einfach nicht mehr wehren. Als die Bestie fühlte, wie ich in ihrem Griff erschlaffte, blitzten für einen Augenblick zwei weiße Fangzähne zu jeder Seite des scheußlichen Mauls auf. Der Druck auf mein Kinn verstärkte sich von Neuem und presste sich stets aufwärts und nach hinten. Dünne, ovale farbige Nebel schillerten vor meinen Augen und in meinen Ohren klingelten kleine silberhelle Glöckchen. Undeutlich hörte ich aus weiter Ferne einen Schuss krachen und verspürte schwach einen Stoß. Ich fiel auf den Boden, wo ich besinnungslos liegen blieb.

Als ich wieder zu mir kam, lag ich auf dem Gras ausgestreckt in unserem Versteck. Jemand hatte Wasser vom Bach geholt und Lord John netzte mir den Kopf, während Challenger und Summerlee mich mit besorgten Gesichtern stützten. Für einen Moment tat ich einen Blick in die menschlichen Seelen hinter den wissenschaftlichen Masken. Es war mehr der Schock als eine wirkliche Verletzung, was mich umgeworfen hatte, und schon nach einer halben Stunde konnte ich mich – wenn auch mit schmerzendem Kopf und steifem Nacken – wieder aufsetzen.

»Mein lieber junger Bursche, Sie sind gerade noch mal davongekommen«, sagte Lord John. »Als ich Ihren Schrei hörte und angerannt kam und Ihren halb umgedrehten Kopf und Ihre zappelnden Beine sah, dachte ich schon, wir wären einer weniger. In meiner Aufregung habe ich das Biest verfehlt. Aber es hat Sie wenigstens runterfallen lassen und war weg wie der Blitz. Donnerwetter! Ich wollte, ich hätte wenigstens fünfzig Mann mit Gewehren hier. Ich würde die ganze verdammte Bande ausräuchern und dieses Land ein bisschen sauberer verlassen, als wir es angetroffen haben.«

Es stand nun fest, dass die Affenmenschen uns aufgespürt hatten und dass wir von allen Seiten beobachtet wurden. Während des Tages hatten wir nicht viel von ihnen zu befürchten. Aber im Dunkeln würden sie uns wahrscheinlich überfallen. Je früher wir also aus ihrer Nachbarschaft verschwanden, desto besser. Auf drei Seiten waren wir von dichtem Wald umgeben; dort konnten wir in einen Hinterhalt geraten. Auf der vierten Seite aber – die zum See hin abfiel – gab es nur niedriges Unterholz und vereinzelte Bäume, dazwischen gelegentlich eine Wiese. Dort entlang lief übrigens auch der Weg, den ich auf meiner nächtlichen Wanderung genommen hatte. Er führte uns direkt auf die Höhlen zu. Alles sprach also dafür, dass wir uns nach dieser Richtung wandten.

Wir bedauerten sehr unser altes Lager aufgeben zu müssen – nicht allein der Vorräte wegen, sondern vor allem, weil wir die

Verbindung zu Zambo verloren. Wir hatten aber noch einen schönen Vorrat an Patronen und auch alle unsere Gewehre, konnten uns also wenigstens für die nächste Zeit selbst versorgen. Wir hofften auf eine baldige Gelegenheit zur Rückkehr, um die Verbindung zu unserem Neger wieder aufzunehmen. Er hatte fest versprochen zu bleiben, wo er war. Wir hatten keinen Anlass, an seinen Worten zu zweifeln.

Am frühen Nachmittag brachen wir auf. Der junge Häuptling ging voran und zeigte uns den Weg. Er lehnte jedoch unwillig ab, irgendwelche Last zu tragen. Hinter ihm kamen die beiden anderen überlebenden Indianer mit unseren spärlichen Habseligkeiten auf dem Rücken. Wir vier Weißen gingen mit geladenen und schussbereiten Gewehren als Letzte. Bei unserem Aufbruch erhob sich in den dichten Wäldern hinter uns plötzlich ein lautes Geheul der Affenmenschen, das ebenso gut ein Triumphgeschrei wie Hohngelächter über unsere Flucht sein konnte. Als wir uns umblickten, sahen wir nur die dichte Wand der Bäume. Aber dieses Gebrüll sagte uns deutlich genug, wie viele unserer Feinde dahinter lauerten. Sie machten jedoch keine Anstalten, uns zu verfolgen. Bald waren wir in freiem Gelände und außerhalb ihres Machtbereiches.

Während ich so als Letzter von uns vieren dahintrottete, konnte ich ein Lächeln über die äußere Erscheinung meiner drei Gefährten nicht unterdrücken. War das der elegante Lord John Roxton, der mir an jenem Abend inmitten seiner persischen Teppiche und Gemälde im gedämpften Licht seiner luxuriösen Wohnung im »Albany« gegenübergesessen hatte? Und war dies noch der gebieterische Professor, der hinter dem großen Schreibtisch in seinem riesigen Arbeitszimmer in Enmore Park gethront hatte? Und schließlich, konnte dies wirklich dieselbe ehrwürdige Gestalt sein, die vor die Versammlung im Zoologischen Institut getreten war? In England wäre es schwergefallen, drei Landstreicher von ähnlich abgerissenem Aussehen zu finden. Dabei befanden wir uns erst seit etwa einer Woche auf dem Plateau. Aber alle unsere zusätzlichen Kleidungsstücke waren unten im Lager geblieben. Meine drei Freunde hatten ihre Hüte verloren und sich stattdessen Taschentücher um den Kopf gewickelt. Ihre Kleidung hing in Fetzen herunter und ihre unrasierten, verschmierten Gesichter waren kaum noch zu erkennen. Sowohl Summerlee als auch Challenger hinkten stark und ich schleifte meine Füße nur mühsam über den Boden, immer noch von dem Schock am Morgen geschwächt. Mein Nacken war von dem mörderischen Griff noch steif wie ein Brett. Wir bildeten wirklich einen traurigen Haufen. Es wunderte mich gar nicht, dass unsere indianischen Begleiter sich gelegentlich verwundert nach uns umblickten.

Am Spätnachmittag erreichten wir den See. Als wir aus dem Gebüsch hervortraten und die Wasserfläche vor uns liegen sahen, stießen wir einen schrillen Freudenschrei aus und zeigten aufgeregt nach vorn. Dort bot sich uns ein wundervoller Anblick. Leicht über die glasige Oberfläche dahingleitend, kam eine ganze Flotte von Kanus geradewegs auf unser Ufer zu. Als wir sie erblickten, waren sie noch einige Meilen entfernt. Aber sie schossen mit großer Geschwindigkeit heran und bald konnten die Ruderer uns sehen. Sofort erhob sich bei ihnen ein lautes Freudengeheul. Sie standen von ihren Sitzen auf und schwangen wild ihre Paddel und Speere. Dann machten sie sich mit frischer Kraft ans Werk, flogen über die Wasserfläche dahin, zogen ihre Boote auf den flachen Sand hinauf und liefen auf uns zu. Mit lauten Begrüßungsrufen warfen sie sich vor ihrem jungen Häuptling zu

Boden. Ein älterer Mann mit einer Halskette, einem Armband aus funkelnden Perlen und einem schönen bernsteinfarbenen Fell über den Schultern ging auf den Jüngling zu und umarmte ihn zärtlich. Er blickte zu uns her und stellte ein paar Fragen. Darauf trat er würdevoll näher und umarmte der Reihe nach jeden von uns. Sodann musste sich auf seinen Befehl der ganze Stamm vor uns zu Boden werfen.

Ich fühlte mich etwas beklommen bei dieser sklavischen Verehrung und ich las die gleiche Empfindung in Summerlees und Lord Johns Gesicht. Aber Challenger blühte auf wie eine Blume im Sonnenschein.

»Sie mögen eine primitive Rasse sein«, sagte er, strich sich den Bart und blickte auf sie hinab. »Aber ihr Benehmen gegenüber Höhergestellten könnte so manchem unserer etwas zivilisierten Europäer als Beispiel dienen. Sonderbar, wie unfehlbar doch die Instinkte der Naturmenschen sind!«

Die Eingeborenen befanden sich offenbar auf dem Kriegspfad, denn jeder Mann trug seinen Speer – einen langen Bambusstab mit Knochenspitze –, einen Bogen und Pfeile und hatte eine Art Keule oder Streitaxt umgehängt. Ihre zornigen Blicke zum Wald, aus dem wir gekommen waren, und die häufige Wiederholung des Wortes »Doda« zeigten deutlich genug, dass sie losgezogen waren, um den Sohn des Häuptlings zu retten oder seinen Tod zu rächen. Der ganze Stamm hielt jetzt, in weitem Kreis hockend, Kriegsrat ab. Wir saßen in der Nähe auf einer Basaltplatte und sahen ihnen zu. Zwei oder drei Krieger sprachen. Schließlich hielt unser junger Freund eine zündende Ansprache mit derart lebhaftem Mienenspiel und beredten Gesten, dass wir alles so gut verstanden, als beherrschten wir seine Sprache.

»Was nützt es euch, umzukehren?«, sagte er. »Früher oder später müssen wir doch den Kampf wagen. Eure Kameraden sind ermordet worden. Was hilft's, dass ich diesmal heil zurückgekommen bin? Die anderen sind tot. Für keinen von uns gibt es Sicherheit. Jetzt sind wir versammelt und bereit zu kämpfen.« Dann deutete er auf uns. »Diese seltsamen Menschen sind unsere Freunde. Sie sind große Krieger und hassen die Affenmenschen genauso wie wir. Sie gebieten«, hier zeigte er zum Himmel empor, »über Donner und Blitz. Wann haben wir noch einmal eine solche Gelegenheit? Wir wollen kämpfen und entweder sterben oder für alle Zeiten in Sicherheit leben. Wie könnten wir sonst unseren Frauen wieder unter die Augen treten, ohne uns zu schämen?«

Die kleinen rothäutigen Krieger ließen sich kein Wort seiner Rede entgehen. Als er geendet hatte, brachen sie in stürmischen Beifall aus und schwangen ihre primitiven Waffen durch die Luft. Der alte Häuptling trat zu uns und fragte etwas, wobei er auf den Wald deutete. Lord John machte ihm ein Zeichen, dass er warten sollte, und wandte sich dann zu uns.

»Sie müssen jetzt selber entscheiden, was Sie machen«, sagte er. »Was mich betrifft, so habe ich noch eine ganze Menge mit diesem Affenpack abzurechnen. Wenn wir es schaffen, sie vom Angesicht der Erde zu vertilgen, braucht darum niemand traurig zu sein. Ich will mit unseren kleinen roten Kumpeln gehen und ihnen aus dem Dreck raushelfen. Was machen Sie, junger Bursche?«

»Ich gehe natürlich mit.«

»Und Sie, Challenger?«

»Ich werde selbstverständlich gern helfen.«

»Und Sie, Summerlee?«

»Mir scheint, wir kommen immer weiter vom Zweck dieser Expedition ab, Lord John. Sie dürfen mir ruhig glauben, dass ich, als ich meinen Lehrstuhl in London verließ, dies kaum in der Absicht tat, den Überfall von Indianern auf eine Menschenaffensiedlung anzuführen.«

»So kann es einem im Leben gehen«, sagte Lord John lächelnd. »Aber gerade das wird jetzt von uns verlangt. Wie entscheiden Sie sich also?«

»Die Angelegenheit erscheint mir äußerst fragwürdig«, sagte Summerlee. »Aber da Sie alle mitgehen, sehe ich kaum eine Möglichkeit, wie ich allein zurückbleiben kann.«

»Dann ist's also abgemacht«, sagte Lord John. Er wandte sich an den Häuptling, nickte und schlug auf sein Gewehr. Der alte Mann drückte uns allen nacheinander die Hand und seine Leute schrien lauter als zuvor. Für einen Aufbruch am selben Abend war es zu spät geworden und so schlugen die Indianer ein primitives Biwak auf. Auf allen Seiten begannen Lagerfeuer zu flackern und zu rauchen. Einige Männer waren im Dschungel verschwunden und kamen zurück, ein junges *Iguanodon* vor sich hertreibend. Es trug, wie alle anderen, einen Asphaltfleck an der Schulter. Als wir einen der Eingeborenen in der Haltung eines Besitzers vortreten und seine Einwilligung zum Schlachten des Tieres geben sahen, begriffen wir, dass diese großen Geschöpfe sich wie Rinderherden in Privatbesitz befanden und dass die schwarzen Flecken die Zeichen ihrer Besitzer waren. Stumpfsinnig, mit gigantischem Körper, aber winzigem Hirn, ließen sie sich selbst von einem Kind aufstöbern und treiben. In wenigen Minuten war das Tier zerteilt und große Fleischstücke brieten über einem Dutzend Lagerfeuer, zusammen mit großen schillernden Fischen, die mit Speeren im See gefangen worden waren.

Summerlee hatte sich in den Sand gelegt und schlief. Aber wir anderen streiften am Ufer entlang, auf der Suche nach neuen Entdeckungen. Zweimal stießen wir auf Vertiefungen mit blauem Ton von der gleichen Farbe wie im Sumpf der *Pterodactylen*. Es waren alte Vulkanöffnungen und aus irgendeinem Grund erregten sie Lord Johns Interesse. Challenger wiederum wurde von einem brodelnden, gurgelnden Schlammgeiser angezogen, auf dessen Oberfläche irgendein Gas große zerplatzende Blasen bildete. Er steckte ein hohles Schilfrohr hinein und schrie in kindlichem Entzücken, als er mit einem brennenden Streichholz am freien Ende des Rohres einen Knall und eine blaue Stichflamme produzieren konnte. Noch erfreuter zeigte er sich, als es ihm gelang, einen Lederbeutel, den er über das Rohr gestülpt und mit Gas gefüllt hatte, in die Luft steigen zu lassen.

»Ein brennbares Gas, das dazu entschieden leichter als Luft ist. Ich möchte behaupten, das es einen beträchtlichen Anteil von freiem Wasserstoff enthält. Die Einfälle sind bei G. E. C. noch nicht versiegt, mein junger Freund. Ich werde Ihnen noch beweisen, wie man sich die Natur nach seinem Willen dienstbar machen kann.« Er war erfüllt von einem geheimen Plan, wollte aber nichts weiter verraten.

Von allem, was wir am Ufer sahen, erschien mir nichts so wundervoll wie die gewaltige Wasserfläche vor uns. Unser Lärm hatte am Ufer alle Lebewesen verscheucht. Bis auf einige *Pterodactylen*, die hoch über unseren Köpfen ihre Kreise zogen und auf Abfälle warteten, blieb um das Lager herum alles still. Ganz anders war es aber auf den rötlich beleuchteten Wassern des Gladys-Sees. Große schieferfarbene Leiber und hohe gezackte Rückenflossen schossen in einem silbrigen Saum empor und wälzten sich wieder hinab in die Tiefe. Auf den Sandbänken weiter draußen bewegten sich ungefüge kriechende Tiere – riesige Schildkröten, sonderbare Saurier und eine große, platte Kreatur, die sich wie eine pulsierende, fettig schwarze Ledermatte langsam zum See hinunterwand. Hier und da ragten Schlangenköpfe aus dem Wasser, die mit einem kleinen Schaumkragen vorn und einer langen, strudelnden Welle hinter sich schnell dahinzogen, wobei sie in graziösen Wellenbewegungen auf- und niederwogten. Als eines dieser Geschöpfe sich ein paar Hundert Meter vor uns auf eine Sandbank wälzte und dabei unterhalb des langen Schlangenhalses einen plumpen, fassförmigen Rumpf mit riesigen Ruderflossen sehen ließ, brachen Challenger und Summerlee, die sich zu uns gesellt hatten, in Begeisterung aus.

»Ein *Plesiosaurus!* Ein Süßwasser-*Plesiosaurus!*«, rief Summerlee. »Dass ich einen solchen Anblick erleben durfte! Wir sind die glücklichsten aller Zoologen seit Weltbeginn, mein lieber Challenger!«

Erst als die Nacht hereingebrochen war und die Feuer unserer Verbündeten rot im Dunkeln leuchteten, konnten sich unsere beiden Gelehrten von der Anziehungskraft dieses urzeitlichen Sees losreißen.

Am Ufer liegend, hörten wir noch im Dunkeln die riesigen Wesen prusten und platschen.

Mit dem ersten Morgengrauen wurde es in unserem Lager lebendig und schon eine Stunde später waren wir zu unserer denkwürdigen Expedition unterwegs. Oft hatte ich davon geträumt, einmal Kriegsberichterstatter zu werden. Aber einen Feldzug wie diesen hätte ich mir auch im wildesten Traum nicht ausmalen können. Hier folgt also mein erster Bericht vom Schlachtfeld:

Ein weiterer Trupp Eingeborener war während der Nacht von den Höhlen nachgekommen und hatte unsere Zahl verstärkt. Wir mögen beim Abmarsch vier- bis fünfhundert Mann gewesen sein. Ein Halbkreis von Spähern ging voraus. Dahinter bewegte sich die ganze Gruppe in zusammenhängender Marschsäule den langen Abhang des Buschgebietes hinauf, bis wir dicht am Waldrand waren. Hier schwärmten sie zu einer langen unterbrochenen Linie von Speerwerfern und Bogenschützen aus. Roxton und Challenger begaben sich auf die rechte Flanke, Summerlee und ich auf die linke. Ein Steinzeitheer war es, das wir in die Schlacht geleiteten – wir mit den letzten Erzeugnissen moderner Büchsenmacherkunst vom »Strand« und aus der St. James Street.
Wir brauchten nicht lange auf den Feind zu warten. Ein wüster, schriller Lärm erhob sich am Waldrand. Plötzlich stürzte eine Horde mit Keulen und Steinen bewaffneter Affenmenschen hervor und auf das Zentrum der Schützenkette los. Ein tapferer, aber törichter Angriff; denn die großen krummbeinigen Kreaturen waren schlecht zu Fuß, während ihre Gegner eine katzenhafte Behändigkeit zeigten. Es war entsetzlich, mit anzusehen, wie die wütenden Bestien mit schäumendem Maul und hervorquellenden Augen auf die Indianer losgingen und sie packen wollten, sie aber stets verfehlten, während sich Pfeil auf Pfeil in ihr Fell grub. Ein großer Kerl, dem ein Dutzend Schäfte in Brust und Rücken stak, lief brüllend an mir vorbei. Ich gab ihm einen Gnadenschuss und er stürzte mit ausgebreiteten Gliedern zwischen die Kakteen. Aber es blieb bei diesem einen Schuss; denn der Angriff hatte sich gegen das Zentrum unserer Streitmacht gerichtet und die Indianer bedurften dort unserer Hilfe nicht, ihn abzuschlagen. Nicht einer von allen Affenmenschen,

die aus dem Wald herausgekommen waren, gelangte wieder dorthin zurück.
Sobald wir jedoch zwischen die Bäume kamen, wurde die Angelegenheit ernst für uns. Bald nach unserem Eindringen in den Wald tobte ein erbitterter Kampf, in dem wir uns zeitweise kaum zu behaupten vermochten. Aus dem Unterholz sprangen die Affenmenschen hoch, riesige Keulen schwingend. Sie fielen über die Indianer her, von denen sie oft drei oder vier niederstreckten, ehe ein Speer sie durchbohrte. Ihre furchtbaren Schläge zerschmetterten alles, was sie trafen. Einer schlug Summerlees Flinte zu Kleinholz und hätte ihm mit dem nächsten Schlag den Schädel zertrümmert, wäre er nicht selbst zuvor von einem Indianer ins Herz getroffen worden. Andere Affenmenschen schleuderten aus den Bäumen über uns Steine und Holzkloben herunter und ließen sich schließlich selbst auf unsere Reihen fallen, wo sie wütend kämpften, bis sie niedergestreckt werden konnten.
Einmal brachen unsere Verbündeten unter dem feindlichen Druck zusammen und hätten ohne die verheerende Wirkung unserer Gewehre gewiss die Flucht ergriffen. So aber sammelten sie sich wieder unter ihrem tapferen alten Häuptling und griffen erneut mit derartiger Wucht an, dass nun die Affenmenschen zu weichen begannen.
Summerlee hatte keine Waffe mehr. Ich aber schoss ein Magazin nach dem anderen leer, so schnell ich konnte. Von der anderen Seite her vernahmen wir das pausenlose Krachen der Gewehre unserer Gefährten. Dann kamen von einem Augenblick zum anderen die Panik und völlige Auflösung. Schreiend und heulend stoben die großen Bestien nach allen Richtungen durch das Unterholz davon, während unsere Verbündeten wil-

de Freudenrufe ausstießen und ihren fliehenden Feinden nachsetzten. Alle Fehden unzähliger Generationen, aller Hass und alle Grausamkeit ihrer Stammesgeschichte, alle Misshandlungen und Verfolgungen sollten an diesem einen Tag endlich Vergeltung finden. Endlich sollte der Mensch seine Herrschaft antreten und das Menschentier für alle Zeiten auf den ihm zugedachten Platz verweisen. Sosehr die Flüchtlinge auch liefen, den flinken Indianern entkamen sie nicht. Im dichten Wald hörten wir von allen Seiten die triumphierenden Schreie, das Singen der Bögen, das Krachen und den Aufschlag, wenn die Affenmenschen aus ihren Verstecken in den Bäumen heruntergeschossen wurden.

Lord John und Challenger waren zu uns herübergekommen. »Es ist vorbei«, sagte Lord John. »Ich denke, das Aufräumen überlassen wir den Indianern. Je weniger wir sehen, desto ruhiger werden wir schlafen.«

Challengers Augen glänzten vor Kampfeslust.

»Wir hatten soeben die einmalige Gelegenheit«, rief er und stolzierte umher wie ein Kampfhahn, »eine der typischen Entscheidungsschlachten der Weltgeschichte mitzuerleben – jener Schlachten, die das Geschick der Erde bestimmt haben. Was, meine Freunde, bedeutet dagegen schon die Unterwerfung einer Nation durch eine andere? Sie ist unwesentlich und zeitigt jedes Mal das gleiche Ergebnis. Aber jene unerbittlichen Kämpfe, in denen in grauer Vorzeit sich die Höhlenmenschen gegen die Tiger behaupten mussten oder die Elefanten zum ersten Mal erkennen mussten, dass es jemanden gab, der ihnen überlegen war, das waren die wirklichen Entscheidungsschlachten – die bleibenden Siege. Durch eine seltsame Schicksalsfügung haben wir eine derartige Auseinandersetzung miterlebt und entscheiden helfen. Von jetzt an gehört auf diesem Plateau die Zukunft dem Menschen.«

Man brauchte schon einen robusten Glauben an diesen Endzweck, um die mehr als gewaltsamen Mittel gutzuheißen. Als wir weiter durch den Wald gingen, fanden wir die Affenmenschen, von Speeren und Pfeilen durchbohrt, reihenweise niedergemetzelt. Hier und da bezeichnete eine kleine Gruppe zerschmetterter Indianer die Stelle, wo einer der Anthropoiden sein Leben teuer verkauft hatte. Vor uns hörten wir noch immer das Schreien und Rufen, das uns die Richtung der Verfolgung wies. Die Affenmenschen waren zu ihrem Dorf zurückgetrieben worden. Sie hatten dort eine letzte Schlacht geliefert und waren wieder geschlagen worden. Jetzt kamen wir eben noch rechtzeitig, um die allerletzte schauerliche Szene mitzuerleben. Etwa achtzig bis hundert Männchen, die letzten Überlebenden, waren über die Lichtung, den Schauplatz unseres Sieges vor zwei Tagen, bis an den Rand der Klippen getrieben worden. Als wir hinzukamen, hatten die Indianer sie mit einem Halbkreis von Speerwerfern umzingelt. Dreißig bis vierzig wurden an Ort und Stelle niedergemacht. Die übrigen stieß man, sosehr sie auch schrien und sich sträubten, in den Abgrund. Sie stürzten sechshundert Fuß hinunter auf die scharfen Bambusstäbe. Es traf ein, was Challenger gesagt hatte: Die Herrschaft der Menschen war in Maple-White-Land für alle Zeiten gesichert. Die Affenmännchen wurden ausgerottet, ihr Dorf zerstört, Weibchen und Junge trieb man in die Sklaverei. Die langen Kämpfe um die Vorherrschaft hatten ihre blutige Entscheidung gefunden.

Für uns brachte der Sieg einen großen Vorteil. Wir konnten wieder unser Lager aufsuchen und zu unseren Vorräten gelangen. Wir konnten auch die Verbindung mit Zambo wieder aufnehmen, der entsetzt mit angesehen hatte, wie eine Affenlawine über die Klippen stürzte.

»Kommen weg, Massas, kommen schnell weg!«, rief er mit schreckgeweiteten Augen. »Der Teufel Sie bestimmt noch kriegen, wenn Sie oben bleiben!«

»Das ist die Stimme der Vernunft!«, sagte Summerlee im Brustton der Überzeugung. »Wir haben genug Abenteuer erlebt, mehr als für unseren Charakter und unsere Stellung gut ist. Ich nehme Sie jetzt beim Wort, Challenger. Von jetzt an werden Sie Ihre ganze Energie darauf verwenden, uns aus diesem scheußlichen Land heraus und wieder zurück in die Zivilisation zu bringen!«

14. Kapitel

Ich hoffe zuversichtlich, noch vor dem Schluss dieses Briefes berichten zu können, dass endlich das Licht durch die Wolken bricht. Wir sitzen zwar immer noch ohne einen erkennbaren Ausweg fest und wehren uns erbittert. Ich kann mir aber durchaus vorstellen, dass wir eines Tages froh sein werden, hier gegen unseren Willen länger aufgehalten worden zu sein. Wir haben auf diese Weise noch mehr von den Wundern dieses einmaligen Ortes und der Geschöpfe, die ihn bewohnen, gesehen.

Der Sieg der Indianer und die Ausrottung der Affenmenschen brachten einen Wendepunkt für unser Geschick. Von da ab waren wir die eigentlichen Herren des Plateaus. Die Indianer begegneten uns mit einer Mischung aus Scheu und Dankbarkeit, da wir ihnen mit unseren unerklärlichen Kräften geholfen hatten, ihren Erbfeind vernichtend zu schlagen. In ihrem eigenen Interesse hätten sie vielleicht froh sein sollen, solche fürchterlichen, unberechenbaren Leute wieder loszuwerden. Aber sie haben von sich aus keine Möglichkeit angedeutet, wie wir wieder nach unten in die Ebene gelangen könnten.

Soweit wir ihrer Zeichensprache zu folgen vermochten, gab es früher einen Tunnel, dessen unteren Eingang wir ja von außen gesehen hatten. Durch ihn fanden ohne Zweifel sowohl die Affenmenschen als auch die Indianer zu verschiedenen Zeiten Zugang zum Plateau. Auch Maple White benutzte mit seinem Begleiter diesen Weg. Im letzten Jahr hatte es jedoch ein furchtbares Erdbeben gegeben und das obere Ende des Tunnels war eingestürzt.

Die Indianer schüttelten nur den Kopf und zuckten mit den Schultern, wenn wir ihnen mit Zeichen zu verstehen gaben, dass wir gern hinunterwollten. Es ist möglich, dass sie uns nicht helfen können; aber es kann ebenso gut sein, dass sie es nicht wollen.

Zwei Tage nach der Schlacht waren wir gemeinsam mit unseren Verbündeten über das Plateau gezogen und hatten am Fuß ihrer Klippen unser Lager aufgeschlagen. Sie boten uns an, ihre Höhlen mit uns zu teilen. Aber Lord John wollte davon absolut nichts wissen, weil sie uns damit völlig in der Hand gehabt hätten. Wir bewahrten also unsere Unabhängigkeit und hielten ständig unsere Waffen für den Notfall bereit, pflegten aber andererseits freundschaftliche Beziehungen zu ihnen. Wir besuchten auch ihre Höhlen, äußerst merkwürdige Lokalitäten, von denen wir nicht wussten, ob sie durch Menschenhand oder Naturgewalten entstanden waren. Sie lagen sämtlich in derselben Schicht von verhältnismäßig weichem Gestein, die zwischen dem vulkanischen Basalt und dem harten Granit verlief.

Die Öffnungen lagen etwa achtzig Fuß hoch. Lange Steintreppen führten zu ihnen hinauf, die so schmal und steil waren, dass kein großes Tier sie ersteigen konnte. Innen waren die Höhlen warm und trocken. Gerade Gänge von unterschiedlicher Länge führten in den Felsen hinein und ihre glatten grauen Wände waren mit vielen großartigen Kohlezeichnungen verziert, die die verschiedenen Tiere des Plateaus darstellten. Auch wenn alles Leben in diesem Land plötzlich erlöschen würde, könnte ein künftiger Forscher hier immer noch im Überfluss Beweise für die einmalige Fauna finden – die Dinosaurier, *Iguanodons* und

Wasserechsen –, die vor so langer Zeit einmal die ganze Erde bewohnten.
Seit wir erfahren hatten, dass die riesigen *Iguanodons* als zahme Herden von den Indianern gehalten wurden und einfach wandelnde Fleischvorräte darstellten, glaubten wir, dass der Mensch hier sogar mit seinen primitiven Waffen die Vorherrschaft erlangt hätte. Dass er in Wirklichkeit aber nur geduldet wurde, sollten wir bald einsehen.
Am dritten Tag, nachdem wir unser Lager bei den Höhlen errichtet hatten, waren Challenger und Summerlee gemeinsam zum See hinuntergegangen, wo einige Eingeborene nach ihren Anweisungen einzelne Exemplare der großen Echsen harpunierten. Lord John und ich waren im Lager zurückgeblieben. Eine Anzahl Indianer beschäftigte sich auf dem grasigen Hang vor den Höhlen mit den verschiedensten Arbeiten. Plötzlich hörten wir einen schrillen Entsetzensschrei und das Wort »Stoa« erscholl aus hundert Kehlen. Männer, Frauen und Kinder stürzten von allen Seiten in panikartiger Flucht herbei, jagten die Treppen hoch und in die Höhlen hinein.
Wir blickten hinauf und sahen, wie sie uns zuwinkten, dass wir ihnen in ihre Zufluchtsstätten folgen sollten. Wir hatten beide unsere Gewehre ergriffen und warteten, um zu sehen, was für eine Gefahr das sein mochte. Plötzlich brach aus dem nahen Baumgürtel eine Gruppe von zwölf bis fünfzehn Indianern hervor, die um ihr Leben rannten. Ihnen folgten unmittelbar auf den Fersen zwei jener entsetzlichen Ungeheuer, die früher unser Lager umschlichen und mich auf meiner Nachtwanderung verfolgt hatten. In der Gestalt glichen sie scheußlichen Kröten und bewegten sich in langen Sprüngen vorwärts. Sie übertrafen an Größe und Massigkeit jeden Elefanten. Zuvor hatten wir sie

nur während der Nacht gesehen. Tatsächlich sind es auch Nachttiere, außer wenn sie, wie diese beiden, in ihren Schlupfwinkeln gestört werden. Ihre fleckige, warzige Haut schillerte im Sonnenlicht bei jeder ihrer Bewegungen.

Wir hatten jedoch nicht viel Zeit, sie zu betrachten; denn in Sekundenschnelle hatten sie die fliehenden Indianer überholt und begannen ein furchtbares Blutbad unter ihnen anzurichten. Mit ihrem ganzen Gewicht stürzten sie sich auf die Menschen. Dann ließen sie ihr Opfer zerschmettert liegen, um sich dem nächsten zuzuwenden. Die unglückseligen Indianer schrien vor Entsetzen. Wehrlos waren sie der unerbittlichen Zerstörungswut dieser Kreaturen ausgeliefert. Kein halbes Dutzend war mehr am Leben, als mein Kamerad und ich versuchten, ihnen zu Hilfe zu kommen. Unsere Bemühung hatte nur geringen Erfolg und brachte uns selber in die gleiche Gefahr. Auf eine Entfernung von nur wenigen Hundert Metern schossen wir unsere Magazine leer und jagten den Bestien Kugel auf Kugel in den Leib. Die Wirkung war nicht größer, als hätten wir sie mit Papierkügelchen beworfen. Ihre Reptilnatur machte sich nichts aus Wunden und ihre Lebenszentren, die nicht in einem Gehirn vereinigt, sondern über das ganze Rückenmark verteilt sind, konnten durch unsere modernen Waffen nicht zerstört werden. Das Äußerste, was wir erreichten, war, dass wir sie mit dem Krach und Mündungsfeuer unserer Gewehre ablenkten und so für die Indianer und uns Zeit gewannen, die Höhlen zu erreichen.

Wo jedoch die Explosionsgeschosse des zwanzigsten Jahrhunderts wirkungslos geblieben waren, sollten den vergifteten Pfeilen der Indianer, die in Strophantussaft getaucht und in verwestem Fleisch aufbewahrt wurden, mehr Erfolg beschieden sein. Für den Jäger allerdings, der eine solche Bestie angreift, sind solche Pfeile kaum von Nutzen, weil das Gift in dem schwerfälligen Kreislauf nur langsam wirkt und das Ungeheuer, bevor seine Kräfte nachlassen, seinen Angreifer immer noch überholen und töten kann.

Als die beiden Drachen uns bis an den Fuß der Treppen verfolgt hatten, regnete pfeifend ein Schauer von Pfeilen aus allen Felsspalten auf sie herab. In einer Minute waren sie damit regelrecht gefiedert, kratzten und geiferten aber immer noch ohne jegliche Schmerzäußerung wütend an den Stufen herum, die sie von ihrer Beute trennten, krochen sogar ungeschickt einige Meter hinauf und rutschten dann wieder nach unten. Endlich wirkte das Gift. Einer stöhnte donnernd auf und ließ seinen riesigen, breiten Kopf zur Erde sinken. Der andere sprang mit schrillen, jaulenden Schreien im Kreis herum, stürzte dann ebenfalls nieder und zuckte noch einige Minuten im Todeskampf, bevor auch er starr und still liegen blieb.

Mit Triumphgeheul kamen die Indianer aus ihren Höhlen herab und vollführten einen wilden Siegestanz um die riesigen Leichen, toll vor Freude, dass wieder zwei ihrer gefährlichsten Feinde erlegt waren. In der Nacht zerteilten sie die Ungeheuer und schafften sie fort; nicht um sie zu essen – denn das Gift war noch wirksam –, sondern um die Entstehung einer Seuche zu verhindern. Die riesigen Herzen jedoch, jedes so groß wie ein Kissen, lagen noch dort und schlugen langsam und gleichmäßig mit sanftem Heben und Senken in schrecklichem Eigenleben weiter. Erst am dritten Tage hörten die Ganglien auf zu arbeiten.

Später, wenn mir wieder ein besserer Schreibtisch als eine Blechkiste zur Verfügung steht und besseres Schreibmaterial als ein abgenutzter Bleistiftstummel und ein letztes zerknittertes Notizbuch, werde ich einmal einen ausführlichen Bericht über die Accala-Indianer schreiben – über unser Leben bei ihnen und Einblicke in weitere seltsame Verhältnisse des wunderlichen Maple-White-Landes, die sich uns auftaten. Wenigstens wird mein Gedächtnis mich bis dahin bestimmt nicht im Stich lassen; denn solange ich atme, wird jede einzelne Stunde und jedes Ereignis dieser Zeit genauso klar und scharf in meiner Erinnerung bleiben wie die ersten bewussten Kindheitserlebnisse.

Dann will ich eine wundersame Mondnacht beschreiben, in der ein junger *Ichthyosaurus* – ein absonderliches Geschöpf, halb wie ein Seehund, halb wie ein Fisch anzusehen, mit knöchern überdachten Augen beiderseits der Schnauze und einem dritten Auge oben auf dem Kopf – sich im Netz der Indianer verfing und unser Kanu beinahe umwarf, als wir ihn ans Ufer zogen. In der gleichen Nacht schoss eine grüne Wasserschlange aus dem Schilf hervor und riss den Steuermann aus Challengers Kanu mit sich in die Tiefe.

Ich werde auch von dem großen weißen, nächtlichen Lebewesen erzählen – war es ein Säugetier oder ein Reptil? –, das in einem unzugänglichen Sumpf östlich des Sees lebte und mit schwach phosphoreszierendem Glanz in der Dunkelheit herumstreifte. Die Indianer hatten derartige Angst davor, dass sie die ganze Gegend sorgsam mieden. Obwohl wir zweimal hingingen und es beide Male sehen konnten, kamen wir nicht durch den tiefen Sumpf hindurch, in dem es hauste. Ich kann nur so viel sagen, dass es größer als eine Kuh war und einen starken Moschusgeruch ausströmte.

Ich werde auch von dem riesigen Vogel berichten, der Challenger eines Tages bis in die Felsenzuflucht verfolgte – einem Laufvogel, viel größer als ein Strauß, mit geierartigem Hals und einem Kopf, der ihn wie den leibhaftigen Tod aussehen ließ. Noch während Challenger sich über die Stufen in Sicherheit brachte, schlug ein einziger Hieb des grausamen Krummschnabels den Absatz von seinem Stiefel, als wäre er abgemeißelt. Diesmal bewährten sich die modernen Waffen und die große Bestie, zwölf Fuß von Kopf bis Zehe, brach unter Lord Johns Schuss zusammen. Mit riesigen Federn flatternd und mit den Beinen um sich schlagend, starrte sie uns aus gelben Augen an. Hoffentlich erlebe ich es, den heimtückischen flachen Schädel dieses *Phororachus* unter den Jagdtrophäen im Albany zu sehen.

Und schließlich werde ich eine Beschreibung des *Toxodon* geben, des Riesenmeerschweins von zehn Fuß Länge und mit vorstehenden Meißelzähnen, das wir erlegten, als es im Morgengrauen am Seeufer trank.

Auch jene herrlichen Sommerabende will ich skizzieren, an denen wir einträchtig am Waldrand im hohen Gras lagen, über uns den tiefblauen Himmel.

Wir bewunderten das sonderbare Geflügel, das über uns dahinzog. Die urweltlichen Kleintiere kamen aus ihren Erdlöchern hervor, um uns anzusehen, während über uns die Buschzweige von saftigen Früchten schwer herabhingen und um uns seltsame und liebliche Blumen die Köpfe aus dem Gras reckten. In hellen Mondnächten lagen wir im Kanu auf der schimmernden Oberfläche des Sees und betrachteten voller Verwunderung und Ehrfurcht die gewaltigen Kreise, die sich nach dem plötzlichen Auftauchen eines phantastischen Ungeheuers ausbreiteten; oder den grünlichen Schimmer tief unten im Wasser, der von irgendeiner seltsamen Kreatur im Reich der Dunkelheit herrührte.

Aber, könnte man fragen, weshalb diese Unternehmungen und

warum dieser Aufschub, wenn wir doch Tag und Nacht nur auf Mittel und Wege sinnen mussten, wie wir wieder zur Außenwelt zurückkehren könnten? Meine Antwort hierauf ist, dass es keinen unter uns gab, der sich nicht ständig um unsere Befreiung bemüht hätte, dass aber unsere Mühe bisher vergeblich war.

Eine Tatsache haben wir sehr schnell herausbekommen: Die Indianer wollen uns nicht helfen. In jeder anderen Hinsicht erweisen sie sich als unsere Freunde – man könnte fast sagen, als unsere ergebenen Diener. Aber sowie davon die Rede war, dass sie uns bei Herstellung oder Transport eines Steges helfen sollten, den Abgrund zu überbrücken, oder wenn wir von ihnen Lederriemen haben wollten oder Lianen, um uns Seile zu flechten, stießen wir auf freundliche, aber unbeugsame Ablehnung. Sie lächelten, zwinkerten mit den Augen, schüttelten den Kopf und dabei blieb es. Sogar bei dem alten Häuptling stießen wir auf den gleichen hartnäckigen Widerstand. Nur Maretas, der Jüngling, den wir gerettet hatten, blickte uns unschlüssig an und gab uns durch Gebärden zu verstehen, dass er wegen unserer vergeblichen Wünsche traurig sei.

Seit ihrem Sieg über die Affenmenschen betrachteten sie uns als höhere Wesen, die den Tod in den Rohren ihrer rätselhaften Waffen bei sich trugen. Sie glaubten, solange wir bei ihnen wären, bliebe das Glück ihnen treu. Großzügig wurde jedem von uns eine kleine rothäutige Frau und eine eigene Höhle angeboten, wenn wir für immer bei ihnen auf dem Plateau bleiben wollten. So weit war alles äußerst freundlich zugegangen, so verschieden unsere Wünsche auch sein mochten. Wir zweifelten aber nicht daran, dass wir unsere Abstiegspläne zu gegebener Zeit geheim halten mussten, denn wir hatten allen Grund, zu

fürchten, dass sie noch im letzten Augenblick versuchen würden, uns mit Gewalt zurückzuhalten.
Trotz der Gefahr seitens der Dinosaurier bin ich in den vergangenen drei Wochen zweimal zu unserem alten Lager hinübergegangen, um unseren Neger zu sprechen. Der hielt immer noch die Stellung unterhalb der Klippen. Angespannt spähten meine Augen über die weite Ebene in der Hoffnung, vielleicht von ferne die ersehnte Hilfe nahen zu sehen. Aber kahl und leer dehnten sich nach wie vor die unendlichen, kakteenbewachsenen Flächen bis an die ferne Linie des Bambusgestrüpps.
»Jetzt sie müssen bald kommen, Massa Malone. Ehe noch eine Woche vergehen, Indianer kommen zurück und bringen Seil und holen Sie runter.« So lauteten die ermunternden Zurufe unseres unvergleichlichen Zambo.
Auf meiner Rückkehr von diesem Besuch hatte ich ein seltsames Erlebnis. Ich war genötigt gewesen, eine Nacht getrennt von meinen Gefährten zu verbringen. Jetzt ging ich auf dem wohlbekannten Weg zurück und hatte eine Stelle etwa eine Meile vom *Pterodactylen*-Sumpf entfernt erreicht, als ich ein wunderliches Ding erblickte, das mir entgegenkam. Es war ein Mann, der innerhalb eines Geflechts aus gebogenen Bambusstäben lief, sodass er auf allen Seiten von einem glockenförmigen Käfig umgeben war. Beim Näherkommen erkannte ich, dass es Lord John Roxton war. Als er mich erblickte, schlüpfte er lachend unter seiner komischen Schutzhülle hervor und kam auf mich zu. Er schien etwas verwirrt.
»Na, junger Bursche«, sagte er, »wer hätte das gedacht, dass wir uns hier oben treffen?«
»Was haben Sie denn um alles in der Welt vor?«, fragte ich.
»Meine Freunde, die *Pterodactylen*, besuchen«, sagte er.

»Aber warum denn das?«
»Interessante Biester, finden Sie nicht? Aber ungesellig. Ungehobelte, raue Manieren Fremden gegenüber, wie Sie sich erinnern werden. Darum hab ich dieses Gerüst gebaut, das sie hindern soll, mit ihren Freundlichkeiten zu aufdringlich zu werden.«
»Aber was wollen Sie denn da im Sumpf?«
Er blickte mich lange an und überlegte, was er antworten sollte.
»Finden Sie nicht, dass auch Leute, die keine Professoren sind, mal etwas erforschen dürfen?«, sagte er schließlich. »Ich studiere eben die hübschen lieben Dinger. Und das muss Ihnen genügen.«
»Entschuldigen Sie, ich wollte nicht zudringlich sein«, sagte ich.
Im Nu war er wieder guter Laune und lachte.
»Schon gut, junger Bursche. Ich will ein junges Teufelsküken für Challenger fangen. Das ist einer meiner Jobs. Nein, Ihre Begleitung brauche ich nicht dabei. Ich bin in meinem Käfig geschützt und Sie nicht. Bis nachher! Ich bin bei Dunkelheit wieder im Lager.«
Er drehte sich um und ich ließ ihn in seinem komischen Käfig weiter durch den Wald wandern.
War Lord Johns Betragen auffällig, so konnte man das in noch größerem Maße von Challenger behaupten. Ich muss erwähnen, dass er anscheinend eine ungewöhnliche Anziehungskraft auf die Indianerfrauen ausübte. Er trug ständig einen großen Palmwedel bei sich, um sie wie lästige Fliegen fortzuscheuchen, wenn sie in ihrer Bewunderung zu aufdringlich wurden. Ich werde den einmaligen Aufzug immer vor mir sehen, wie er gleich einem Sultan aus der komischen Oper dahinschritt, das Zeichen seiner Würde in der Hand, den schwarzen Bart vorgesträubt, die Zehen bei jedem Schritt gerade nach vorn gerichtet, gefolgt von

einem Schwarm großäugiger Indianermädchen in ihren spärlichen Gewändern aus Rindenfasern.

Summerlee ging völlig im Beobachten der Insekten- und Vogelwelt des Plateaus auf und brachte seine ganze Zeit (ausgenommen den Teil, den er benötigte, um Challenger auszuschimpfen) damit zu, seine Sammlungen zu ordnen und zu reinigen.

Challenger war in der letzten Zeit jeden Morgen allein fortgegangen und jeweils mit gewichtig-feierlicher Miene zurückgekommen, wie jemand, der die ganze Last einer großen Verantwortung allein auf seinen Schultern trägt. Eines Tages endlich führte er uns zu seiner verborgenen Werkstatt hinunter und weihte uns in seine geheimen Pläne ein.

Der Schauplatz war eine kleine Lichtung inmitten eines Palmenhains. Darin befand sich einer jener brodelnden Schlammgeiser. Am Rand lagen einige aus Iguanodonhaut geschnittene Riemen und eine große zusammengefaltete Membrane – der getrocknete und gereinigte Magen einer großen Fischechse aus dem See. Dieser riesige Sack war an einem Ende ganz, am anderen bis auf eine kleine Öffnung zugenäht. In dieses Loch waren mehrere Bambusröhren gesteckt, deren andere Enden Challenger mit trichterförmigen Lehmkanälen verbunden hatte. Diese sammelten das Gas, das aus dem Schlamm emporstieg. Schon bald fing die schlaffe Haut an, sich zu füllen, und ließ eine solche Aufstiegstendenz erkennen, dass Challenger die Halteriemen an einigen Baumstämmen festbinden musste. In einer halben Stunde hatte sich ein ganz beachtlicher Gasballon gebildet. Der Zug und die Spannung der Riemen zeigten, dass er einen beträchtlichen Auftrieb hatte.

Challenger stand da wie ein beglückter Vater neben seinem

Erstgeborenen, lächelte und strich sich den Bart in stummer, selbstbewusster Zufriedenheit und blickte voller Stolz auf das Erzeugnis seines Erfindungsgeistes. Summerlee war es, der schließlich unser Schweigen brach.

»Sie wollen doch nicht etwa sagen, dass wir mit diesem Ding davonfliegen sollen, Challenger?«, fragte er in eisigem Ton.

»Ich beabsichtige, mein lieber Summerlee, Ihnen eine derartige Demonstration seiner Kräfte zu geben, dass Sie hinterher keinen Augenblick mehr zögern werden, sich ihm anzuvertrauen.«

»Das schlagen Sie sich nur ruhig gleich aus dem Kopf«, rief Summerlee entschieden. »Keine Macht der Welt könnte mich zu solcher Dummheit verleiten. Lord John, ich hoffe doch, dass Sie diesen Wahnsinn nicht untätig mit ansehen?«

»Verdammt gut ausgedacht nenne ich das«, meinte unser Edelmann. »Ich würde gern mal sehen, wie es funktioniert.«

»Das sollen Sie auch«, sagte Challenger. »Wir haben uns davon überzeugen müssen, dass wir nirgendwo nach unten klettern können und dass es auch keine Tunnel mehr gibt. Wir sind nicht in der Lage, irgendeine Art von Brücke zu bauen, die uns zu dem Felsturm zurückbringen könnte, von dem wir gekommen sind. Wie sollte ich also eine Möglichkeit finden, hier herauszukommen? Vor einiger Zeit habe ich zu unserem jungen Freund bemerkt, dass der Geiser freien Wasserstoff ausstößt. Der Gedanke an einen Ballon war die natürliche Konsequenz. Ich gebe zu, dass ich mir zunächst noch nicht darüber klar war, woher ich eine Hülle für das Gas nehmen sollte; aber eine nähere Betrachtung der immensen Eingeweide dieser Reptilien brachte mich auch auf die Lösung dieses Problems. Sehen Sie hier das Resultat!«

Er steckte eine Hand in den Ausschnitt seiner zerlumpten Jacke und wies mit der anderen stolz auf seine Erfindung. Mittlerweile hatte sich der Gasballon prall aufgebläht und zerrte an seinen Fesseln.

»Sonnenstich!«, schnaufte Summerlee.

Lord John aber war von der ganzen Sache entzückt. »Schlauer alter Junge, nicht?«, flüsterte er mir zu; dann sagte er laut zu Challenger: »Wie steht's mit einem Korb?«

»Um den Korb kümmere ich mich als Nächstes. Ich habe schon überlegt, wie er hergestellt und befestigt werden kann. Zunächst will ich Ihnen nur einmal zeigen, wie gut mein Apparat das Gewicht eines Einzelnen von uns tragen kann.«

»Von uns allen doch hoffentlich?«

»Nein, mein Plan ist, dass jeder der Reihe nach wie an einem Fallschirm hinunterschweben soll, und der Ballon wird dann zurückgezogen mit Hilfsmitteln, die ich ohne Schwierigkeiten herstellen kann. Wenn er das Gewicht von einem Mann trägt und ihn sanft hinunterbringt, hat er seine Schuldigkeit getan. Jetzt will ich Ihnen seine Kraft vorführen.«

Er schleifte einen großen, in der Mitte eingekerbten Basaltbrocken herbei, an dem man leicht ein Seil befestigen konnte. Hierfür benutzte er das Kletterseil, das wir mit aufs Plateau genommen hatten. Es war über hundert Fuß lang, und zwar dünn, aber fest. Er hatte eine Art Lederkragen angefertigt, an dem zahlreiche Riemen befestigt waren. Diesen Kragen legte er auf die Kuppe des Ballons und band die Riemen unten zusammen, sodass der durch die Last entstehende Druck sich auf eine größere Oberfläche verteilte. Dann wurde der Basaltbrocken an den Riemen festgebunden. Das freie Ende des Seils wickelte der Professor sich mehrmals um den Arm.

»Ich will Ihnen nun«, sagte Challenger mit einem Lächeln voll freudiger Erwartung, »die Tragkraft meines Ballons demonstrieren.« Während er dies sagte, trennte er mit einem Messer die zahlreichen Ankertaue durch.

Die prall gefüllte Membrane schoss mit großer Geschwindigkeit in die Luft. Im gleichen Augenblick wurde Challenger von den Füßen gerissen und mit hochgezogen. Ich hatte eben noch Zeit, meine Arme um seine nach oben entschwindende Taille zu schlingen, da wurde auch ich schon in die Lüfte entführt. Lord John packte mich mit hartem Griff um die Beine. Aber ich fühlte, dass auch er schon den Boden unter den Füßen verlor. Für einen Augenblick sah ich vor meinem inneren Auge schon vier Entdecker wie eine Wurstkette über das Land dahinsegeln, das sie erforscht hatten. Aber zum Glück hatte wenigstens die Tragkraft des Seils seine Grenze, wenn auch offenbar die Antriebskräfte dieser höllischen Maschine unendlich waren. Es gab einen scharfen Knall und wir lagen miteinander unter Seilschlingen auf dem Boden. Als wir uns wieder aufrappelten, sahen wir weit oben im tiefblauen Himmel einen schwarzen Fleck, wo der Basaltbrocken dahinsauste.

»Großartig!«, rief der unverwüstliche Challenger und rieb sich seinen zerschundenen Arm. »Eine gründliche und befriedigende Demonstration! Einen derartigen Erfolg konnte ich nicht erhoffen. Meine Herren, ich verspreche Ihnen, dass in einer Woche der nächste Ballon fertig gestellt ist und dass Sie fest darauf rechnen dürfen, in ihm den ersten Abschnitt unserer Heimreise sicher und bequem zurückzulegen.«

Bis hierhin habe ich jedes der Ereignisse sofort anschließend aufgeschrieben. Jetzt beende ich meinen Bericht im alten Lager, wo Zambo so lange auf uns gewartet hat. Inzwischen haben wir alle unsere Nöte und Gefahren wie einen Traum auf der Höhe jener rötlichen Felsen zurückgelassen, die sich jetzt wieder hoch vor uns auftürmen. Wir sind heil und sicher – wenn auch auf eine ganz unerwartete Weise – nach unten gelangt. In sechs bis acht Wochen werden wir wieder in London sein.

Noch am selben Abend nach unserem gefährlichen Abenteuer mit Challengers Ballon trat die Wende in unserem Schicksal ein.

Ich sagte bereits, dass die einzige Person, die uns bei unseren Ausbruchsversuchen Mitgefühl gezeigt hatte, der junge Häuptling war.

Er allein wünschte nicht, uns gegen unseren Willen festzuhalten. In seiner ausdrucksvollen Zeichensprache hatte er uns das deutlich zu verstehen gegeben.

An diesem Abend kam er zu unserem kleinen Lager herunter, drückte mir eine kleine Rolle aus Baumrinde in die Hand, wies dann bedeutungsvoll auf die Reihe von Höhlen über uns, legte den Finger auf die Lippen zum Zeichen, dass wir nichts verraten sollten, und schlich sich wieder zurück.

Ich trug das Stück Rinde an unser Feuer, in dessen Licht wir es gemeinsam betrachteten. Es war ungefähr einen Fuß lang und breit und auf der Innenseite befand sich eine auffällige Anordnung von Linien.

Sie waren sauber mit Holzkohle auf die weiße Oberfläche gezeichnet und erschienen mir wie eine primitive Notenschrift.

»Was das auch sein mag, ich möchte beschwören, dass es für uns von Bedeutung ist«, sagte ich. »So viel konnte ich in seinem Gesicht lesen, als er's mir gab.«

»Falls wir nicht an einen Spaßmacher geraten sind«, gab Summerlee zu bedenken, »wie es sie meiner Ansicht nach schon seit Beginn der Menschheitsgeschichte gegeben hat.«

»Das ist einwandfrei eine Art Schrift«, sagte Challenger.

»Sieht aus wie ein Preisrätsel«, bemerkte Lord John, der einen langen Hals machte, um besser zu sehen. Plötzlich streckte er die Hand aus und griff nach der Zeichnung.

»Donnerwetter!«, rief er, »ich glaube, jetzt habe ich's raus. Sehen Sie mal hier! Wie viele Zeichen stehen auf dieser Rinde? Achtzehn. Nun, wenn man genau überlegt, es gibt auch achtzehn Höhlenöffnungen im Berg über uns.«

»Als er mir die Rinde gab, hat er nach oben auf die Höhlenöffnungen gezeigt!«, sagte ich.

»Dann ist alles klar. Dies ist ein Grundriss der Höhlen. Achtzehn Stück in einer Reihe, ein paar kurz, ein paar lang, ein paar verzweigt, genau wie wir's selber gesehen haben. Das Kreuz bezeichnet eine Höhle, die viel tiefer reicht als die anderen.«

»Eine, die hindurchführt!«, rief ich.

»Ich glaube, unser junger Freund hat das Rätsel gelöst«, sagte Challenger. »Wenn die Höhle nicht durch den ganzen Felsen führt, könnte ich nicht verstehen, weshalb dieser Mensch, der uns offenbar wohlgesinnt ist, uns auf sie aufmerksam machen sollte. Wenn sie aber durchgeht und auf der anderen Seite an entsprechender Stelle herauskommt, dann brauchen wir nicht tiefer als hundert Fuß abzusteigen.«

»Einhundert Fuß!«, murrte Summerlee.

»Ach, unser Seil ist ja immer noch über hundert Fuß lang«, rief ich. »Bestimmt können wir hinunterkommen.«

»Und wie steht's mit den Indianern in dieser Höhle?«, wandte Summerlee ein.

»In den Höhlen über uns wohnen keine Indianer«, erklärte ich. »Sie dienen alle nur als Scheunen und Vorratskammern. Warum gehen wir eigentlich nicht gleich hinauf und erkunden das Gelände?«

Es gibt ein trockenes, harziges Holz auf dem Plateau – eine Abart der *Araucaria,* laut unserem Botaniker –, das von den Indianern als Fackel benutzt wird. Jeder von uns sammelte sich ein Bündel davon. Dann stiegen wir über unkrautbewachsene Stufen empor zu der Höhle, die auf der Zeichnung markiert war. Wie ich gesagt hatte, war sie leer. Nur eine Anzahl großer Fledermäuse flogen um unsere Köpfe, als wir weiter eindrangen. Da wir nicht die Aufmerksamkeit der Indianer erregen durften, stolperten wir zunächst im Dunkeln dahin, bis wir um mehrere Ecken gebogen und schon ein gutes Stück im Innern der Höhle waren. Dann endlich zündeten wir unsere Fackeln an.

Wir sahen einen schönen, trockenen Tunnel, dessen glatte graue Wände mit symbolischen Zeichnungen der Eingeborenen bedeckt waren. Ein rundes Dach wölbte sich über uns und weißer Sand glitzerte unter unseren Füßen. Wir eilten hastig weiter, bis wir, in bitterer Enttäuschung laut aufstöhnend, plötzlich zum Halten gezwungen waren. Vor uns erschien eine kompakte Felswand ohne jegliche Lücke oder Spalte, die auch nur einer Maus Durchschlupf geboten hätte. Hier gab es für uns keinen Ausweg. Auch Lord Johns noch so eifriges Suchen brachte keinen Erfolg. Enttäuscht starrten wir auf dieses unerwartete Hindernis. Hier handelte es sich nicht um die Folge eines Bebens wie bei dem Aufstiegstunnel. Die Wand am Ende des Ganges glich genau den Seitenwänden. Dies war eine Sackgasse und war es schon immer gewesen.

»Macht nichts, meine Freunde«, sagte der unermüdliche Challenger. »Mein festes Versprechen auf einen neuen Ballon gilt immer noch.«

»Könnten wir nicht in der falschen Höhle sein?«, warf ich ein.

»Nein, junger Mann«, sagte Lord John, den Finger auf unserer Karte. »Siebzehnte von rechts und zweite von links. Das hier ist ganz klar unsere Höhle.«

Ich blickte auf das Zeichen, auf das sein Finger tippte, und stieß plötzlich einen Freudenschrei aus.

»Ich glaube, ich hab's! Kommen Sie! Folgen Sie mir!«

Mit der Fackel in der Hand eilte ich den Weg zurück, den wir eben gekommen waren. »Hier«, sagte ich und zeigte auf einige Streichhölzer auf dem Boden, »haben wir unsere Fackeln angezündet.«

»Stimmt.«

»Nun, nach der Zeichnung ist das hier eine verzweigte Höhle. Wir sind im Dunkeln an der Gabelung vorbeigelaufen, bevor unsere Fackeln brannten. In unserer jetzigen Richtung müssten wir rechts den längeren Arm finden.«

Es war, wie ich gesagt hatte. Keine dreißig Meter weiter tat sich eine große schwarze Öffnung in der Wand vor uns auf. Dort entlang eilten wir viele Hundert Meter weit, atemlos vor Ungeduld. Dann sahen wir auf einmal in dem schwarzen Gewölbe vor uns einen dunkelroten Lichtschimmer. Überrascht blickten wir dorthin. Eine glühende Fläche schien den Tunnel zu kreuzen und uns den Weg zu verlegen. Wir hasteten darauf zu. Kein Laut, keine Wärme, keine Bewegung ging davon aus. Aber immer heller glühte der große leuchtende Vorhang vor uns, tauchte die Höhle in Silberlicht und verwandelte den Sand in Diamantenstaub, bis wir schließlich an der hellen Fläche beim Näherkommen einen runden Rand erkannten.

»Donnerwetter, das ist der Mond!«, schrie Lord John. »Wir sind durch, Jungs! Wir sind durch!«

Es war tatsächlich der Vollmond, der gerade durch die Öffnung hereinschien, die auf die Klippen hinausführten. Wir fanden nur einen schmalen Spalt, nicht größer als ein Fenster; aber für unsere Zwecke genügte er vollkommen. Als wir den Kopf hindurchstreckten, konnten wir sehen, dass der Abstieg nicht sehr schwierig war und dass der ebene Boden nicht allzu tief unter uns lag. Es war kein Wunder, dass wir diese Stelle von unten nicht bemerkt hatten; denn die Klippen wölbten sich darüber stark nach außen vor. Ein Aufstieg musste hier ganz unmöglich und eine nähere Inspektion sinnlos erscheinen.

Wir vergewisserten uns, dass wir mit Hilfe unseres Seils einen Weg nach unten finden konnten, und kehrten dann glückstrahlend zu unserem Lager zurück, um unsere Vorkehrungen für den nächsten Abend zu treffen.

Was wir vorhatten, musste schnell und heimlich geschehen, denn auch in dieser letzten Stunde konnten die Indianer uns immer noch an unserem Vorhaben hindern. Unsere Vorräte wollten wir zurücklassen, bis auf unsere Gewehre und Patronen.

Aber Challenger hatte einige ungefüge Gepäckstücke, die er unbedingt mitnehmen wollte. Vor allem ein bestimmtes Paket, das uns mehr Arbeit bereitete als alles andere. Dieser Tag wollte nur sehr langsam vergehen. Bei Einbruch der Nacht waren wir reisefertig. Mit vieler Mühe schafften wir unsere Sachen die Treppen hinauf und wandten uns dann zurück, um zum Abschied noch einen letzten Blick auf dies seltsame Land zu werfen. Auf dieses Land, das schon bald von Jägern und Schatzsuchern überlaufen sein wird, für uns aber immer ein Traumland voller Zauber und Romantik bleibt.

In diesem Land haben wir viel gelitten, viel gewagt und viel gelernt. »Unser Land« werden wir es immer liebevoll nennen. Links von uns entsandte jede der benachbarten Höhlen ihren warmen roten Feuerschein in die Dunkelheit. Vom Hang unter uns erklangen die lachenden und singenden Stimmen der Indianer.

Gegenüber lag der weite Bogen der Wälder und in der Mitte schimmerte undeutlich der große See, die Heimat der würdigsten Ungeheuer. Während wir so standen und diesen Anblick zum letzten Mal in uns aufnahmen, klang ein hoher, wimmernder Schrei durch die Dunkelheit, der Ruf irgendeines unheimlichen Tieres. Das war die Stimme von Maple-White-Land selbst, das uns einen Abschiedsgruß zurief. Wir drehten uns um und verschwanden in der Höhle, die zur Heimat führte.

Zwei Stunden später standen wir mit unseren Paketen und all unserem Besitz draußen am Fuß der Klippen. Bis auf den Transport von Challengers Gepäck hatten wir keinerlei Schwierigkeiten. Wir ließen zunächst alles an der Stelle unseres Abstiegs liegen und brachen sofort zu Zambos Lager auf. Am frühen Morgen kamen wir dort an und fanden zu unserer großen Verwunderung ein Dutzend Feuer in der Ebene. Die Hilfstruppe war angekommen. Sie bestand aus zwanzig Indianern mit Stangen, Seilen und allem, was für die Überbrückung des Abgrundes von Nutzen sein konnte. Jetzt werden wir wenigstens mit dem Transport unseres Gepäcks keine Schwierigkeiten haben, wenn wir morgen unseren Rückweg zum Amazonas antreten.

Und damit beschließe ich in glücklicher und dankbarer Stimmung diesen Bericht. Unsere Augen haben große Wunder geschaut und unsere Seelen sind durch Mühen und Entbehrungen geläutert. Es ist möglich, dass wir in Para eine Pause einlegen, um uns neue Kleidung zu beschaffen. Falls wir es tun, wird dieser Brief einen Tag vor uns ankommen. In jedem Fall, mein lieber Mr McArdle, hoffe ich, Ihnen schon sehr bald die Hand schütteln zu können.

15. Kapitel

Ich möchte an dieser Stelle allen Freunden unseren Dank abstatten für die Unterstützung und Gastfreundschaft, die wir überall auf unserer Rückreise erfuhren. Ganz besonders möchte ich Senor Penalosa sowie den anderen Beamten der brasilianischen Regierung für die großzügigen Maßnahmen danken, mit denen sie unsere Reise erleichtert haben. Vor allem half uns auch Senor Pereira, dank dessen Vorsorge wir bereits bei unserer Ankunft in Para eine komplette Neuausstattung vorfanden und somit in menschenwürdigem Zustand wieder in die zivilisierte Welt zurückkehren konnten. Es muss einen schlechten Eindruck gemacht haben, dass wir unseren Gastgebern und Wohltätern für all ihre Freundlichkeiten keine klaren Auskünfte über die geografische Lage von Maple-White-Land gegeben haben. Aber die Umstände ließen uns keine Wahl. Ich möchte hiermit darauf aufmerksam machen, dass sie nur unnütz Zeit und Geld verschwenden würden, falls sie versuchen sollten, unseren Spuren zu folgen. Sogar die Namen sind in unseren Berichten abgeändert und ich bin sicher, dass auch bei sorgfältigstem Studium niemand unserem unbekannten Land auch nur auf tausend Meilen nahe kommen kann.

Wir hatten anfangs die Aufregung, die überall auf unserem Reiseweg durch Südamerika entstand, für örtlich begrenzt gehalten. Unsere Freunde in England mögen versichert sein, dass wir keine

Ahnung von dem Aufsehen hatten, das das bloße Gerücht von unseren Erlebnissen in ganz Europa ausgelöst hatte. Erst als die »Ivernia« fünfhundert Meilen vor Southampton stand und uns eine Zeitung und eine Agentur nach der anderen telegrafisch Riesensummen für eine kurze Mitteilung über unsere Erlebnisse bot, wurde uns klar, wie groß das Interesse der gesamten Öffentlichkeit war.
Wir hatten jedoch beschlossen, dass die Presse keinerlei Mitteilungen erhalten sollte, bevor wir mit den Mitgliedern des Zoologischen Instituts zusammengetroffen waren. Als Delegierte fühlten wir uns verpflichtet, unseren ersten Bericht der Versammlung zu erstatten, die uns den Auftrag für unsere Nachforschungen erteilt hatte. Dementsprechend lehnten wir jegliche Auskunft ab, obwohl wir Southampton voller Journalisten fanden.
Dies hatte zur Folge, dass sich das öffentliche Interesse umso mehr der Tagung zuwandte, die für den 7. November abends angesetzt wurde. Es stellte sich heraus, dass der Hörsaal des Zoologischen Instituts, der Ausgangspunkt unserer Unternehmung, bei Weitem zu klein war. Allein die Queen's Hall in Regent Street schien genügend Platz zu bieten.
Inzwischen weiß man, dass die Veranstalter es ebenso gut mit der Albert Hall hätten versuchen können, die immer noch zu klein gewesen wäre.
Es war der zweite Abend nach unserer Ankunft, für den die große Versammlung festgesetzt war. Zuvor hatte natürlich jeder von uns seine dringendsten persönlichen Angelegenheiten zu regeln. Von meinen kann ich jetzt noch nicht sprechen. Möglicherweise werde ich ruhiger daran denken, wenn ich erst einmal etwas Abstand gewonnen habe. Am Beginn dieser Erzählung habe ich dem Leser mitgeteilt, welches die Beweggründe für meine Beteiligung an dieser Reise waren. Es ist daher nur recht und billig, dass ich

die Geschichte später fortsetze und über das Ergebnis berichte. Immerhin habe ich den Anstoß zur Teilnahme an diesem wundervollen Abenteuer bekommen und kann letzten Endes der Frau, die mich dazu angetrieben hat, nur dankbar sein.
Und nun komme ich zum letzten und höchst bedeutungsvollen Ereignis, der Krönung unserer Abenteuer. Während ich mir den Kopf zerbrach, wie ich es am besten beschreiben sollte, fiel mein Blick auf die Morgenausgabe meiner eigenen Zeitung vom 8. November mit dem ausführlichen und ausgezeichneten Bericht meines Freundes und Kollegen Macdona.
Was kann ich Besseres tun, als diesen Artikel – Überschriften und Text – einfach abzuschreiben? Ich gebe zu, dass die Zeitung angesichts ihrer eigenen Initiative, einen Korrespondenten mitzuschicken, die Sache etwas überschwänglich behandelt hat. Aber die übrigen großen Tageszeitungen brachten kaum weniger ausführliche Berichte. Hier folgt also Freund Macs Artikel:

DIE NEUE WELT
GROSSE VERSAMMLUNG IN DER QUEEN'S HALL
CHAOTISCHE SZENEN
AUSSERGEWÖHNLICHER ZWISCHENFALL
NÄCHTLICHER AUFLAUF IN DER REGENT STREET
(Sonderbericht)

Die viel diskutierte Tagung des Zoologischen Instituts, die einberufen wurde, um den Bericht der Prüfungskommission entgegenzunehmen, die im vergangenen Frühjahr nach

Südamerika entsandt wurde, um die Behauptungen Professor Challengers zu überprüfen, fand am vergangenen Abend in der großen Queen's Hall statt. Man darf getrost sagen, dass dieses Datum mit roten Lettern in die Geschichte der Wissenschaft eingehen wird; denn der Ablauf gestaltete sich derart bemerkenswert und sensationell, dass keiner der Anwesenden ihn je vergessen wird.
Die Eintrittskarten waren theoretisch auf Mitglieder und deren Freunde beschränkt. Aber Letzteres ist ein dehnbarer Begriff. Schon lange vor acht Uhr, der für den Beginn festgesetzten Zeit, waren alle Teile der riesigen Halle gedrängt voll. Die Öffentlichkeit, die es unvernünftigerweise übel nahm, ausgeschlossen zu sein, stürmte nach einem längeren Handgemenge um Viertel vor acht die Eingänge. Hierbei wurden mehrere Personen verletzt, darunter auch Inspektor Scoble von der Ordnungsabteilung, der sich unglücklicherweise ein Bein brach. Nach dieser unverantwortlichen Invasion, die nicht allein alle Gänge vollstopfte, sondern auch vor den für die Presse reservierten Bänken nicht haltmachte, dürften es an die fünftausend Menschen gewesen sein, die das Erscheinen der Forschungsreisenden erwarteten.
Auf dem Podium hatten nicht nur die führenden Wissenschaftler unseres Landes, sondern auch die Frankreichs und Deutschlands Platz genommen. Schweden war ebenfalls vertreten, und zwar durch Professor Sergius, den berühmten Zoologen von der Universität Uppsala.
Der Eintritt der vier Helden des Tages wurde zum Anlass einer bemerkenswerten Begrüßungsovation. Die gesamte

Zuhörerschaft erhob sich von den Plätzen und jubelte ihnen minutenlang zu. Ein scharfer Beobachter konnte jedoch zwischen dem allgemeinen Applaus auch vereinzelte Missfallenskundgebungen heraushören und danach voraussagen, dass das Programm einen eher lebhaften als harmonischen Verlauf nehmen würde. Man darf jedoch ruhig behaupten, dass niemand die außerordentliche Wendung hätte voraussehen können, die dann tatsächlich eintreten sollte.

Über die äußere Erscheinung der vier Reisenden erübrigt sich eine längere Beschreibung, da ihre Fotografien in den letzten Tagen durch alle Zeitungen gegangen sind. Sie zeigen kaum Spuren der Entbehrungen, die sie durchgemacht haben sollen. Professor Challengers Bart ist vielleicht struppiger, Professor Summerlees Gesicht noch asketischer und Lord John Roxtons Gestalt etwas hagerer. Alle drei sind tief gebräunt von der Sonne. Jeder Einzelne schien sich bester Gesundheit zu erfreuen. Was unseren eigenen Vertreter betrifft, den wohlbekannten Sportsmann und internationalen Rugbyspieler E. D. Malone, so wirkte er durchtrainiert bis auf die Knochen, und während er über die Menge hinblickte, erschien ein gutmütig-zufriedenes Lächeln auf seinem ehrlichen, aber einfachen Gesicht.

(Warte nur, Mac, bis ich dich einmal allein erwische!)

Nachdem Ruhe eingetreten war und das Publikum seine Plätze wieder eingenommen hatte, hielt der Vorsitzende, der Herzog von Durham, eine Ansprache. Er wolle, sagte er, die große Versammlung keinen Augenblick länger als nötig von dem bevorstehenden Bericht abhalten. Es wäre nicht seine Sache, vorwegzunehmen, was Professor Summerlee, der Sprecher des Komitees, gleich zu sagen habe. Aber so viel sei bereits allgemein bekannt, dass die Expedition von einem außergewöhnlichen Erfolg gekrönt sei. (Applaus.) Das Zeitalter der Romantik sei anscheinend noch nicht vorbei und es gebe noch Gefilde, in denen die wildesten Phantasien des Dichters den tatsächlichen wissenschaftlichen Forschungen begegneten. Bevor er sich setze, wolle er nur noch hinzufügen, dass er sich glücklich schätze, dass diese Herren gesund und munter von ihrem schweren und gefährlichen Auftrag zurückgekehrt seien; denn es könnte nicht bestritten werden, dass ein unglücklicher Ausgang dieser Expedition für die Zoologische Wissenschaft einen nie wieder gutzumachenden Verlust bedeutet hätte. (Allgemeiner Beifall, an dem Professor Challenger sich beteiligte.)

Als Professor Summerlee sich erhob, brach ein neuer Begeisterungssturm los, der während seiner ganzen Ansprache immer wieder laut wurde. Dieser Vortrag wird hier nicht in seinem ganzen Wortlaut wiedergegeben, denn ein ausführlicher Bericht aus der Feder unseres Sonderberichterstatters über den gesamten Verlauf der Expedition befindet sich im Druck. Einige Andeutungen in großen Zügen mögen deshalb jetzt ausreichen.

Professor Summerlee erzählte zunächst die Vorgeschichte und zollte dabei seinem Freund, Professor Challenger, den schuldigen Tribut, verbunden mit einer Entschuldigung wegen der Ungläubigkeit, mit der er zunächst die jetzt voll gerechtfertigten Behauptungen aufgenommen hätte. Dann beschrieb er den Verlauf ihrer Reise, wobei er sorgfältig jegliche Information vermied, die der Öffentlichkeit bei einem Versuch behilflich sein könnte, dieses bemerkenswerte Plateau aufzufinden. Nach einem knappen Bericht über ihren Reiseweg vom Amazonas bis zu dem Zeitpunkt, an dem sie endlich den Fuß der Klippen erreichten, schilderte er die Schwierigkeiten, denen sich die Expedition bei ihren wiederholten Versuchen, nach oben zu gelangen, gegenübersah. Der Erfolg musste schließlich mit dem Leben ihrer beiden treuen halbblütigen Diener bezahlt werden.

(Diese merkwürdige Lesart war das Resultat von Summerlees Bemühungen, auf der Tagung keinerlei heikle Punkte zur Sprache zu bringen.)

Als er so seine Zuhörer im Geist auf den Gipfel geführt und ihnen dort durch den Absturz der Brücke den Rückweg abgeschnitten hatte, ging der Professor dazu über, die Schrecken und die Vorzüge dieses bedeutungsvollen Landes aufzuzählen. Von persönlichen Erlebnissen sprach er nur wenig, legte aber umso größeres Gewicht auf die Erkenntnisse, die für die Wissenschaft mit der Erforschung des wunderbaren Tier-, Vogel-, Insekten- und Pflanzenlebens auf dem Plateau gewonnen werden konnten. Als besonders reichhaltig hätten sich die *Coleoptera* erwiesen, von denen sechsundvierzig, und die *Lepidoptera,* von denen vierundneunzig neue Arten innerhalb weniger Wochen gesichert werden konnten. Das Interesse des Publikums konzentrierte sich jedoch natürlich auf die größeren Tiere und vor allem auf diejenigen Riesenungeheuer, die man bisher für längst ausgestorben gehalten hatte. Von diesen konnte er eine stattliche Aufzählung geben. Er ließ jedoch keinen Zweifel daran, dass sie noch erheblich verlängert werden könnte, wenn man Gelegenheit zu einer gründlicheren Erforschung des Ortes gehabt hätte.

Er und seine Gefährten wären wenigstens einem Dutzend Lebewesen begegnet, die keiner der gegenwärtig der Wissenschaft bekannten Arten entsprachen. Im Laufe der Zeit würden auch diese klassifiziert und näher untersucht werden. Er führte eine Schlange an, deren abgestreifte purpurrote Haut einundfünfzig Fuß lang war, und erwähnte ein weißes Geschöpf, das in der Dunkelheit eine deutliche Phosphoreszenz erkennen ließ; ferner einen schwarzen Falter, dessen Biss bei den Indianern für äußerst giftig galt. Ungeachtet dieser völlig neuen Arten war das Plateau überaus reich an bekannten urzeitlichen Formen, die zum Teil bis in den frühen Jura zurückreichten. Unter anderem erwähnte er den gigantischen und grotesken *Stegosaurus*, den Mr Malone einmal am See beobachten konnte und der schon im Skizzenheft des amerikanischen Abenteurers Maple White abgebildet ist. Weiter beschrieb er das *Iguanodon* und den *Pterodactylos* – zwei der ersten überraschenden Begegnungen. Hierauf versetzte er die Versammlung in atemlose Spannung mit einem kurzen Be-

richt über die furchtbaren fleischfressenden Dinosaurier, die auch bei mehreren Gelegenheiten Mitglieder der Expedition verfolgt hatten.
Anschließend kam er auf den riesigen bösartigen Vogel, den *Phororachus*, zu sprechen sowie auf den großen Elch, der noch auf diesem Hochland herumstreift. Als er jedoch die Geheimnisse des Gladys-Sees schilderte, erreichten Interesse und Begeisterung der Zuhörer ihren Höhepunkt. Man kniff sich unwillkürlich in den Arm, um sich zu vergewissern, dass man nicht träumte, als dieser nüchterne und sachliche Professor in kühlen, abgemessenen Worten die ungeheuren Fischechsen und die riesigen Seeschlangen beschrieb, die dieses verzauberte Gewässer bevölkern.
Als Nächstes sprach er über die Indianer und die einmalige Kolonie menschenähnlicher Affen, die man als Weiterentwicklung des *Pithecanthropus von Java* betrachten könne und die mehr als irgendeine bisher bekannte Form einer hypothetischen Konstruktion dem »fehlenden Glied« entsprächen.
Schließlich erwähnte er unter allgemeiner Heiterkeit die geniale, aber recht gefährliche aeronautische Erfindung von Professor Challenger und beschloss seinen denkwürdigen Vortrag mit einem Bericht darüber, wie das Komitee endlich seinen Weg zurück zur Zivilisation fand.
Man hätte hoffen mögen, dass das Programm hiermit enden würde und dass eine Dank- und Glückwunschadresse, die Professor Sergius von der Universität Uppsala einbrachte, auf allgemeine Zustimmung getroffen wäre. Aber es hatte sich schon gezeigt, dass diesem Abend kein derar-

tig glatter Ablauf beschieden war. Von Zeit zu Zeit hatte sich bereits eine gewisse Opposition bemerkbar gemacht und jetzt erhob sich Dr. Illingworth aus Edinburgh in der Mitte des Saales. Er fragte an, ob nicht zunächst eine Richtigstellung zu Protokoll genommen werden sollte, bevor eine Entschließung gefasst würde.

Der Vorsitzende: »Ja, Sir, wenn eine Richtigstellung nötig sein sollte.«

Dr. Illingworth: »Euer Gnaden, eine Richtigstellung ist durchaus erforderlich.«

Der Vorsitzende: »Dann wollen wir sie aufnehmen.«

Professor Summerlee (aufspringend): »Darf ich darauf aufmerksam machen, Euer Gnaden, dass dieser Mann seit unserer Kontroverse im ›Vierteljährlichen Journal der Naturwissenschaft‹ über die wahre Natur des *Bathybius* mein persönlicher Feind ist?«

Der Vorsitzende: »Ich fürchte, dass ich persönliche Gesichtspunkte hier nicht berücksichtigen kann. Fahren Sie fort!«

Ein Teil von Dr. Illingworths Bemerkungen war infolge anhaltender Störungen durch die Parteigänger der Forschungsreisenden sehr unvollkommen zu verstehen. Auch wurde wiederholt versucht, ihn auf seinen Sitz herunterzuziehen. Da er jedoch ein Mann von enormen Körperkräften ist und über eine gewaltige Stimme verfügt, übertönte er den Tumult und brachte seine Rede zu Ende. Seit dem Augenblick, in dem er sich erhoben hatte, war es klar, dass er eine Anzahl Freunde und Gleichgesinnter im Saal hatte, wenn sie auch eine Minderheit unter den Zuhörern bilde-

ten. Der größte Teil des Publikums nahm eine Haltung abwartender Neutralität ein.
Dr. Illingworth begann seine Ausführungen damit, dass er den wissenschaftlichen Leistungen von Professor Challenger und auch von Professor Summerlee seine höchste Anerkennung aussprach. Er bedauerte es außerordentlich, falls irgendwelche persönlichen Hintergedanken bei seinen Einwänden vermutet würden, die doch allein von seinem brennenden Verlangen nach wissenschaftlicher Wahrheit bestimmt wären. Und in der Tat entspräche seine Position in allen Punkten derjenigen, die Professor Summerlee auf der letzten Tagung eingenommen hätte. Auf jener letzten Zusammenkunft hätte Professor Challenger einige Behauptungen aufgestellt, die von seinem Kollegen bestritten wurden. Jetzt wiederhole dieser gleiche Kollege Challengers Behauptungen in der Erwartung, dass niemand ihnen widerspreche. Sei das vernünftig? (»Ja«, »Nein« und anhaltende Störungen, während derer Professor Challenger den Vorsitzenden um die Erlaubnis bat, Dr. Illingworth auf die Straße zu setzen.)
Beim letzten Mal habe ein Mann unglaubwürdige Dinge erzählt. Jetzt behaupten vier Männer noch haarsträubendere Sachen. Dürfte das als endgültiger Beweis gelten, zumal doch die betreffenden Angaben von revolutionierender und äußerst fragwürdiger Art seien? Es gäbe leider Beispiele genug dafür, dass Reisende, die aus unbekannten Gegenden mit merkwürdigen Geschichten zurückgekehrt seien, nur allzu bereitwillig Glauben gefunden hätten. Wollte sich das Zoologische Institut in eine derarti-

gen Lage bringen lassen? Er gäbe gern zu, dass die Mitglieder des Komitees durchweg charaktervolle Männer seien. Die menschliche Natur jedoch sei sehr vielschichtig und auch ein Professor sei gegen Ruhmsucht nicht immun. Wir alle hätten ja wie die Motten den Drang, ins Licht zu flattern. Großwildjäger wollten sich gern in der angenehmen Lage sehen, das Jägerlatein ihrer Rivalen zu überbieten, und Journalisten seien Sensationsberichten keineswegs abhold, auch wenn dabei die Phantasie den Tatsachen nachhelfen müsste. Jedes Mitglied des Komitees hätte also gewichtige persönliche Motive, das Resultat nach Möglichkeit aufzubauschen. (»Unerhört! Unerhört!«)
Er habe keineswegs die Absicht, jemandem zu nahezutreten. (»Das tun Sie aber!«) Das Beweismaterial für diese wunderlichen Geschichten sei aber in der Tat recht mager. Worauf liefe es hinaus? Auf ein paar Fotografien. Sei es denn vorstellbar, dass in dieser Zeit der geschicktesten Manipulationen Fotografien als Beweise anerkannt würden? Was gäbe es sonst noch? Wir hätten eine Geschichte über eine Flucht und einen Abstieg am Seil gehört, wodurch die Mitnahme größerer Exemplare ausgeschlossen worden sei. Recht hübsch ausgedacht, aber nicht sehr überzeugend. Man habe gehört, dass Lord John Roxton behauptete, den Schädel eines *Phororachus* zu besitzen. Er könne nur sagen, dass er diesen Schädel sehr gern einmal sehen würde.
Lord John Roxton: »Will dieser Kerl damit sagen, dass ich lüge?« (Tumult.)
Der Vorsitzende: »Ruhe bitte! Dr. Illingworth, ich muss Sie

bitten, Ihre Ausführungen abzuschließen und den Antrag für Ihre Richtigstellung zu formulieren.«

Dr. Illingworth: »Euer Gnaden, ich hätte zwar noch mehr zu sagen. Aber ich muss mich Ihrer Anordnung fügen. Ich beantrage also, dass Professor Summerlee für seinen interessanten Vortrag der Dank des Zoologischen Instituts ausgesprochen wird, die ganze Angelegenheit jedoch als ›unbewiesen‹ angesehen und erneut an ein größeres und womöglich auch zuverlässigeres Prüfungskomitee übertragen wird.«

Es fällt nicht leicht, das Durcheinander zu beschreiben, das dieser Antrag auslöste. Ein großer Teil der Zuhörer brachte seinen Unwillen über eine derartige Verunglimpfung der Reisenden durch lärmende Zwischenrufe und Schreie wie »Nicht aufschreiben!«, »Zurücknehmen!«, »Schmeißt ihn raus!« zum Ausdruck. Die Skeptiker andererseits – und es lässt sich nicht bestreiten, dass sie doch recht zahlreich waren – stimmten der Richtigstellung mit Rufen wie »Ruhe!«, »Hinsetzen!«, »Fair Play!« zu. In den Hinterbänken kam es zu einem Handgemenge und es setzte Schläge unter den Medizinstudenten, die diesen Teil der Halle besetzt hatten. Allein der mäßigende Einfluss der zahlreich anwesenden Damen verhütete ein völliges Chaos.

Plötzlich jedoch gab es in dem allgemeinen Lärm eine Unterbrechung, eine Atempause und darauf absolute Stille. Professor Challenger war aufgestanden. Seine Erscheinung und sein Auftreten übten einen eigentümlichen Zwang aus, und als er die Hand erhob, um Ruhe zu gebieten, saß das ganze Publikum erwartungsvoll da, ihn anzuhören.

»Viele der Anwesenden werden sich noch erinnern«, sagte Professor Challenger, »dass sich ähnlich dumme und unmanierliche Szenen während der letzten Versammlung, auf der ich sprach, zugetragen haben. Damals war Professor Summerlee der Hauptübeltäter. Heute habe ich nun ähnliche, aber noch beleidigendere Äußerungen von jener Person, die sich soeben gesetzt hat, anhören müssen. Obwohl es ein erhebliches Ausmaß an Selbstverleugnung erfordert, will ich versuchen, auf das geistige Niveau dieser Person hinabzusteigen, um auch den letzten Zweifel zu zerstreuen, der möglicherweise noch bei irgendjemand bestehen könnte.« (Gelächter und Störungen.)

»Ich brauche in diesem Kreise nicht besonders daran zu erinnern, dass immer noch ich es bin, der den ersten Anstoß gegeben hat, obwohl Professor Summerlee als Leiter des Untersuchungskomitees heute Abend den Vortrag gehalten hat. Jeglicher Erfolg ist in der Hauptsache mir zu verdanken. Ich habe diese drei Herren sicher an die bezeichnete Stelle geführt und ich habe sie, wie Sie gehört haben, von der Genauigkeit meiner früheren Angaben überzeugt. Wir hatten gehofft, bei unserer Rückkehr feststellen zu können, dass niemand mehr so beschränkt sei, unseren gemeinsamen Bericht zu bezweifeln. Da ich jedoch durch meine früheren Erfahrungen gewarnt war, bin ich nicht ohne Beweise, die jeden vernünftigen Menschen überzeugen müssen, hierhergekommen.

Wie Professor Summerlee schon erklärt hat, wurden unsere

Kameras von den Affenmenschen beschädigt, als sie unser Lager durchstöberten, und die meisten unserer Negative sind bei dieser Gelegenheit zerstört worden. (Pfiffe, höhnisches Gelächter und »Noch so ’n Witz!« aus dem Hintergrund.) »Ich sprach von den Affenmenschen und ich kann nicht verhehlen, dass einige der Geräusche, die im Augenblick an meine Ohren dringen, mich sehr lebhaft an diese interessanten Kreaturen erinnern.« (Gelächter.) »Trotz der Zerstörung so vieler unersetzlicher Negative befindet sich noch eine ganze Anzahl beweiskräftiger Fotografien in unserem Besitz, die die Lebensverhältnisse auf dem Plateau zeigen. Will man uns etwa beschuldigen diese Fotografien gefälscht zu haben?« (Eine Stimme: »Ja!« Mehrere Leute wurden aus dem Saal gewiesen.) »Die Negative sind von Sachverständigen geprüft worden. Aber welche anderen Beweise haben wir noch? Unter den Bedingungen unseres Abstiegs war es natürlich unmöglich, eine größere Menge Gepäck mitzunehmen. Aber wir haben Professor Summerlees Schmetterlings- und Käfersammlung gerettet, die zahlreiche neue Arten enthält. Ist das kein Beweis?« (Ein paar Stimmen: »Nein!«) »Wer sagt da ›Nein‹?«

Dr. Illingworth (steht auf): »Wir stehen auf dem Standpunkt, dass eine derartige Sammlung auch an jedem anderen Ort zusammengestellt werden kann.«

Professor Challenger: »Ohne Zweifel, Sir, wir müssen uns vor Ihrer wissenschaftlichen Autorität verneigen, obwohl ich zugebe, dass Ihr Name unbekannt ist. Wenn wir also die Fotografien und die Insektensammlung beiseitelassen, so komme ich jetzt zu den verschiedenen und ausführlichen Informationen, die wir zu Problemen liefern können, die noch nie zuvor geklärt wurden. Beispielsweise über die Lebensgewohnheiten der *Pterodactylos . . .*«

(Eine Stimme: »Quatsch!«, und Tumult.) »Ich behaupte, dass wir ein klares Bild von den Lebensgewohnheiten der *Pterodactylos* vermitteln können. Ich werde Ihnen ein Bild dieser Kreatur zeigen, das ich in der Brieftasche habe und das Sie überzeugt . . .«

Dr. Illingworth: »Kein Bild könnte mich von irgendetwas überzeugen.«

Professor Challenger: »Sie bestehen darauf, das Tier selbst zu sehen?«

Dr. Illingworth: »Zweifellos.«

Professor Challenger: »Und das würden Sie akzeptieren?«

Dr. Illingworth (lachend): »Ohne jeden Zweifel.«

Jetzt bahnte sich die Sensation des Abends an – eine dramatische Zuspitzung, für die es in der Geschichte wissenschaftlicher Tagungen keine Parallele gibt. Professor Challenger gab mit der Hand ein Zeichen. Unverzüglich sah man unseren Mitarbeiter, Mr E. D. Malone, sich erheben und in den Hintergrund des Podiums treten. Einen Augenblick darauf kam er in Begleitung eines riesigen Negers wieder nach vorn. Die beiden schleppten gemeinsam eine große rechteckige Kiste. Sie wurde behutsam vor dem Stuhl des Professors zu Boden gesetzt.

Jeglicher Laut im Saal erstarb und jeder stand im Banne des Schauspiels, das sich vor aller Augen abwickelte. Professor Challenger nahm den Schiebedeckel ab. Er blickte in die Kiste hinein, schnalzte mehrmals mit den Fingern und sagte mit lockender Stimme: »Komm schon, mein Kleines, mein hübsches Tierchen!«

Einen Moment später erschien mit kratzendem, rasselndem Geräusch eine unbeschreiblich abscheuliche Kreatur und hockte sich auf den Rand der Kiste. Nicht einmal der unerwartete Sturz des Herzogs von Durham in die Orchesterloge, der sich in diesem Augenblick ereignete, vermochte die riesige Zuhörerschaft aus ihrem versteinerten Bann zu reißen. Das Gesicht dieses Untiers glich dem wüstesten Wasserspeier, den die Phantasie eines mittelalterlichen Baumeisters sich ausgedacht haben konnte. Es war bösartig und schrecklich, mit zwei kleinen Augen, die wie brennende Kohlestücke glühten. Sein langer Schnabel, der offen stand, zeigte eine Doppelreihe haifischartiger Zähne. Seine Schultern hielt es vorgebeugt. Um sie herum war etwas gewickelt, was wie ein schmutziger grauer Schal aussah. Es schien der Teufel persönlich zu sein, so wie wir ihn uns als Kinder vorgestellt haben.

Es gab Unruhe im Publikum. Jemand schrie. Zwei Damen in der ersten Reihe sanken ohnmächtig vom Stuhl und auf dem Podium zeigte sich eine allgemeine Tendenz, dem Vorsitzenden in die Orchesterloge nachzufolgen. Für einen Augenblick bestand die Gefahr einer allgemeinen Panik. Professor Challenger hob beschwörend die Arme, um die Ruhe wieder herzustellen.

Aber gerade mit dieser Bewegung erschreckte er das Untier an seiner Seite. Plötzlich entfaltete sich sein merkwürdiger Schal, breitete sich aus und entpuppte sich als ein Paar flatternder, lederartiger Flügel. Challenger griff nach seinen Beinen, erwischte sie jedoch nicht mehr. Das Tier hatte sich von der Kiste abgestoßen und kreiste langsam in der Queen's Hall herum, mit trockenem ledernem Klappen seiner zehn Fuß spannenden Flügel. Ein fauliger, ekelhafter Geruch breitete sich im Raum aus. Die Angstschreie der Leute auf der Galerie, die durch die bedrohliche Nähe dieser glühenden Augen und des mörderischen Schnabels erschreckt waren, reizte das Scheusal. Schneller und schneller flog es und schlug in blinder Wut gegen Wände und Leuchter.

»Das Fenster! Um Himmels willen, macht das Fenster zu!«, brüllte der Professor vom Podium, wo er umhertanzte und die Hände rang.

Ach, seine Warnung kam zu spät! In der nächsten Sekunde hatte die Kreatur, die wie eine riesige Motte in einem Lampenschirm wieder und wieder gegen die Wand stieß, die Öffnung erreicht, ihren grässlichen Körper hindurchgezwängt – und war fort.

Professor Challenger sank auf seinen Stuhl zurück und schlug die Hände vors Gesicht, während aus dem Publikum ein langer, tiefer Seufzer der Erleichterung aufstieg.

Wie soll man in Worten beschreiben, was sich dann abspielte – wie der ganze Überschwang der Mehrheit und die Reaktion der Minderheit sich zu einer einzigen Woge der Begeisterung vereinigten, die vom Hintergrund des Saales nach vorn rollte, stetig an Volumen zunahm, über das Orchester schlug, das Podium überflutete und die vier Helden auf ihrem Kamm davontrug?

(Schön gesagt, Mac!)

Hatte das Publikum den Forschern bisher keine Gerechtigkeit widerfahren lassen, so machte es jetzt alles im Übermaß wieder gut. Alles war auf den Beinen. Alles lief, schrie und gestikulierte durcheinander. Eine dichte Menge jubelnder Männer umgab die vier Reisenden.

»Hoch! Hoch mit ihnen!«, schrien Hunderte von Stimmen. Augenblicklich erschienen vier Gestalten über den Köpfen der Menge. Vergeblich versuchten sie, sich zu befreien. Sie wurden auf ihrem luftigen Ehrenplatz festgehalten. Selbst wenn man gewollt hätte, wäre es kaum noch möglich gewesen, sie herunterzulassen; so dicht war das Gedränge.

»Regent Street! Regent Street!«, schrien die Stimmen.

In die Menge kam Bewegung und der Menschenstrom bewegte sich auf den Ausgang zu, die vier auf den Schultern. Draußen auf der Straße gab es eine außergewöhnliche Szene. Dort wartete eine Versammlung von mindestens hunderttausend Menschen. Die dicht gedrängte Menge reichte vom Oxford Circus bis über das Langham Hotel hinaus. Als die vier Abenteurer hoch über den Köpfen der Massen unter den hellen Bogenlampen vor der Halle erschienen, wurden sie von einem Begeisterungssturm begrüßt. »Ein Triumphzug! Ein Triumphzug!«, schrie alles. In einer Phalanx, die die Straßen von einer Seite zur anderen blockierte, setzte sich die Menge in Bewegung durch Regent Street, Pall Mall, St. James Street und Piccadilly. Der gesamte Verkehr im Londoner Stadtzentrum kam zum Erliegen und zahlreiche Zusammenstöße mit Polizisten und Droschkenkutschern wurden gemeldet. Erst nach Mitternacht wurden die Reisenden

schließlich vor dem Eingang zu Lord John Roxtons Wohnung im Albany freigelassen.
Die begeisterte Menge beschloss ihr improvisiertes Programm nach dem Absingen von »They are jolly good Fellows« mit »God save the King«.

So weit also mein Freund Macdona. Man kann dies als zuverlässigen, wenn auch blumenreichen Bericht über die Vorgänge bezeichnen. Was das Hauptereignis betrifft, so war es wohl für das Publikum eine Überraschung, nicht aber für uns. Der Leser wird sich erinnern, wie ich Lord John begegnete, als er sich in seiner Schutzkrinoline aufgemacht hatte, um für Professor Challenger das »Teufelsküken«, wie er es nannte, zu besorgen. Ich habe ebenfalls die Mühen angedeutet, die das Gepäck des Professors uns bereitete, als wir das Plateau verließen. Bei näherer Beschreibung unserer Rückreise hätte ich auch noch eine Menge über unsere Sorgen zu berichten gehabt, die wir mit dem Appetit unseres unsauberen Gefährten hatten, den wir nur mit verfaultem Fisch füttern konnten.
Wenn ich bisher nichts mehr darüber gesagt habe, so geschah dies natürlich auf ausdrücklichen Wunsch des Professors. Er wollte nicht, dass auch nur das leiseste Gerücht über das unwiderlegbare Argument, das wir mit uns führten, durchsickerte, bevor der geeignete Augenblick gekommen war.
Ein Wort noch zum Schicksal des Londoner *Pterodactylos*. Eindeutige Gewissheit gibt es in diesem Punkt nicht. Nach der Aussage zweier erschreckter Frauen hatte er auf dem Dach der Queen's Hall gehockt und dort für mehrere Stunden wie ein lebendiges Teufelsbild gesessen. In den Abendzeitungen war am

nächsten Tage zu lesen, dass der Soldat Miles vom Coldstream-Garderegiment, der vor dem Marlborough House auf Wache gestanden hatte, wegen unerlaubten Verlassens seines Postens vor das Kriegsgericht gestellt wurde. Seine Entschuldigung, dass er sein Gewehr hingeworfen und die Flucht ergriffen hätte, weil er plötzlich beim Aufblicken den Teufel vor dem Mond dahinfliegen gesehen hatte, wurde vom Gericht nicht akzeptiert, könnte aber in direktem Zusammenhang mit unserem Viech stehen.
Die einzige andere Spur, die ich noch hinzufügen kann, stammt aus dem Logbuch der »Friesland«, eines Dampfers der Holland-Amerika-Linie. Sie besagt, dass am nächsten Morgen um neun Uhr, zehn Meilen vor Start Point, ein seltsames Tier – halb Ziege, halb Fledermaus – beobachtet wurde. Es flog mit erstaunlichem Tempo vorbei und verschwand in südwestlicher Richtung. Wenn sein Heimatinstinkt ihm den richtigen Kurs eingab, besteht kein Zweifel, dass der letzte europäische *Pterodactylos* irgendwo in den endlosen Weiten des Atlantiks sein Ende gefunden hat.

Und nun zu Gladys, meiner Gladys vom geheimnisvollen See – der nun wieder in Zentralsee umbenannt wird; denn Gladys soll durch mich keine Unsterblichkeit zuteil werden. Hatte ich nicht immer einen brutalen Charakterzug an ihr bemerkt? Hatte ich nicht, sogar zu jener Zeit, als ich noch stolz darauf war, ihrem Geheiß zu folgen, empfunden, dass es doch eine recht armselige Liebe sein musste, die es fertigbrachte, den Geliebten in den Tod oder doch in tödliche Gefahr zu schicken? Habe ich nicht in meinen geheimsten Gedanken hinter die schöne Fassade ihres Gesichts in ihre Seele geblickt und dort den Zwillingsschatten von

Selbstsucht und Unbeständigkeit erkannt? Waren es Heldentum und menschliche Größe an sich, die sie liebte, oder tat sie es nur wegen des Ruhms, der ohne eigene Anstrengung oder Opfer auf sie ausstrahlen sollte? Oder sind diese Gedanken nur Ausdruck der Klugheit, die nach dem Schaden kommt? Es war der Schock meines Lebens. Vorübergehend machte er mich zum Zyniker. Aber jetzt, wo ich dies schreibe, ist schon eine Woche vergangen.

Ich will mein Erlebnis mit Gladys in wenigen Worten erzählen. In Southampton erwartete mich weder ein Brief noch ein Telegramm. Ich kam gegen zehn Uhr desselben Abends, halb von Sinnen vor Besorgnis, zu der kleinen Villa in Streatham.

War Gladys tot oder krank?

Was blieb übrig von all meinen hochfliegenden Träumen, von den offenen Armen, ihrem lächelnden Gesicht, den Lobesworten für ihren Ritter, der sein Leben für sie gewagt hatte? Ich war von den erhabenen Gipfeln herabgestürzt und stand bescheiden auf dem Erdboden. Aber immer noch hätte eine einleuchtende Erklärung für mich die Wolken wieder zerstreuen können.

Ich stürzte den Gartenpfad hinauf, hämmerte gegen die Tür, hörte drinnen die Stimme von Gladys, drängte mich an dem bestürzten Hausmädchen vorbei und eilte ins Wohnzimmer. Sie saß auf einem niedrigen Sofa neben dem Klavier, im Schein der Stehlampe. Mit drei Schritten war ich bei ihr und ergriff ihre beiden Hände.

»Gladys!«, rief ich. »Gladys!«

Sie blickte mit überraschtem Gesicht auf. Irgendwie wirkte sie verändert. Der Ausdruck ihrer Augen, der harte Blick, die verkniffenen Lippen waren mir neu an ihr. Sie entzog mir ihre Hände.

»Was wollen Sie denn?«, fragte sie.

»Gladys!«, rief ich. »Was ist denn los? Sie sind doch meine Gladys, oder nicht? – Die liebe, kleine Gladys Hungerton?«

»Nein«, sagte sie, »ich bin Gladys Potts. Ich möchte Sie mit meinem Mann bekannt machen.«

Wie absurd es doch im Leben zugeht! Ich fand mich wieder, wie ich mich mechanisch verbeugte und einem kleinen rothaarigen Mann die Hand schüttelte, der sich in den großen Sessel geflegelt hatte. (Einstmals war dieser Platz für mich reserviert gewesen.) Wir nickten und lächelten einander nichtssagend zu.

»Vater lässt uns hier einstweilen wohnen, bis unser Haus fertig ist«, erklärte Gladys.

»Ach so«, antwortete ich.

»Dann haben Sie also meinen Brief in Para nicht erhalten?«

»Nein, ich habe keinen Brief bekommen.«

»Ach, wie schade! Der hätte Ihnen alles erklärt!«

»Es ist ja alles klar«, sagte ich.

»Ich habe William alles von Ihnen erzählt«, sagte sie. »Wir haben keine Geheimnisse voreinander. Es tut mir ja so leid. Aber schließlich kann es ja bei Ihnen mit der Liebe nicht allzu schlimm gewesen sein, wenn Sie imstande waren, ans andere Ende der Welt zu gehen und mich hier allein zu lassen. Sie sind doch nicht eingeschnappt, nicht wahr?«

»Nein, nein, ganz und gar nicht. Ich denke, ich gehe jetzt wieder.«

»Trinken Sie doch noch etwas«, sagte der kleine Mann und setzte vertraulich hinzu, »so ist das nun mal, nicht? Muss ja auch so sein, solange wir keine Polygamie haben. Sie verstehen schon.«

Er lachte wie ein Idiot, während ich der Tür zustrebte.

Ich war schon über die Schwelle, als ein phantastischer Impuls mich nochmals zu meinem glücklicheren Nebenbuhler zurücktrieb, der nervös auf den Klingelknopf blickte.

»Wollen Sie mir eine Frage beantworten?«, sagte ich.
»Na, wenn sie vernünftig ist«, sagte er.
»Wie haben Sie's geschafft? Haben Sie einen verborgenen Schatz gefunden oder einen neuen Pol entdeckt, sind Sie längere Zeit auf einem Piratenschiff gefahren oder über den Kanal geflogen, oder was sonst? Wo steckt der Zauber der Romantik? Womit haben Sie ihr imponiert?« Er starrte mich an, mit verständnislosem Ausdruck in seinem leeren, gutmütigen, nichtssagenden kleinen Gesicht.
»Finden Sie das nicht 'n bisschen persönlich?«, meinte er schließlich.
»Nur eine Frage noch«, rief ich. »Was sind Sie? Was für einen Beruf haben Sie?«
»Ich bin Buchhalter«, sagte er. »Zweiter Mann bei Johnson and Merrivale, Chancery Lane 41.«
»Gute Nacht!«, sagte ich und entschwand, gleich allen Helden, mit gebrochenem Herzen in der Dunkelheit, während Kummer, Wut und ein unbändiger Lachreiz in mir brodelten.
Noch eine letzte kleine Szene und ich bin fertig. Gestern waren wir in Lord Johns Appartement zum Abendessen eingeladen. Hinterher saßen wir in guter Kameradschaft rauchend zusammen und unterhielten uns über unsere Abenteuer. Es war sonderbar, die alten vertrauten Gesichter in so veränderter Umgebung zu sehen. Da war Challenger mit seinem herablassenden Lächeln, dem unduldsamen Blick, den gesenkten Lidern, seinem angriffslustig gesträubten Bart und seinem gewaltigen Brustkasten, der sich blähte und vorwölbte, während er Summerlee die Meinung sagte. Und Summerlee selbst saß da, die kurze Stummelpfeife zwischen seinem dünnen Schnurrbart und dem grauen Ziegenbart, sein faltiges Gesicht im Eifer des Gefechts vorgebeugt, während

er alles, was Challenger sagte, der Reihe nach bestritt. Und endlich war da unser Gastgeber mit seinem kantigen Adlergesicht und den kalten gletscherblauen Augen, aus deren Tiefe Übermut und Humor schimmerten. Das ist das letzte gemeinsame Bild von ihnen, das sich in meinem Gedächtnis eingeprägt hat.

Nach dem Abendessen also in Lord Johns Allerheiligstem – dem Zimmer mit der rötlichen Beleuchtung und den unzähligen Trophäen – war es, dass Lord John uns noch etwas zu sagen hatte. Er hatte eine alte Zigarrenkiste aus dem Schrank geholt und vor sich auf den Tisch gestellt.

»Da wäre noch eine Angelegenheit«, sagte er, »über die ich vielleicht schon eher hätte sprechen sollen. Aber ich wollte erst mal genau wissen, woran ich bin. Hat schließlich keinen Zweck, unnötig Hoffnungen zu wecken, aus denen dann hinterher nichts wird. Aber jetzt haben wir's mit Tatsachen zu tun, nicht mit Hoffnungen. Sie erinnern sich wohl noch an den Tag, als wir die Pterodactylenkolonie im Sumpf entdeckten? Nun, an der Bodenbeschaffenheit fiel mir etwas auf. Vielleicht ist es Ihnen entgangen. Es war ein vulkanischer Trichter mit blauem Ton darin.«

Die Professoren nickten zustimmend.

»Bisher habe ich nur an einer einzigen Stelle auf der ganzen Welt einen Krater mit blauem Ton gesehen. Das war bei der großen De-Beers-Diamantmiene bei Kimberley. Vielleicht können Sie jetzt verstehen, dass mir Diamanten im Kopf herumspukten. Ich zimmerte mir also einen Apparat zusammen, der mir die stinkenden Biester vom Leib hielt, und verbrachte dort einen wunderschönen Tag mit der Hacke. Das hier habe ich gefunden.«

Er öffnete seine Zigarrenkiste, kippte sie um und schüttete etwa dreißig bis vierzig bohnen- bis haselnussgroße, unansehnliche Steine auf den Tisch.

»Sie meinen vielleicht, ich hätte es Ihnen gleich sagen müssen. Das mag stimmen. Nur wusste ich, dass es für den Unerfahrenen eine Menge Täuschungsmanöver gibt und dass Steine so groß sein können, wie sie wollen, und trotzdem nicht viel wert sind, wenn Feuer und Konsistenz nicht in Ordnung sind. Darum nahm ich sie erst mal so mit. Am ersten Tag nach der Rückkehr habe ich einen Stein zu Spink gebracht und ihn gebeten, ihn etwas zu schleifen und zu taxieren.« Er zog eine Schachtel aus der Tasche und schüttelte daraus einen funkelnden Diamanten, den schönsten Stein, den ich je gesehen habe, hervor.

»Und das ist dabei rausgekommen«, sagte er. »Er schätzt das Ganze auf mindestens zweihunderttausend Pfund. Das wird natürlich brüderlich unter uns geteilt. Was anderes kommt überhaupt nicht infrage. Na, Challenger, was machen Sie jetzt mit Ihren fünfzigtausend?«

»Wenn Sie tatsächlich auf Ihrem großzügigen Angebot bestehen«, sagte der Professor, »so würde ich mir einen lang gehegten Traum erfüllen und ein privates Museum gründen.«

»Und Sie, Summerlee?«

»Ich würde meine Vorlesungen aufgeben und damit Zeit für meine endgültige Klassifizierung der Kalkfossilien finden.«

»Ich werde meinen Anteil benutzen«, sagte Lord John Roxton, »um eine ordentliche Expedition auszurüsten und mir das liebe alte Plateau noch mal in Ruhe anzusehen. Und Sie, mein Junge, werden Ihren natürlich anlegen, um zu heiraten.«

»Im Augenblick noch nicht«, sagte ich mit etwas gequältem Lächeln. »Wenn Sie mich haben wollen, würde ich am liebsten mit Ihnen gehen.«

Lord John Roxton sagte kein Wort; aber seine braune Hand streckte sich mir über den Tisch entgegen.

Nachwort

Den meisten Lesern ist der Name des englischen Schriftstellers Sir Arthur Conan Doyle nur im Zusammenhang mit seiner berühmten Romanfigur Sherlock Holmes bekannt. Mit ihm schuf Doyle im viktorianischen England einen der ersten jener Detektive, wie wir ihnen heute noch in zahlreichen Kriminalromanen, Filmen oder neuerdings sehr beliebten Fernsehserien begegnen.

Doyle wurde am 22. Mai 1859 in der schottischen Hauptstadt Edinburgh geboren. Er studierte an der dortigen Universität Medizin. Um seine schwachen Einnahmen als praktischer Arzt etwas aufzubessern, begann der Achtundzwanzigjährige 1887 zu schreiben. Dabei ließ er in der »Studie in Scharlachrot« erstmals den Detektiv Holmes auftreten. Der Roman, der in einem Jahrbuch veröffentlicht wurde, brachte ihm gerade 25 Pfund als Honorar und keinen Erfolg. Erst der 1890 erschienene zweite Detektivroman, »Das Zeichen der Vier«, fand überraschend Anklang und begründete schnell den Ruhm des Autors. Über diesen und den zahlreichen späteren Detektivgeschichten, in denen Sherlock Holmes mit seiner hervorragenden Kombinationsgabe die seltsamsten und schwierigsten Fälle löst, die dann sein Freund Watson getreulich aufzeichnet, vergisst man bei uns in Deutschland, dass Doyle einige historische Romane schrieb, die sein besonderes Interesse an den napoleonischen

Kriegen spiegeln und die er selbst, zu Recht übrigens, in ihrer literarischen Qualität erheblich über seine Detektivromane stellt.
Als Arzt eines Feldlazaretts nahm er am Burenkrieg teil und verfasste 1900 eine »Geschichte des Burenkrieges« und später noch eine Rechtfertigungsschrift des englischen Vorgehens. Diese beiden Veröffentlichungen brachten ihm die Erhebung in den Adelsstand. Nach Ende des Ersten Weltkriegs schrieb er in ähnlicher Art noch eine Geschichte der britischen Kämpfe in Flandern und Frankreich. Danach wandte er sich zunehmend spiritistischen Fragen und Themen zu, die ihn von nun an intensiv bis zu seinem Tod am 7. Juli 1930 beschäftigten.
Mit dem Roman »The lost World«, der hier in einer Neuausgabe vorliegt, unternahm Doyle 1912 einen Abstecher in die Abenteuer- und Science-Fiction-Geschichte. Er bildet den ersten Teil der sogenannten Challenger-Erzählungen, in deren Mittelpunkt ein verschrobener Professor steht, der mit seinen Gefährten merkwürdige und aufregende Abenteuer erlebt. Verschollene alte Städte und Begegnungen mit der Vergangenheit hatten schon verschiedentlich Autoren als Schauplätze bzw. Themen für ihre Romane gewählt. Weit schwieriger aber war der Weg zurück in die Vergangenheit der Erdgeschichte in der Zeit der Saurier. Jules Verne hatte das schon einmal 1864 in seinem Roman »Reise zum Mittelpunkt der Erde« versucht. Hier begegnen, allerdings nur von fern, die Forscher im Erdinnern solchen Urweltriesen als lebendigen Zeugen einer ausgestorbenen Tierwelt. Im deutschen Abenteuerbuch unternahm etwa gleichzeitig mit Doyle der Jugendbuchautor Friedrich Wilhelm Mader einen ähnlichen Versuch.
Doyle konfrontierte seine Reisenden auf einem abgelegenen

Felsplateau im südamerikanischen Urwald mit den Ungeheuern, die dort die Jahrtausende überdauert haben, und lässt sie zugleich mit gefährlichen Affenmenschen kämpfen ... Bekannter noch als Doyles Abenteuerbuch wurde ein dritter literarischer Versuch, moderne Menschen im Kampf mit Urwelttieren zu zeigen, nämlich der Roman »King Kong«, den Delos W. Lovelace 1932 zwar nach einer Idee des britischen Kriminalschriftstellers Edgar Wallace, unverkennbar aber auch nach dem Vorbild Doyles schuf. Bei ihm kämpfen die Reisenden auf einer abgelegenen Südseeinsel mit den verschiedenen Sauriern und fangen schließlich den Riesenaffen Kong, der von den Eingeborenen als Gott verehrt wird. Dieser Roman wurde durch zwei Verfilmungen weltberühmt.

Mag Doyles Erzählung vor allem in der Personenzeichnung Schwächen aufweisen, so gehört sie doch zu den Klassikern der Abenteuer- und Science-Fiction-Literatur und verdient deshalb nach der deutschen Erstausgabe von 1926 und einer Neuübersetzung vor einigen Jahren, in einer nur in dem zu langatmigen Anfang etwas gekürzten Fassung in die Reihe der Arena-Abenteuerklassiker aufgenommen zu werden. Vielleicht kann ihr der bisher noch nicht ins Deutsche übertragene zweite Challenger-Roman folgen.

Prof. Dr. Heinrich Pleticha

Harald Parigger

Der Safranmord

Nürnberg um 1300: Der 15-jährige Lorenz kann nicht glauben, dass sein schusseliger und liebenswerter Herr Philipp von Marlau ein Mörder sein soll. Doch nun droht diesem eine schlimme Strafe und Lorenz hat nur wenig Zeit, sich in den mittelalterlichen Gassen Nürnbergs auf die Suche nach dem wahren Mörder zu machen.

Arena

216 Seiten • Broschur
ISBN 978-3-401-50988-4
www.arena-verlag.de

Willi Fährmann

Unter der Asche die Glut

Deutschland, 1933: Lärmende Hitlerjungen in braunen Uniformen ziehen durch die Stadt. Wer wie Christian Fink zur »Schar«, der katholischen Jugendorganisation, gehört, wird schikaniert. Immer häufiger denkt Christian an Auswanderung. Und doch hängt er an seiner Heimat – und an Susanne … Auf einer Pilgerreise nach Rom hofft er, Klarheit darüber zu gewinnen, was er zu tun hat.

Arena

568 Seiten • Broschur
ISBN 978-3-401-50964-8
www.arena-verlag.de

Rainer M. Schröder

Das Vermächtnis des alten Pilgers

Die letzten Worte des alten Pilgers Vinzent werden im leidvollen Leben des 16-jährigen Marius »Niemandskind« zum langersehnten Lichtblick: »Folge dem Morgenstern.« Damit kann nur eines gemeint sein – er soll sich dem Kreuzfahrerheer anschließen, welches das Heilige Land von den Ungläubigen befreien will. Marius macht sich auf den gefahrvollen Weg nach Mainz. Doch erst nach einer langen Reihe von Abenteuern versteht Marius, dass der alte Pilger mit seinem Vermächtnis etwas ganz anderes im Sinn hatte.